CIELOS DE PLOMO

CARLOS BASSAS DEL REY

CIELOS DE PLOMO

Editado por HarperCollins Ibérica, S.A.
Núñez de Balboa, 56
28001 Madrid

Cielos de plomo

Diseño de cubierta: lookatcia.com
Imágenes de cubierta: Arcangel Images / lookatcia

ISBN: 978-84-9139-591-1
Depósito legal: M-25875-2020

A mi padre,
el mejor juglar de Barcelona

[…] que nadie cante victoria a destiempo,
porque el vientre de donde surgió la bestia inmunda
todavía es fecundo.

Bertold Brecht

Las ciudades son un conjunto de muchas cosas: memorias, deseos, signos de un lenguaje; son lugares de trueque, […] pero estos trueques no lo son solo de mercancías, son también trueques de palabras, de deseos, de recuerdos.

Italo Calvino, *Las ciudades invisibles*

[…] que el bien siga creciendo en el mundo depende en parte de actos no históricos; y que las cosas no vayan tan mal entre nosotros como podría haber sido se debe en parte a aquellos que vivieron fielmente una vida oculta y descansan en tumbas que nadie visita.

George Eliot (Mary Ann Evans)

DRAMATIS PERSONAE

Miquel Expósito: huérfano, miembro de la Tinya, organización criminal formada por abandonados, desamparados e incluseros que opera en las calles de Barcelona.

Víctor: huérfano, miembro de la Tinya. Es el mejor amigo de Miquel. Fue su padrino para entrar en la organización.

Andreu Vila: gacetillero, sobrevive de escribir novelas por entregas y relatos de cordel, además del intercambio de información y otros favores.

Don Pedro Mata i Fontanet: médico, periodista, novelista y político. Diputado a Cortes y secretario general de Gobernación.

Don Pedro Felipe Monlau i Roca: médico, higienista, político y periodista. Significado defensor del derribo de las murallas de Barcelona.

Alberto Fosc: antiguo estudiante del Real Colegio de Cirugía. Torturador a sueldo de la Capitanía General de Cataluña. Asesino.

Salvador: huérfano, sargento de la Tinya. Es el superior directo de Miquel en la organización.

Enric: hermano de Andreu Vila.

Ciscu: huérfano, sargento de la Tinya del Distrito III.

Señora Amàlia: viuda, dueña del hostal en el que vive Andreu Vila y que acogerá a Miquel bajo su techo.

Jerónimo Valdés: militar y político español. Ejerce como gobernador y capitán general de Cuba durante la regencia de Espartero.

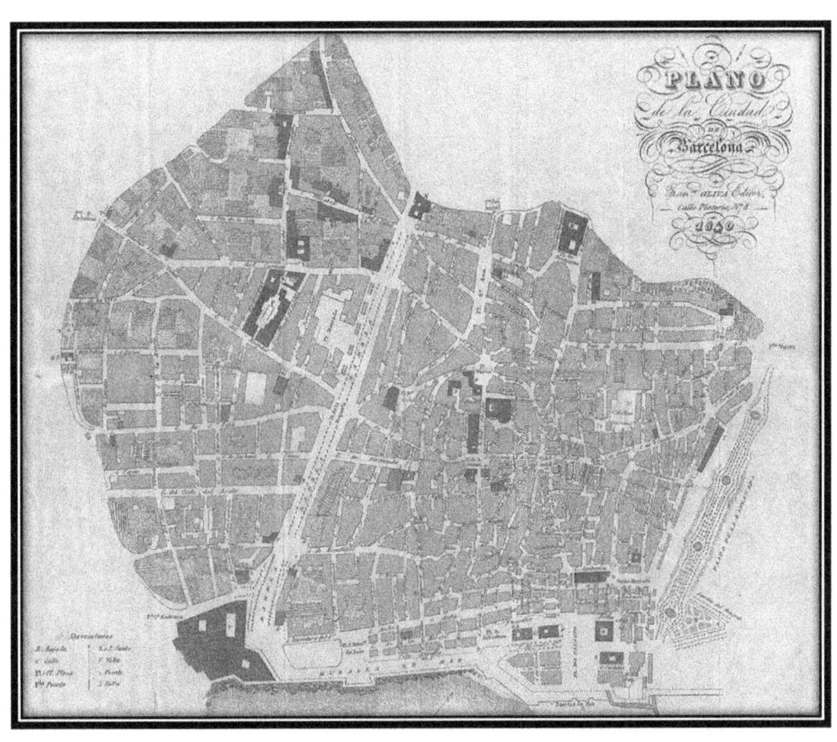

Plano de la ciudad de Barcelona, 1840

PREFACIO

Barcelona, 1877

Desconozco más cosas de las que sé en este mundo.

No sé cuándo nací.

No sé el nombre que me puso mi madre, si llegó a elegir uno mientras me cargaba en el vientre, a gritarlo mientras me alumbraba.

No llegué a conocerla.

Tampoco a mi padre.

Tan solo sé que alguien me dejó recién alumbrado en el torno de los huérfanos de la Casa de Misericordia, que las hermanas de la Caridad me recogieron, me colgaron al cuello el cordel con placa de plomo en el que constaba mi fecha de entrada y me bautizaron con el santo del día. Esa es mi única estirpe, la de los desheredados. Y para dar fe de ello, para que jamás lo olvidara —ni yo ni nadie a quien conociera en vida—, me impusieron un apellido sin cuna: Expósito.

Miquel Expósito.

Ese es mi nombre.

Han pasado muchos años desde que sucedió lo que os voy a relatar, pero solo ahora, aplacado el último remordimiento, encuentro el tiempo y la paz necesarios para sentarme a escribir. En el ocaso final, uno vive más en el pasado que en el presente y le apremia la necesidad de rendir cuentas.

Esta historia tiene que ver con la muerte de quien fue mi mejor amigo. Se llamaba Víctor y, al igual que yo, era un huérfano. Esa condición, sobre la que ninguno de los dos tuvo nada que decir, nos juntó en un primer momento, pero fue la amistad que desarrollamos después, elegida por voluntad propia, la que nos unió de un modo definitivo.

Solo aquellos que estuvieron implicados de alguna manera en los sucesos que acaecieron en aquel despertar de 1843 conocen los detalles. De todos ellos, soy el único que aún transita por este valle de lágrimas, de modo que la responsabilidad de dar testimonio y cobrar postrera venganza recae por entero sobre mis hombros.

Tenía diecisiete años por entonces.

Hoy rondo los cincuenta, y el poco tiempo que me resta se lo debo a la verdad.

Mi verdad.

Y a la muerte.

PRIMERA PARTE

Barcelona, febrero de 1843

I

El cuerpo apareció recostado contra uno de los muros del callejón de Sota Muralla, entre los desperdicios de una de las tabernas que angostaban la calle.

Lo descubrió un sereno, el sol recién asomado, el cielo de plomo.

Dijo que parecía dormir sobre una frazada escarlata. Que, al acercarse, le vio el rostro pálido y los labios azules pero la cara tranquila.

Dijo también que tenía las manos cruzadas sobre el regazo y que, al zarandearle para romperle el sueño, el cuerpo se vino abajo y las tripas se le derramaron.

El hombre se cubrió la nariz y la boca con un pañuelo.

Eso fue todo.

Era un muerto más en una ciudad llena de ellos.

Por aquel entonces, yo no era más que un gato —el equivalente a un soldado raso— de la Tinya, una pequeña organización callejera compuesta por huérfanos y desheredados que vivíamos del hurto y el mercadeo, de vender cualquier producto e intercambiar todo tipo de información. No había nada que no pudiéramos sustraer o proveer, siempre y cuando hubiera algún maravedí de cobre, algún real de plata de por medio. Nuestra red lo cubría todo, desde el callejón más estrecho a la avenida más diáfana; desde los baños del Cid al Baluarte de Valldoncella; de la plaza de San Pedro al Plano de Palacio, y de allí hasta el fuerte de las Atarazanas. Nada sucedía en Barcelona sin que, tarde o temprano, un miembro de la Tinya lo supiera y procurara sacar beneficio de ello.

La ciudad estaba dividida en cuatro grandes distritos, cada uno de los cuales constaba de diez barrios. La Barceloneta y el puerto, fuera de las murallas, eran zonas francas; allí vivían otros hombres e imperaban otras leyes. Una línea que unía la Puerta del Ángel, la plaza Santa Ana, el *carrer* Archs hasta la plaza Nueva, Cambios Nuevos, Aviñón y que de ahí bajaba hasta la Muralla de Mar por Escudellers y Simón Oller partía la ciudad en vertical, mientras que otra formada por las calles San Antonio Abad, Hospital, Boquería, Call, la plaza de San Jaime, Libretería, Boria y Corders hasta la Puerta Nueva separaba montaña de mar.

La estructura jerárquica era simple: al frente de cada distrito se situaba un general que, junto a los otros tres, formaban el Consejo, y cada uno de estos territorios estaba comandado por un capitán y varios sargentos. El resto éramos gatos distribuidos por tareas, desde simples vigilantes —maulladores nos llamaban—, a encargados de sisar todo lo que se pusiera a tiro. Se empezaba por abajo, y si eras listo y cumplías, podías ascender hasta sargento. Los capitanes eran elegidos a mano alzada, y eran ellos quienes, a su vez, designaban al general de su zona.

Solo existían dos normas de obligado cumplimiento.

La primera: obedecerás todas las órdenes de tus superiores.

La segunda: jamás trabajarás fuera de tu distrito sin permiso.

El castigo por desobedecer la primera era el corro —jamás supe qué sucedía si alguien era tan temerario como para reincidir—; la pena por faenar en territorio ajeno era el Juicio de Expulsión. En caso de ser condenado, todo miembro de la Tinya tenía la obligación de darte la espalda. Nadie podía volver a tener ningún trato contigo fueran cuales fuesen las circunstancias. Simplemente, te convertías en un muerto.

Un muerto entre los ya muertos.

***

Asentada la mañana, Salvador, el sargento responsable de mi zona, me mandó llamar. Era uno de los mayores; un tío duro pero justo, bien plantado, con cierto éxito entre nenas y criadas —también con alguna que otra señora— a pesar de que la atrepsia le había dejado cierta cojera y un cuerpo deshidratado. No obstante, se las apañaba muy bien con los puños, de modo que todos le respetaban.

—Han matado a uno de los nuestros, Miquel.

Aún no sabía de quién se trataba, pero ya tenía el estómago encogido.

—Es Víctor —confirmó al verme la descomposición en el rostro.

Quizá por eso, porque mi vientre lo sabía antes que yo, pude aguantarme las lágrimas, las de dolor y las de rabia. Víctor había sido mi padrino —el único modo de entrar en la organización era que alguien te avalara— y se había encargado de mi instrucción. Me había enseñado a moverme como una sombra por el laberinto de calles, callejas y callejones de nuestro distrito; a saber mirar lo que otros no acertaban a ver; a aprender a escuchar, no solo a oír; a abrir un monedero sin aspavientos; a ser capaz de adivinar su contenido con solo rozarlo; a extraer cualquier cosa de su interior; a saber distinguir al burgués adinerado del muerto de hambre con ínfulas.

Pero, por encima de todo, Víctor era mi hermano.

Mi única familia.

Nos habíamos conocido en la Casa de Corrección, situada por entonces en el antiguo convento de los Ángeles, donde ambos habíamos acabado por hurto, yo de un mendrugo, él de un reloj.

Barcelona era por entonces una ciudad hostil —sigue siéndolo para todo aquel que no sirva a sus propósitos—, sobre todo con aquellos que no teníamos nada. Las redadas para limpiar las calles de mendigos, desocupados, prostitutas y delincuentes estaban a la orden del día; según las autoridades, estábamos afectados por graves desviaciones como el robo, el vicio, el alcoholismo y la irreligión, por lo que debíamos ser debidamente reeducados, y, para ello, te mandaban a Corrección.

Tanto la Casa de la Caridad, a la que me trasladaron desde la

Misericordia en cuanto cumplí los seis, como la Casa de Corrección eran instituciones destinadas a acoger a los más desfavorecidos, pero la realidad que se escondía bajo ese noble empeño era bien distinta.

La Caridad era un enorme complejo dedicado a las actividades más diversas, además de ser la principal agencia de colocación de aprendices y criadas de Barcelona. Una ciudad en sí misma. Tenía su propia escuela, su hospital, su farmacia, su enfermería, su hospicio y sus talleres textiles, que constituían la Fábrica de Hilos y Tejidos de Algodón. Pero lo que más beneficios generaba era su imprenta, en la que se tiraban numerosos boletines oficiales. Todo ello contribuía a generar los ingresos suficientes para mantenerla y, de paso, a llenar los bolsillos del corregidor y de la Junta de Gobierno que la administraban.

Ya se sabe, la caridad bien entendida empieza por uno mismo.

Si apenas guardo recuerdo de mis días en la Misericordia —los pocos que puede atesorar un crío aterrado—, mi paso por aquella institución, en cambio, está grabado a fuego en mi mente y en mi carne; el frío, la miseria y el hambre que pasé entre sus cuatro paredes, pero, sobre todo, la disciplina de las monjas y la crueldad de mis compañeros de cautiverio, que me acompañó hasta el instante mismo de mi fuga. Creedme si os digo que es entre los más pobres y desfavorecidos donde uno se enfrenta a la ferocidad más enconada.

En cuanto a la Casa de Corrección, aquello era una galera en toda regla. Al igual que la Misericordia y la Caridad, tenía su propia escuela y sus talleres, pero si por algo destacaba era por sus enormes tornos de hilar, en los que desde los mayores a los niños —destinados a las máquinas de lanzadera volante— trabajábamos como esclavos. Acabar en Corrección era una condena a trabajos forzados en la que, en vez de enderezarte, te doblaban a golpes.

Había por entonces preso allí un pobre de los que llamaban de solemnidad conocido como el Oso, no porque el hombre fuera muy velludo, sino porque la capa de mugre que le cubría le daba el aspecto de esa temible bestia. Había luchado a las órdenes de Guergué en la carlina, y algún suceso —la guerra misma— le había trastornado hasta tal punto que había perdido el seso.

Un día, mientras Víctor y yo acabábamos de coser la suela de unas alpargatas, arremetió contra mí, buril en mano, sin más razón que la que le dictara su propia falta de ella. No es que recuerde el arma, sino más bien los alaridos que profería a través de su boca, tan desdentada que parecía un muñón.

Jamás había escuchado nada semejante, y me quedé paralizado. Viendo que la punta me alcanzaba al pecho, Víctor se interpuso y le derribó de un golpe. No fue hasta que, pasado el susto, le ayudé a levantarse cuando me di cuenta de que sangraba por el vientre. No era ni chorro ni goteo, sino más bien un tizne que le empapaba despacio la camisa.

«¡No te me vayas a desmayar, que esto no es nada, chaval!», dijo antes de desplomarse.

Me había salvado la vida.

Algunas experiencias unen a los hombres más que otras, y aquella nos convirtió en hermanos.

Salvador me miró. Estaba afectado. Pero la suya era una tristeza distinta. Más bien se trataba de una mueca de preocupación. Hacía mucho tiempo que la Tinya no perdía a uno de sus miembros de aquel modo. No era extraño que algún chaval poco avispado o con mala suerte pasara un tiempo en Corrección —como Víctor o yo mismo—, pero un asesinato era harina de otro costal. Porque a Víctor le habían matado con saña.

—Han convocado un Consejo. Martí quiere que vengas.

La reunión tuvo lugar en un sótano del *carrer* de Jerusalén, justo en la trasera de la plaza del Mercado. Allí era donde se celebraban los juicios importantes, aunque ya nadie recordaba el último. Era la primera vez que iba a ver a los cuatro generales juntos, y no pude evitar los nervios. La cosa imponía, más aún porque no acababa de comprender el motivo de mi presencia. Yo no era nadie. A decir verdad, era menos que nadie, y uno siempre vive mejor en cierto estado de ignorancia.

Sargentos y capitanes solían reunirse para intercambiar impresiones cada cierto tiempo, pero los jefes rara vez asomaban el morro. De hecho, lo único que sabíamos de ellos era lo que nos había llegado a través de historias, más cercanas a la leyenda que a la verdad. Por lo que a mí respectaba, se limitaban a cobrar su parte, vivir su vida y, llegado el caso, amedrentar a alguno para mantener el orden.

El humo que escupían las chimeneas del Raval había formado una capa tan densa aquella mañana que impedía el paso del sol, lo que provocaba que la sensación de frigidez en la nariz, las orejas y los dedos de las manos y los pies fuera mayor. «Míralas bien, Miquel: son fábricas de nubes», solía decir Víctor, que a buen seguro lo había leído en alguno de sus libros.

El sótano se asemejaba a la bodega de un barco. Quizá se debiera a que dos de las vigas que sostenían el techo eran los viejos mástiles de un bergantín, o a que los tablones picados que recubrían las paredes olieran a brea y salitre. Pero lo que más llamó mi atención fue una de las columnas que las apuntalaba. Se trataba del cuerpo central de un crucifijo que había acabado allí tras la quema de algún convento —así es el barcelonés, un *quemaconventos*—. La parte baja aún conservaba la peana sobre la que el Cristo debía de haber apoyado los pies en su peor trance, por lo que, durante el rato que duró el encuentro, no pude sacudirme de encima la sensación de que Dios nos observaba, por mucho que nuestras cuitas le hubieran dejado de importar hacía tiempo.

El primero en tomar la palabra fue el general del III, en el que se apilaban buena parte de las fábricas, la Universidad, el Hospital, la Caridad, la Misericordia y la Casa de Corrección. Se llamaba Joan, aunque todos le conocíamos como el Mussol, el búho. Era el más alto de los cuatro, también el más fuerte. Tenía dos mazas por puños, los laterales de la cabeza rapados a navaja y un ojo, el izquierdo, lechoso. Se rumoreaba que si te lo ponía encima era capaz de verte hasta las entrañas. Más de uno había sucumbido a la superchería y había cantado antes incluso de que el Mussol abriera la boca; cuando eres culpable, más que una mirada, lo que se te hace insoportable es el silencio acusatorio de tu interrogador.

Algunos aseguraban que era hijo ilegítimo de uno de los socios fundadores de la Bonaplata. Al parecer, su madre sirvió durante un verano en una residencia de Sarrià. En cuanto se le notó el estado y la señora de la casa descubrió el engaño —la fortuna era de la familia de ella—, hizo que su marido la echara a patadas. Murió al darle a luz. Los más enterados, sin embargo, contaban que, presa de un brutal ataque de celos, la había atacado con una aguja de punto; que se la había clavado varias veces en las partes con la intención de matar al bastardo y que fue eso lo que precipitó el parto, causó la muerte de la madre e hirió para siempre el ojo del feto.

—¿Qué sabemos?

Martí, mi general, tomó la palabra. Todos le respetaban porque era el único que sabía leer y escribir con fluidez. Así suplía la debilidad de manos, con su inteligencia. Suya había sido la idea de organizarnos por secciones y escuadras y de darnos aquella nomenclatura militar. Sus padres habían muerto en la última epidemia de cólera y un tío suyo que trabajaba de escribiente en una caseta frente a la Lonja le había tomado a su cargo. Hasta que se cansó de él. Tener que cebar otra boca reducía en exceso la satisfacción de alguno de sus vicios, y aunque había dado palabra a su hermana de que le cuidaría, pronto debió de pensar que la promesa le obligaba hasta el límite de su propia comodidad. El hombre, eso sí, le había dado un oficio que aún ejercía de vez en cuando, lo que le procuraba gran cantidad de información: defunciones repentinas, viajes inesperados, casas y negocios que se quedaban vacíos, además de todo tipo de miserias privadas que usar en su beneficio. Todos le llamaban el Monjo, el monje, por su habilidad con las letras.

—Dicen que le han abierto como a un conejo.

—Debemos hablar con Tarrés —intervino Quim.

Era el más apocado de los cuatro, pero el más habilidoso de largo. Comandaba el Distrito II, que iba de la catedral a la Puerta Nueva. Sus dedos eran legendarios; incluso se decía que, en una ocasión, le había robado la cartera al mismísimo alcalde al salir de misa. El hombre no llevaba ni un real, pero Quim conservaba el monedero a modo de trofeo. De ahí su apodo: el Maestro.

—Si la orden la ha dado él, no hay nada que hacer —contestó el Mussol.

—Nunca nos hemos metido en sus asuntos y pagamos lo que nos toca —replicó el Monjo.

La Tinya solo rendía cuentas ante la Ronda, un escuadrón de criminales liderado por Jeroni Tarrés que actuaba a las órdenes secretas —por mucho que todo el mundo lo supiera— de la Comisaría Especial del recién creado Cuerpo de Vigilancia. El trato era de lo más simple: a cambio de eliminar opositores y sofocar futuras revueltas, les permitían controlar una de las mayores fuentes de ingresos de la ciudad, las chocolaterías, cuyos almacenes habían convertido en prostíbulos. Nadie podía operar en las calles sin su aprobación, y su visto bueno costaba un diez por ciento de las ganancias.

No se andaban con tonterías.

Todo el mundo los temía.

Todo el mundo los odiaba.

—Tarrés no da explicaciones a nadie, ya lo sabéis —habló finalmente Albert, el general del IV.

Era el distrito más deseado, ya que incluía la parte baja de la Rambla —de Capuchinos a Santa Mónica—, donde se ubicaban algunos de los mejores cafés, el teatro Principal, la Casa de Correos, la Jefatura Política, la Administración de Diligencias, la Pagaduría Militar, los Baños del Jíngol y sus dos hoteles más lujosos —el de Oriente y el Cuatro Naciones—, además del mejor tramo de la calle Fernando, la auténtica joya de la corona.

El dinero de verdad estaba allí.

L'Avi, el abuelo —así le llamábamos—, era el mayor de todos nosotros. De hecho, algunos aseguraban que había aprendido el oficio del mismísimo fundador. Todo miembro de la Tinya conocía la historia. Según él mismo se había encargado de difundir, nuestros orígenes se remontaban a la Edad Media, a la vieja Escuela de Ladrones, un pequeño grupo de huérfanos que actuaba en las inmediaciones del mercado del Born y la calle Montcada desde que los primeros nobles y burgueses habían construido allí sus casas y palacios. De haber sido así, sin embargo, L'Avi debería tener casi la edad de Matusalén y, aunque debía de frisar los cuarenta —toda una excepción entre nuestras filas—, cualquiera podía ver que las fechas no cuadraban.

En realidad, hasta la llegada de Mussol, la Tinya no pasaba de ser un pequeño grupo de chavales que trataban de sobrevivir como fuera. Desde entonces, y aunque no se hablara de ello en voz alta —la calle tiene un oído muy fino—, algunos capitanes estaban molestos con la asignación de territorios y con tener que dar una parte de lo ganado a Tarrés y sus hombres. Pero bastaron un par de amenazas y alguna que otra paliza para que el Mussol se aviniera a negociar con él, y algunos no se lo habían perdonado, por mucho que supieran que no teníamos nada que hacer contra criminales del calibre de la Ronda. Enfrentarse a Tarrés significaba, además, hacerlo con los estamentos más oscuros del poder.

Fue él quien se atrevió a verbalizar la duda que corría por la cabeza de alguno de los presentes:

—¿Es posible que anduviera metido en algo?

—Conozco a los míos. Todos son leales —saltó Salvador.

—¿Tú eres Miquel? —dijo entonces el Mussol.

Alcé la cabeza. Su ojo estaba fijo en mí.

—Fue tu padrino. ¿Algo que decir?

No sabía si me interrogaba o solo me ofrecía la posibilidad de dar mi opinión, de modo que opté por el silencio. Con el tiempo, había aprendido que es mejor callar, en especial frente a aquellos que ostentan el poder, y, en aquel momento, solo estaba seguro de dos cosas: que Víctor no había cometido ninguna falta y que su muerte respondía a algo más que a una reyerta con algún miembro de la Ronda. Los hombres de Tarrés eran asesinos, pero no ese tipo de carniceros. Si cualquiera de nosotros les hubiera faltado al respeto, le habrían dado una paliza a pleno sol. Ese es el modo de dejar las cosas claras en nuestro mundo.

—Está bien —anunció el Mussol—. Hablaré con él a ver qué sabe. No hagáis nada hasta entonces.

Todos asintieron sin decir palabra.

Una vez en la calle, retrocedimos hasta el Hospital Militar y nos dirigimos hacia el plano de la Boquería. La Rambla era el auténtico corazón de la nueva Barcelona. No solo se trataba del paseo favorito de todo ciudadano de bien por sus cafés, chocolaterías y comercios, sino, sobre todo, por su anchura y su doble hilera de acacias, que lo convertía en uno de los espacios más diáfanos y coloridos —también de los más transitados—, un auténtico oasis de luz y color en medio de un trazado medieval laberíntico y oscuro. Aquel paseo representaba todo lo que la ciudad aspiraba a ser —pero aún no era—: una urbe moderna, próspera y debidamente urbanizada, como si unas piedras aquí y allá pudieran sacudirnos de encima un provincianismo que llevaba siglos pegado a nuestra piel.

Rebasada la fuente del plano, torcimos por el *carrer* Arolas, un callejón mugriento y apestoso en el que solían reunirse los pobres de solemnidad. Fue como si el sol hubiera ennegrecido de repente. Pero todo cambió al llegar a la calle Fernando.

Tras su apertura definitiva, el tramo que llegaba hasta la Alcaldía ciudadana alcanzaba las trescientas varas de largo y las dieciséis de ancho, lo que la había convertido en la vía comercial favorita de los ricos. Debido a ello, varios de los comercios más selectos se habían trasladado hasta aquella nueva ubicación dejando a las calles del Call y Escudillers huérfanas de crinolinas, tules y muselinas. Sus dueños aseguraban que aquella ubicación era mucho más adecuada para su delicada clientela, especialmente en invierno, ya que quedaban a resguardo del viento que descendía por la Rambla y hacía tiritar a más de uno.

No tenía muchas oportunidades de transitar por aquellos lares, de modo que aminoré la marcha para echar un vistazo a las maravillas que se agolpaban tras las vidrieras —cosas que jamás poseería— y a los propios establecimientos, alguno de los cuales —aprovechando que el Ayuntamiento llevaba varios meses colocando el nuevo alumbrado a lo largo del paseo— había decidido instalar fanales de gas incluso en su interior.

Inspiré y retuve el aire. Quería disfrutar de aquel momento todo lo posible. El estruendo de la ciudad, de habitual insidioso, comenzó a enmudecer; las voces de los paseantes, los gritos de los vendedores y cocheros, el paso de los caballos, el ajetreo de las carretas de las que tiraban, el zarandeo de las mercaderías que brincaban en su interior... Incluso el frío y los olores se atenuaron, trasladándome lejos de allí. Hasta que Salvador hizo añicos la ilusión con un tirón de manga.

—Víctor era muy cuidadoso, le conocías tan bien como yo —dije.

—Lo sé. Pero no podemos descartar nada. Lo único seguro es que nadie moverá un dedo para averiguar qué ha pasado.

Tenía razón. Éramos la morralla de una ciudad que, con la vista cada vez más puesta en Europa, se avergonzaba de sus huérfanos.

—¿Crees que ha podido ser uno de los nuestros? —le solté a bocajarro.

Alzó la cabeza y observé el miedo en su rostro, la misma angustia ante la posibilidad de que el culpable fuera alguien a quien ambos conocíamos.

Pero no contestó.

No podía.

No quería.

II

Las calles estaban atestadas de los mismos incautos de siempre, pero nadie de los nuestros hizo mucho negocio aquel día. Mientras permanecía de pie en mi puesto —mi zona asignada, el Barrio Nueve, era un rectángulo formado por las calles Rech, Montcada, Asahonadors y la plaza del Borne—, pensé en si me había equivocado; en si la muerte de Víctor podía haber sido cosa de la Ronda: una mala mirada, un intercambio subido de palabras, un sisar por error la bolsa a un recién protegido, aunque dudaba de que alguien tan experimentado como él hubiera cometido semejante error.

Algunos burgueses y comerciantes, cansados de la sangría a la que se veían sometidos a diario, se avenían a pagar un canon mensual a Tarrés a cambio de protección, lo que los convertía en intocables. Todos sabíamos quiénes eran, de modo que, de ser el caso, el cuerpo de Víctor se pudriría bajo tierra y nadie movería un dedo por vengarle.

Todo el mundo agacharía la cabeza.

Todos callarían.

Menos yo.

Cuando entras en la Tinya, haces un juramento de sangre, pero aquella mañana yo hice otro. Uno más sagrado: fuera quien fuese el culpable, pagaría con la misma moneda. Y a tales efectos me procuré una buena navaja pastora, algo tosca de mango y sin virolas, pero que, llegado el día, cumpliría con un buen destripamiento. Para tal fin se la había sustraído a un vendedor ambulante, más pendiente de una criada que de su propio género, cerca de la plaza de la Lana. El pobre debía de creer que tenía alguna posibilidad, aun con su ojo vago y su boca vacía; ni siquiera el rictus de profundo desagrado —de asco más bien— de la chica le había disuadido de seguirla con la mirada mientras le regalaba cierto gesto obsceno. Por suerte para mí, sus ínfulas de seductor habían redundado en mi beneficio.

Y allí estaba yo, con aquel instrumento de muerte recién sisado en la cintura, cuando le vi venir. Se abría paso entre carros, puestos y viandantes con aires de señorito. Él sí era todo un seductor. Nena, criada o señora con la que se cruzaba, nena, criada o señora a la que dedicaba una amplia sonrisa, siempre correspondida en distintos grados. Pero a pesar de su buen porte y andar estudiado, no podía disimular que tanto su calzado como sus pantalones, la camisa y la chaqueta, elegante pero gastada, eran de ropavejero.

Se llamaba Andreu Vila, un gacetillero con ínfulas al que había proveído de información —y alguna que otra cosa menos confesable— más de una vez. Desde que le habían echado de *El Constitucional*, malvivía escribiendo folletines y ciertas novelitas de marcado carácter pornográfico con seudónimo. Eso sí, aún conservaba alguna que otra amistad entre las élites, masculinas y femeninas. Porque si algo caracterizaba a Andreu era su instinto de supervivencia: no le importaba si quien le requería en su salón —o en su cama— era señora o señor, amo o criada.

—He oído por ahí que un sereno se ha topado con un muerto esta mañana. ¿Qué sabes? —me preguntó mientras paseaba un maravedí por los nudillos.

Su otra especialidad eran los relatos de cordel y las historias de crímenes, cuanto más escabrosos mejor. «A la gente le gusta la desgracia ajena, chaval, qué le vamos a hacer», solía decir.

—Nada —contesté.

—Sería la primera vez.

—Siempre hay una primera.

—Raro, porque el cuerpo ha aparecido en vuestro territorio.

No me apetecía que la muerte de Víctor acabara deleitando la mente oscura de alguno de sus lectores.

—Pues será —contesté con la intención de zanjar el asunto, por mucho que fuera consciente de que mi negativa alimentaría aún más su interés.

—Le conocías. —Cayó al fin.

No hizo falta que le dijera nada. Cada uno carga con la pena a su modo. A unos se les descubre nada más verlos, a otros, en cambio, apenas se les intuye; y luego están aquellos que logran enterrarla junto a la caja. Yo era de los primeros por aquel entonces.

—Está bien —dijo mientras me deslizaba la moneda en el bolsillo—. Hagamos un trato: si tú me ayudas, yo te ayudo. Piénsatelo.

Sopesé la oferta mientras se alejaba. Sabía que, más temprano que tarde, otro le proveería de la información, y aunque Salvador no lo vería con buenos ojos, estaba dispuesto a todo para averiguar quién había matado a Víctor. Andreu Vila conocía aquella ciudad y las almas que la habitaban —sus deseos, sus anhelos y secretos, sus miserias— mejor que nadie, e iba a necesitar toda la ayuda posible.

En cuanto las sirenas comenzaron a aullar, las calles se llenaron de obreros de cabezas gachas, espaldas rotas y hombros vencidos. Barcelona se alimentaba de su aliento, de sus músculos, sus vísceras y su sangre, pero, por encima de todo, lo hacía de sus esperanzas, las de miles de hombres, mujeres y niños envejecidos prematuramente por el hambre y la enfermedad.

Tras la carlina, muchos habían abandonado el campo en busca de un nuevo futuro en la ciudad, sin saber que lo único en lo que iban a convertirse era en carnaza para un monstruo que, seis días a la semana, doce horas al día, abría sus fauces y los devoraba sin compasión. Tenía muchos nombres: Bonaplata, Salgado-Güell, Muntadas, Achon, Gònima, Serra, Sert i Sola, Barcelonesa, Batllò, Magarda, Ribas i Prous, Villegas…

Eso era Barcelona: un leviatán insaciable.

La ciudad del algodón, la lana y la seda.

La ciudad de los telares.

La ciudad de las máquinas.

La ciudad de vapor.

Me encaminé hacia la *cueva*. Así llamábamos a nuestro cuartel, situado en el sótano de una curtiduría de la calle del Rec. El dueño, un tipo estrecho y con el rostro castigado por la viruela, nos dejaba ocuparlo a cambio de hacerle algunos recados y espiar a la competencia, lo que la mayoría de las veces se traducía en sustraerles material y boicotear sus envíos.

Todos los desperdicios del negocio y las viviendas superiores iban a parar al pozo negro situado justo al lado, pero ya ni siquiera percibíamos su olor. Tampoco nos asustaban las ratas ni el resto de los inquilinos que moraban junto a nosotros entre aquellas cuatro paredes. Quien más quien menos tenía el cuerpo lleno de picaduras, bien de la legión de piojos y pulgas con los que compartíamos cama a lo largo del año, bien de los mosquitos que, llegado el verano, se multiplicaban como conejos debido a la proximidad de la acequia que cruzaba el barrio. Pero era nuestro hogar, una madriguera de paredes de arena que —todos lo sabíamos— acabaría convirtiéndose en nuestra tumba.

Salvador me esperaba cabizbajo. Martí estaba con él. No recordaba la última vez —tampoco si había habido una primera, a decir verdad— en la que había acudido a nuestra gatera, pero allí estaba, plantado como si hubiera habitado aquel sótano desde su mismo nacimiento.

—Si quien ha matado a Víctor ha sido uno de los nuestros, cuantos menos lo sepamos, mejor —dijo Salvador. Habían hablado de aquella posibilidad a mis espaldas.

El Monjo refrendó sus palabras con un movimiento de cabeza y, a continuación, pronunció unas que me pillaron por sorpresa:

—Como sé por Salvador que no lo vas a dejar estar, lo mejor es que te encargues tú.

—¿De qué? —Arrugué la frente.

—De averiguar qué pasó. Por eso le he pedido que te llevara a la reunión.

Salvador me conocía bien, no solo porque era mi sargento, sino porque, con el tiempo, se había convertido —aunque solo fuera cinco años mayor que yo— en lo más parecido a un padre que había conocido. No solo para mí. También para Víctor.

—¿Qué te parece?

Me encogí de hombros. Estaba seguro de que a nadie más que a nosotros le importaba la verdad. Para el resto, ya fueran sargentos, capitanes o generales, Víctor no era más que un simple peón, y en cuanto pasara el duelo —también en la Tinya se mantenían ciertas formas—, otro ocuparía su lugar.

—Mira, Miquel —dijo el Monjo mientras prendía su pipa de caolín, que le daba un aire entre marino curtido e intelectual revolucionario—: las cosas llevan un tiempo revueltas. Ya sabes que unos quieren sacudirse de encima a Tarrés y que otros piden modificar los territorios asignados, y eso no es bueno para nadie —sentenció.

Él era uno de ellos.

De hecho, se trataba del principal impulsor.

La reivindicación de los Distritos I y II venía de lejos. Nuestros territorios eran los más pequeños y no tenían acceso a la Rambla, que era donde más negocio solía hacerse a diario, por no hablar de las tardes de estreno en el Principal, en las que la plaza del teatro se llenaba de bolsas, relojes y joyas, de modo que proponían que fuera esa y no otra la única frontera que delimitara los distritos; un territorio franco en el que la habilidad de cada uno impusiera su ley. Pero, por supuesto, ni el Mussol ni L'Avi estaban dispuestos a dar su brazo a torcer, y nadie había osado contradecirlos hasta el momento.

—No sé si el asesinato de Víctor tiene algo que ver o no con todo esto —añadió Martí tras una pausa—, pero ahora mismo me preocupan más otras cosas. Por eso lo dejo en tus manos. Salvador te ayudará en lo que necesites.

—¿Y si no tiene que ver?

El Monjo se agitó y un meandro de humo se le enroscó al cuello.

—Si no tiene que ver, la cosa se quedará como está de momento. Después, ya veremos.

Salvador chasqueó la lengua en cuanto nos quedamos solos. Se debatía entre su obligación como sargento y sus sentimientos hacia Víctor y hacia mí.

—Es lo que hay —dijo al fin.

No estaba conforme, pero no iba a desobedecer una orden, menos aún si se avecinaba un conflicto. Tenía amistad con varios sargentos y algún capitán de otros distritos, y sabía que un enfrentamiento abierto entre facciones significaría el fin de todo. La Tinya era su familia, y cuando eso es lo único que tienes, lo proteges a cualquier precio. Así es este mundo y, cada cierto tiempo, determinados sucesos te recuerdan la única gran verdad, que estamos solos y todo lo demás tiende a desvanecerse con la misma facilidad que el humo de la pipa del Monjo.

III

—¡Esta ciudad está podrida! —pronunció el hombre, el índice amenazando al cielo—. La gangrena es ya irreversible. Las murallas son la soga con la que el Gobierno Civil y la Capitanía General nos constriñe y nos controla. ¡Nos asfixia! —Se detuvo y tomó un sorbo de licor—. ¡Debemos derribarlas o moriremos todos!

Los pocos parroquianos presentes en el café giraron la cabeza y alzaron las cejas mientras alguien trataba de calmarle.

—Ya sabe usted cómo acabó la última vez, don Pedro.

Se refería al bombardeo desde Montjuic por parte de las tropas de Espartero. Las consecuencias habían sido devastadoras: mil proyectiles, más de cuatrocientos edificios destruidos, infinidad de heridos, treinta muertos, cien fusilados y una multa encubierta al comercio de trece millones de reales.

—Los ayacuchos[1] no gobernarán para siempre —replicó.

---

[1] Mote con el que los oponentes de Espartero llamaban a los militares agrupados en torno a su figura. Todos —excepto el propio Espartero, apresado justo antes de la contienda— habían participado en la batalla de Ayacucho (1824), que puso fin a las guerras de independencia hispanoamericanas. El término también se empleó, junto al de «espadón», para referirse al resto de los militares que protagonizaron la vida política durante el reinado de Isabel II, ya fueran de un signo político o de otro.

Hablaba como si supiera algo que el resto del mundo desconocía.

Algunos viandantes se habían detenido a observar la escena a través de la cristalera. Quien más quien menos conocía el semblante y el carácter de aquel tipo menudo que, en ocasiones como aquella, se crecía hasta alcanzar la dimensión de un coloso.

En cuanto me vio entre ellos, Andreu salió del local y acudió a mi encuentro.

—¿Ves a ese de ahí? —señaló—. Es don Pedro Monlau, mi antiguo jefe del diario. Tiene buenos contactos.

Al ver mi expresión, se apresuró a aclarar:

—El cuerpo. Debemos verlo.

La sola idea me hizo venir una arcada. Recordé cómo las monjas de la Caridad nos habían obligado a acudir al velatorio de un chico que había muerto de fiebres. Aunque no habíamos tenido mucha relación en vida, lo allí expuesto no se le parecía en nada, y lo único que me procuró la visión de aquella carne consumida fueron unas pesadillas horribles.

—¿Para qué?

—Tienes mucho que aprender aún —respondió. Después me hizo una seña—. Acompáñame.

El interior olía a tabaco y sudor, y la decoración había vivido tiempos mejores. Todo, el suelo, las paredes y el exiguo mobiliario —incluso la ropa de la mayoría de los parroquianos— había adquirido una extraña tonalidad uniforme. Monlau seguía con el dedo en alto. Su figura era imponente, con su corbatín de cuatro vueltas, la chaqueta azul, el chaleco bordado sobre una camisa de un blanco impoluto, los pantalones ceñidos con trabillas, los zapatos lustrosos y una soguilla de oro con un dije en forma de tórtola al cuello. Lo que más destacaba en él, sin embargo, eran sus lentes, pequeñas y redondas, que le conferían un aspecto de lo más curioso, entre el de un intelectual y el de un cómico, sin llegar a decantarse por lo uno o lo otro en ningún momento. Con el tiempo supe que, además de gacetillero, era médico, crítico literario y escritor, y que había formado parte de la

Junta de Derribo que había echado abajo parte de las murallas de la Ciudadela hacía unos meses.

Un cliente se puso en pie animado por el discurso:

—¡Bien dicho, don Pedro! ¡Abajo las murallas!

—¡Señores, por favor! —los interrumpió el dueño, un viejo estibador de musculatura flácida. No quería que las cosas se encendieran más de la cuenta y los militares le cerraran el local.

A pesar de que el café de la Constància era el punto de reunión de lo que quedaba de las milicias ciudadanas y, por tanto, territorio seguro para los más exaltados, la Capitanía General solía infiltrar informadores en cafeterías y tabernas para identificar a futuros alborotadores. No era para tomárselo a broma.

Andreu aprovechó el momento en el que Monlau se sentaba, exhausto tras la arenga, para abordarle:

—¿Puedo hablar un momento con usted, don Pedro?

El hombre le observó de arriba abajo. No lo hizo con desprecio, sino con una curiosidad sincera, hasta que al fin le reconoció.

—¡Andreu! Bienvenido.

—Este es Miquel —me presentó—. Es amigo del chico al que han encontrado muerto esta mañana en Sota Muralla.

Esta vez fui yo el objeto de su escrutinio —menos disimulado y más reprobatorio—, tras lo que nos invitó a sentarnos.

—¿Un chico muerto? No he oído nada.

—Asesinado —matizó Andreu, que sabía cómo despertar su interés.

Tal y como había previsto, la puntualización hizo mella en él. Pero Andreu no había terminado, y lo que dijo a continuación me dejó perplejo:

—Y no es el único.

—¿Qué quieres decir? —Monlau le prestaba ya toda su atención.

Andreu paseó la mirada por nuestros rostros. No cabía duda de que sabía cómo contar una historia —el giro dramático, la pausa, la revelación posterior—, y de que no siempre disfrutaba de un público tan entregado.

—También ha aparecido un vagabundo asesinado en idénticas circunstancias junto a la Puerta de Mar.

No podía tratarse de una casualidad. La cercanía de ambos enclaves así lo sugería.

—¿Y qué circunstancias son esas? —inquirió Monlau.

Hasta aquel instante no me di cuenta de que tampoco yo las conocía en detalle; me había bastado con saber que Víctor estaba muerto, que alguien le había acuchillado y había dejado su cuerpo abandonado como si fuera un desecho más. Así era la calle, cruel: un golpe mal dado, una trifulca, una paliza, un navajazo... y se acabó.

—Con el vientre abierto y las tripas fuera de sitio —soltó Andreu.

No pude reprimir un sentimiento de horror, primero, de asco, después; la expresión de Monlau, en cambio, parecía cada vez más cercana al interés científico que al espanto. Algo en la expresión del gacetillero, sin embargo, me dijo que se callaba algo.

—Y luego está lo de la marca.

—¿Qué marca? —Monlau acababa de enredarse del todo en su trampa.

—Al encontrar el primer cuerpo, Jaume, el sereno, un tipo de lo más despierto, debo decir, no le dio importancia, pero en cuanto descubrió la misma impronta en el segundo, me dio el aviso —señaló frotándose las yemas de pulgar, índice y corazón—. Estoy convencido de que los asesinó la misma persona, pero debo ver los cuerpos para asegurarme... y no tengo un real.

—Veo que sigues con tus viejos hábitos —señaló don Pedro. En esos momentos no supe a qué se refería, si a la habitual falta de dinero de Andreu o a su afición por lo grotesco. Quizá a ambas—. Y, claro, nadie lo investiga —afirmó a continuación.

Era tan consciente como nosotros de que, por muy extraña y salvaje que hubiera sido, la muerte de dos desheredados no le importaba a nadie. La ciudad había alcanzado un grado crítico: la población crecía sin control, las condiciones de vida eran cada día más extremas y el aire, irrespirable; las calles apestaban a basura, a podredumbre, a heces, descomposición y muerte. Eso era Barcelona: un gran orinal, el caldo de cultivo perfecto para que crecieran y se propagaran todo tipo de enfermedades. Si alguien había decidido empezar a eliminar vagabundos, pordioseros y pedigüeños, no iban a ser ni el Cuerpo de Vigilancia, ni el Ayuntamiento ni, mucho menos aún, los militares quienes lo impidieran.

—Muy bien. Veré qué puedo hacer.

La niebla ocupó las calles como si el vapor de las chimeneas que despuntaban como modernos campanarios por toda la ciudad hubiera descendido a los infiernos como una maldición en lugar de elevarse a las alturas como una plegaria. Barcelona era una urbe de cielos bajos en invierno, lo que aumentaba la sensación de apretura que uno sentía al desplazarse por sus calles, y el miedo a que llegara un día en el que aquella techumbre plomiza, ahíta al fin de emanaciones, se desplomara sobre nuestras cabezas hacía que muchos deambularan encogidos.

Don Pedro nos esperaba frente al Palacio Episcopal. El edificio, una mole de cuatro plantas que destacaba por la simetría de sus balcones y la belleza de sus murales, ocupaba una de las esquinas de la plaza Nueva. Semejante denominación no era más que un eufemismo, porque aquel espacio —más bien un minúsculo óvalo en el que confluían las principales calles del distrito— distaba mucho de ser lo que evocaba. A pesar de ello, constituía un desahogo en medio de la maraña caótica de vías que se dirigían a la catedral. A su derecha se alzaba la casa del Arcediano, con la que la construcción diocesana compartía un detalle significativo: ambos palacetes habían integrado en su gruesa anatomía dos de las viejas torres que custodiaban la entrada a la ciudad más antigua. El resto del espacio lo cerraban varios edificios de viviendas con las fachadas cuarteadas y los bajos enfangados.

La berlina de don Pedro se había detenido junto a un par de coches de plaza, lo que había desatado una pequeña trifulca entre los conductores. El doctor trataba de mediar asegurándoles que se trataba de su vehículo personal y que no tenía intención de robarles a ningún cliente, pero sus formas se vieron pronto rebasadas por el grosor de algunas de las expresiones. Estaba acostumbrado a desplegar sus argumentos ante audiencias más selectas, y los improperios que surgían de la boca de aquellos hombres eran más propios de una taberna que de cualquier disertación académica. La expresión de alivio que se formó en su rostro al vernos llegar fue clarificadora. Estaba inquieto —a decir verdad, yo también—, no tanto por la disputa —que continuaba a su espalda— como por nuestro destino: el cementerio de los condenados.

De todos los fosos intramuros, aquel era el más tétrico. Quizá se debiera a su absoluta desnudez, o a que a él iban a parar los despojos de los ajusticiados, maleantes, pordioseros, vagabundos y huérfanos de la ciudad. Algún día, aquel triste descampado sería también mi última morada.

Lo único que identificaba las tumbas era un hito de madera —la mayoría estaban podridos— incrustado en la cabecera de cada cárcava. Ni siquiera se molestaban en excavar un túmulo en condiciones, demasiado trabajo para muertos tan poco ilustres, lo que los convertía en cenotafios sin nombre, una condena para que aquellos que habían hecho el mal en vida erraran como espectros sin identidad hasta el fin de los tiempos.

El depósito de cadáveres, en cuyo sótano se ubicaba el osario, estaba situado en uno de los extremos del muro que lo circunvalaba, más por evitar miradas curiosas que por decencia. Se trataba de una casilla de piedra de una sola planta y tejado a dos aguas anexa a la parte trasera del claustro del convento de los Felipones. El encargado, un tipo de cabeza redonda, brazos gordos, piernas gordas, manos pequeñas y gordas y dedos cortos, sucios y gordos, nos esperaba con un farol en la puerta. Decenas de minúsculas venas rojas le surcaban el rostro —aunque el fenómeno era más pronunciado en la nariz y los pómulos—, como si toda su mollera fuera una gran bola de cristal agrietado.

—Llegáis tarde —pronunció como único saludo—. Vuestro amigo os espera desde hace un rato.

Intercambiamos una mirada de desconcierto, pero antes de que pudiéramos abrir la boca, desapareció dejándonos huérfanos de luz y amparo. En cuanto pusimos un pie en el interior, descubrimos la figura de un hombre de patillas profusas y un gran bigote veteado. Su indumentaria era tan parecida a la de Monlau que podrían haber salido del mismo sastre; cualquier otro parecido, sin embargo, terminaba allí, empezando por su prestancia.

Don Pedro no pudo ocultar su sorpresa —junto a cierta inquietud— al verle, pero una vez recuperado del trance, le tendió la mano.

—Doctor Mata.

—Monlau.

Ambos guardaron un prolongado silencio tras el saludo, como si cada uno esperara a que el otro diera el siguiente paso.

—Te hacía en Madrid —tomó la iniciativa don Pedro. Al fin y al cabo, aquel era su terreno. O eso pensé.

—He venido a pasar unos días —obtuvo por única respuesta.

Más tarde supe por Andreu que aquellos dos hombres habían sido buenos amigos, pero que habían tenido ciertas desavenencias —muy airadas en realidad, como solo pueden tenerlas aquellos que han compartido intimidades— con motivo del apoyo de *El Constitucional* a la regencia de Espartero. Habían trabajado juntos en *El Vapor*, habían estado en el exilio y, al regresar, habían decidido refundar el diario, cerrado por sus diatribas. Pero sus preferencias políticas los habían llevado por distintos derroteros, hasta el punto de romper su amistad.

Monlau, que a pesar de haberse retraído en su presencia, tampoco era manco, insistió.

—¿Y puedo saber a qué se debe tu interés por estos cuerpos? —Su tono era ahora tan gélido como el ambiente.

—Simple curiosidad.

Una vez más, la respuesta no le satisfizo, pero al fin pareció entender que sería la única que iba a recibir por el momento.

Terminado el tanteo, el sepulturero colocó un par de velas en sendos faroles lagrimeados de cera.

—Síganme.

Nuestra presencia —más bien la de aquellos dos tipos de chaqueta buena, camisa impoluta y pantalones rectos— le incomodaba. El pobre había roto a sudar, por lo que supuse que no estaba acostumbrado a recibir visitas tan ilustres —más bien de ningún tipo, al menos de nadie con la sangre aún caliente—; habíamos invadido su soledad y no le gustaba un pelo.

En cuanto accedimos a la sala principal, el estómago se me encogió por el frío y la aflicción. El suelo, de losas desiguales, estaba cubierto de tierra y paja, y las paredes, desabrigadas del encalado que las había cubierto un día, rezumaban humedad. La mayoría de los sillares habían sido invadidos por colonias de mohos, hongos y líquenes, a lo que había que sumar los chorretones producidos por la lluvia que se filtraba por las juntas ajadas. Algunos parecían el pelaje de un gato.

Tres cuerpos reposaban expuestos como carne en el mercado. Dos de ellos estaban desnudos, mientras que el tercero vestía un blusón sucio y unos pantalones raídos, en los que se había hecho todas las necesidades. Tenía los ojos saltones y la boca abierta, por la que le asomaba una lengua abotargada. Me fijé finalmente en su cuello, en el que aún podía verse, notoria, la marca del garrote.

—Una auténtica chapuza —dejó caer el sepulturero para conjurar aquella mueca que parecía burlarse de él.

El segundo correspondía al vagabundo al que se había referido Andreu.

El tercero era el de Víctor.

Tuve que taparme la boca para retener el vómito que me había subido desde el estómago. Al igual que a su compañero de mesa, le habían remendado el vientre con puntadas de hilo de pita, groseras y funcionales, en un intento vano por devolver cierta dignidad al cuerpo, pero no había servido de mucho.

Monlau acercó el farol, provocando que su luz desplazara las tinieblas hacia un rincón.

—¿Alguien tiene un cuchillo?

Mata sacó un estuche de madera lacada del interior de su chaqueta. Monlau rechazó el ofrecimiento —no sabría decir si por respeto o por miedo— y, acto seguido, le dedicó un gesto no exento de cierta mofa.

—Usted es el cirujano.

Mata esquivó el ademán con elegancia.

—He venido como mero observador.

Hacía falta mucho más para alterar su humor.

Monlau abrió el estuche, que contenía varios bisturíes de hoja menuda y afilada, y escogió uno a regañadientes. Lo alzó —el instrumento temblaba en sus dedos—, se acercó al cadáver y empezó a cortar las suturas. Mata le observaba como si la cosa no fuera con él, los brazos cruzados a la espalda y la mirada ajena —eso pensé— a sus evoluciones. Hasta que, una vez expuesta la cavidad, algo llamó su atención.

—¿Me permite?

Don Pedro, que había logrado al fin dominar la ansiedad, le cedió la herramienta a regañadientes. Mata se inclinó sobre el cadáver y observó el interior durante un buen rato, hasta que sus cejas se contrajeron arrastrando consigo al resto de la frente.

—¿Qué sucede?

—Este hombre ha sido diseccionado, aunque al responsable aún le queda alguna cosa por aprender. Pero el trabajo es, sin duda, de mérito.

—¿Y la marca? —señaló Andreu.

El doctor alzó la mirada en busca del sepulturero que, atento a su demanda, se acercó para voltear el cuerpo. Al pasar junto a mí, pude percibir la curiosa mezcla de olores a sal, cuero y muerte que desprendía. Su respirar era frágil y cansino. Algún día, aquella desmesurada panza acabaría por ocupar el espacio reservado a sus pulmones y su corazón. Lo más probable era que dicho suceso —a todas luces inevitable— le aconteciera allí mismo, por lo que, al menos, nadie se vería en el apuro de tener que recorrer Dios sabe cuántas calles con su fatigosa anatomía a cuestas.

Una vez que el cadáver estuvo en posición, Mata tomó el candil y lo acercó a la cabeza de Víctor. Todos observamos la señal, una pequeña herida tras el lóbulo. Tenía el tamaño de un maravedí, pero era demasiado grande para tratarse de la picadura de algún insecto y demasiado regular para ser el mordisco de un roedor.

Mata volvió a dirigirse al responsable del osario, que, al igual que Andreu, comenzaba a impacientarse. En su caso, sin embargo, lo que quería era perdernos de vista cuanto antes.

—¿Tiene una cerilla?

El hombre regresó a la antesala en busca del fósforo. Solo entonces, cuando la luz proyectada por su farol iluminó la pared de enfrente, pude ver los instrumentos de su quehacer apoyados en el muro: palas, picos, un par de azadas, una horca y hasta un palote.

Y el ataúd.

Aquella caja había vivido muchos entierros. Estaba colocada de costado, pero lo que llamó mi atención fue que la plancha que hacía las veces de fondo, abierto de par en par, se sujetaba al cuerpo como una puerta a su dintel. Al principio, no entendí el propósito de aquella excentricidad, hasta que me di cuenta de que solo había una caja para tres cuerpos y discerní que, en un intento por guardar las apariencias, la usaban para transportar al muerto hasta la fosa y, una vez allí, la abrían por debajo, dejaban caer el cuerpo y regresaban a la caseta a la espera de un nuevo inquilino.

El sepulturero regresó con el mixto y se lo entregó a Mata, que lo deslizó en el orificio y volvió a fruncir el ceño.

—¿Podemos ver el otro cuerpo?

El cadáver del vagabundo había sido zurcido por el mismo sastre. Esta vez fue él quien procedió a abrirlo. A diferencia del de Monlau, su pulso era firme, el propio de un hombre que practicaba aquella disciplina con cierta asiduidad, imaginé.

—Es obra del mismo verdugo, sin duda.

—¿Qué tipo de instrumento deja una marca así? —le interrogó Andreu.

—Diría que se trata de una sanguijuela artificial.

—¿Una qué?

—Un cilindro en cuyo interior se esconden seis cuchillas rotatorias. Una vez practicada la incisión, se produce un vacío en el tubo por el que se succiona la sangre. Pero esta ha sido modificada para que libere un punzón que parece atravesar el cráneo y llegar hasta el cerebro —explicó con tono escolar—. Eso fue lo que los mató. Un método limpio, rápido y efectivo.

—Tuvo que sorprenderlos por detrás —intervine. Conocía bien a Víctor y sabía que no se hubiera dejado matar sin vender cara la vida. Se había criado en la calle y sabía cómo defenderse, por lo que su asesino tenía que haberle dado aquella estocada con cobardía.

—¿Y la disección? —le apremió Andreu, más interesado en resolver el misterio que en mis sentimientos.

—Fue posterior —aseguró Mata.

—¿Con qué motivo?

—Diría que para estudiar los cuerpos.

Y mientras regresaba al interior de aquella nueva naturaleza muerta, algo llamó su atención.

—¿Falta algo?

—A juzgar por esta pequeña incisión de aquí, a nuestro asesino le interesaba una víscera en concreto.

—¿Cuál?

—El hígado. Le han extirpado una muestra. El resto está intacto —indicó mientras volvía a erguirse. Su rostro reflejaba cierta consternación—. Pero no es eso lo que más me preocupa, sino saber que quien lo ha hecho es uno de los nuestros.

—¿Un cirujano?

—Más bien diría que un estudiante.

—¿Está seguro?

—Durante mi exilio en París tuve el honor de trabajar con don Mateo Orfila, un profesor de la Facultad de Medicina que enseña lo que allí llamaban *médecine légale*. Ayudan a la Justicia a través del estudio de los cadáveres —explicó—. Quien ha abierto los cuerpos, lo ha hecho con un bisturí y siguiendo nuestros protocolos de enseñanza. Solo hay algo que no encaja en este caso —dijo refiriéndose al cadáver que ahora teníamos delante—: este hombre no es ningún vagabundo. Está sano y bien alimentado. Aunque no siempre ha sido así. Y si nos fijamos en estas heridas cicatrizadas, diría que ha estado en la guerra. En cuanto a su piel, lleva bastante tiempo expuesta a mucho sol.

Sus revelaciones nos dejaron perplejos.

Pero la última sorpresa aún estaba por llegar.

Mata ordenó al sepulturero que cubriera el cadáver, y este, al tirar de la lona que descansaba sobre sus pies, dejó al descubierto uno de sus tobillos.

—Un momento —dijo el doctor señalando la extremidad.

Justo debajo del hueso asomaba lo que parecía un hilo blanco. Supuse que se trataba de una hebra que se le había desprendido del pantalón, pero al acercarme descubrí con horror que surgía de una pequeña úlcera abierta en la piel.

—¡Dracunculiasis! —exclamó Monlau—. La lombriz de Guinea.

Mata asintió.

—Este hombre ha estado en África.

IV

Agradecí llenarme los pulmones de aire limpio nada más salir. Estaba acostumbrado al hedor de la ciudad, pero la muerte tiene su propia pestilencia, acre y dulce a un tiempo, y uno no puede evitar creer que se le ha pegado a las ropas, la piel y el cabello cuando la ha afrontado en toda su crudeza.

Don Pedro, cuyo cochero le esperaba aún frente al Palacio Episcopal, se ofreció a llevar a Mata; por mucho que el reencuentro le hubiera hecho sentirse incómodo, la hora no invitaba a pasear solo. A juzgar por sus aspavientos, los imaginé enfrascados en viejas cuitas mientras perdían el contorno en una niebla que la brisa había empezado a desleír. Andreu, por su parte, se dirigió hacia a la plaza Santa Ana, no sin antes citarme para el día siguiente. Había quedado allí con una criada a la que cortejaba a cambio de información.

Estaba seguro de que no sería la única.

La mejor fuente de chismes acerca de lo que sucede en una casa es el servicio, y Andreu lo sabía bien. Nadie se fija en el mayordomo, el ama de llaves, la cocinera, la planchadora o la lavandera; para sus amos, no son más que muebles sordos, mudos y ciegos, pero con los oídos, los ojos y la boca bien abiertos cuando es menester. Algunos habían incluso arruinado fortunas y reputaciones en venganza por los malos tratos sufridos o la falta de cobro, aunque ello les hubiera supuesto verse en la calle. El mundo se gobernará desde arriba, pero hasta el mejor edificio se viene abajo si le abres una grieta en los cimientos.

La noche era fría, así que me calé la gorra y apreté el paso. Descendí por la calle del Obispo hasta la plaza de San Jaime y continué por Libretería. Tenía que hablar con Salvador para contarle lo que había averiguado; aunque no fuera mucho, sí lo suficiente para —al menos de momento— descartar la implicación de Tarrés en los asesinatos.

Y debía hacerle una petición.

Al pasar frente a El Brusi[2], me fijé en uno de los pliegos expuestos en el escaparate. Una columna recogía la ejecución del condenado cuyo cadáver acababa de ver. El tipo se llamaba Nemesio Soler y había matado a una mujer en la calle mediana de San Pedro. La había estrangulado con una cuerda de *camálic*[3]. La vista, sin embargo, no había logrado determinar si se había tratado de un robo, de una venganza o de un ataque de celos, ya que el hombre había insistido en su inocencia. De poco le había servido. Ninguna página, en cambio, informaba de la muerte de Víctor, tampoco de la del pobre desgraciado con el que había compartido destino.

Mientras bajaba por Platería, la imagen regresó nítida a mi cabeza; su rostro inexpresivo, sus labios desvaídos, la tiesura de sus miembros y aquella costura en la piel, que se había vuelto papel de estraza. Pero lo que más me hirió fue su silencio; ser consciente de que la ausencia de su risa, aquel gorgoteo escandaloso que era incapaz de retener cuando algo le hacía gracia, era ya definitiva.

---

[2] Nombre con el que era conocido popularmente el *Diario de Barcelona* debido al apellido de sus propietarios; el impresor, empresario y periodista Antonio Brusi Mirabent (1782-1821), primero, y su hijo Antonio Brusi y Ferrer (1815-1878), aunque fue realmente Eulàlia Ferrer, la mujer de Brusi Mirabent, la auténtica alma del periódico, en especial tras la muerte de su marido. El Brusi fue el primer periódico de España en usar la litografía.

[3] Los *camálics* eran profesionales que se ganaban la vida transportando bultos de un lado para otro. Su vestimenta, muy característica —una blusa azul y una barretina—, servía para identificarlos, en especial la cuerda que siempre llevaban colgada a la espalda. Solían ofrecer sus servicios en plazas y espacios especialmente transitados.

Alcé la vista para escudriñar las alturas y fui más consciente que nunca de que no había ningún Dios allá arriba. La niebla había dado paso a un cielo veteado de nubes que cubrían y exponían la luna a intervalos, revelando y ocultando a los moradores de la noche, espectros que habitan la otra ciudad, una Barcelona de calles irreconocibles, de plazas extrañas, de ramblas vacías y pasadizos lóbregos. Pep, uno de mis compañeros de gatera, afirmaba que cada uno de nosotros tenía un yo secreto que se manifestaba al claudicar el día. Una emanación corpórea de nuestro mal. Incluso aseguraba que, en una ocasión, se había visto a sí mismo surgir de la oscuridad del sótano y salir a la calle para alimentarse del vientre de un perro muerto.

Al llegar a la plaza de Santa María, sentí la brisa.

Me quité la gorra y dejé que se enredara en mis cabellos. Los días como aquel, en los que se alzaba el levante, el viento atravesaba la Puerta de Mar, cruzaba el Plano de Palacio haciendo tiritar sus luces y se colaba hasta allí por Espaseria y Cambios Viejos. Y entonces, por un instante, aunque solo fuera por esa mísera porción de tiempo, su hálito era capaz de hacerte olvidar cualquier cosa.

Todo.

El viento siempre trae prendido consigo mucho más que simples olores y sonidos.

Apenas me separaban un centenar de varas de la cueva cuando sentí la necesidad de ver con mis propios ojos el lugar en el que habían matado a Víctor. Lo que quería saber en realidad era si, de algún modo —físico o de otra índole—, alguna parte de él seguía allí; si su alma permanecía atrapada aún en el lugar en el que había sido asesinado, aunque solo fuera un arambel. Salvador me había contado que aquellos que sabemos que ya no regresarán jamás pasan a vivir dentro de nosotros, y que los que no han muerto en paz se encarnan como una tumoración hasta que alguien les hace justicia. Víctor había comenzado a crecer en mi interior y era consciente de que, si no lograba dar a tiempo con su asesino, infectaría cada una de mis vísceras hasta secarlas.

Las nuevas farolas instaladas a lo largo del plano y el paseo de

Isabel II daban a las fachadas un singular tono ámbar. Cada una era un pequeño sol macilento a cuyo reclamo acudían como insectos las pocas almas buenas que, por alguna necesidad, se habían aventurado a salir a aquellas horas; el resto buscaba el amparo de la noche para otros menesteres.

La Muralla de Mar se alzaba sólida sobre mi cabeza. Aunque aún conservaba parte de su vieja gloria a la luz del día, había dejado de ser el lugar predilecto de paseo de la aristocracia, que, poco a poco, se había trasladado al primer tramo de la Rambla, justo frente al palacio del March de Reus, donde el Ayuntamiento había instalado unos bancos de piedra muy frecuentados por señoritos, petimetres y «mosquitos de agua», hasta el punto de que el paraje había pasado a conocerse como el Mentidero. Buenas bolsas para aquellos que tenían acceso a ellas.

Me adentré en el callejón sorteando varios montones de desperdicios, un par de vómitos que acerté a ver a tiempo y un charco de meado humeante. Tres borrachos que habían decidido alargar la curda buscaban compañía de ocasión por las esquinas, mientras que otros, recién surgidos de una taberna, trataban de mantener el equilibrio camino de la siguiente. Aunque alguno parecía el espectro de un aparecido, nada en el lugar indicaba que allí había muerto alguien, mi mejor amigo, la persona a la que más había querido en esta ciudad, que, en mi caso, era lo mismo que decir en este mundo.

Observé el puerto, con el tenue fulgor de la linterna del fuerte a lo lejos. Los mástiles de un par de bergantines se mecían al ritmo de las olas, con sus gallardetes agitados por el viento, mientras un grupo de estibadores se afanaba en vaciar sus vientres. En cuanto terminaran, los volverían a llenar y partirían rumbo a América con la primera marea favorable. Así funcionaba el comercio, un ir y venir constante de materias primas para las fábricas, de productos manufacturados de regreso a las colonias.

Víctor y yo habíamos soñado con enrolarnos en una ocasión, escapar a las Antillas, incluso a Argentina o Uruguay. Solo queríamos comprobar si el mundo del que hablaban algunos era real, si había algo más allá de los muros que nos rodeaban y contenían lo único que habíamos conocido.

Miseria.

Desesperación.

Muerte.

Pero jamás nos atrevimos.

El miedo es el sentimiento más útil y, a la vez, el más inútil que experimenta el ser humano a lo largo de su vida: nos mantiene vivos, pero también nos condena a la inmovilidad.

Bajé hasta el muelle decidido a probar suerte. El cotilleo de marineros, estibadores y algún que otro pescador que remendaba su malla a deshoras para aliviar la soledad se entremezclaba con el golpeteo monótono de las olas contra los cascos. Se decía que, si uno tenía buen oído, podía llegar a distinguir si las entrañas de un barco estaban vacías o llenas por la resonancia de aquel chapaleo, claro que el propio vaivén de la nave suponía una pista clara acerca de su estado para aquellos que, como yo, éramos algo más cerriles en cuestiones de mar.

—¿Sabéis si ha llegado algún barco de África estos días?

Uno de los estibadores me miró por encima del hombro. Tenía el tamaño de una montaña.

—¿África? Aquí no atracan barcos de África.

—¿Y cómo se puede venir de allí?

—Mira, chaval, tengo trabajo, así que piérdete.

Al ver que no me iba, empezó a recelar.

—¿Y para qué cojones quieres saberlo?

—Curiosidad.

La montaña dio un paso hacia mí con actitud amenazante.

—No se te ha perdido nada en África, te lo aseguro.

—Eso es asunto mío.

Por un momento, pensé que me iba a dar un puñetazo, pero, en su lugar, esbozó una sonrisa de dientes negros.

—El chaval tiene huevos —dijo a su compañero, que mostró una sonrisa igualmente tiznada—. Así que quieres enrolarte, ¿eh?

Pues mira, como me has caído bien, voy a darte un consejo: olvídalo. Allí solo encontrarás lo peor del ser humano. Eso si no te matan el primer día.

Regresé por donde había venido, sin respuestas, pero con todos los dientes en su sitio, lo que, en aquel momento, me pareció todo un logro. Torcí por Marquesa y subí por la calle de la Aduana hasta la parte baja de Rec. El día había sido largo y estaba cansado.

Al entrar en la cueva, la expresión de Salvador me inquietó. Se columpiaba sobre las patas traseras de una silla mientras el resto de mis compañeros dormía a pierna suelta. Parecía más demacrado que de costumbre.

—¿Todo bien?

—Todo lo bien que se puede estar.

No tenía ganas de charla. Aún le daba vueltas a la posibilidad de una guerra entre las distintas facciones de la Tinya, al dolor que un enfrentamiento fratricida traería consigo. Pero allí estaba, despierto a la espera de mis noticias.

—¿Y tú? ¿Qué me cuentas?

Le referí lo sucedido, una crónica exhaustiva de mi encuentro con Andreu y don Pedro, nuestro viaje al depósito de cuerpos del cementerio de los condenados y la inesperada aparición del doctor Mata.

—¿Un estudiante?

—Eso es lo que creen.

—¿Y con qué propósito?

—Aún no lo sabemos.

—No tiene ningún sentido.

El silencio nos envolvió.

—¿Les has hablado de nosotros?

Negué con la cabeza. Solo Andreu conocía nuestra existencia, y le había hecho prometer que no diría nada. No era tonto: sabía que podíamos hacerle la vida imposible.

—¿Estás seguro de que podemos fiarnos de él?

—Tan solo quiere su historia.

—Lo que me preocupa es hasta qué punto.

—Tiene mucho que perder si se va de la lengua.

—Muy bien. ¿Puedo ayudarte en algo más?

Sopesé cómo planteárselo, pero no había modo bueno, así que preferí ser directo:

—Quiero que convoquéis otra reunión del Consejo.

Salvador se removió provocando que las dos patas delanteras, en el aire hasta aquel instante, dieran de golpe contra el suelo.

—¿Para qué? Ya sabes cómo están las cosas.

—Porque hay un asesino suelto que ha matado a uno de los nuestros. —Por algún motivo infundado, en aquel momento preferí no contarle lo del falso vagabundo—. Necesito vuestra ayuda.

Si, tal y como temía el Monjo, los tambores habían comenzado a tocar a rebato, semejante petición podía hacer saltar la chispa. Pero también podía contribuir a unirnos, pensé: no hay nada mejor que un enemigo común para hacer que la gente arrime el hombro.

—Está bien. Pero la decisión final es de Martí.

V

La ciudad se agitaba con cientos de vehículos y transeúntes circulando arriba y abajo. Con el paso de los años, las caballerías se habían multiplicado hasta tal extremo que era casi más fácil morir arrollado por un coche de punto o una carreta de reparto que por culpa del hambre o alguna pestilencia.

Un forcaz tirado por un enorme boloñés pasó junto a mí a toda velocidad. Aunque logré esquivarlo a tiempo, la salpicadura de sus ruedas me ensució la mejilla de barro. Después fueron un par de lavanderas, con sus cestos cargados hasta los topes, las que casi me pasan por encima. Cada uno iba a lo suyo, camino de una cita, una entrega o algún que otro quehacer, como si todos tuvieran una vida perfectamente reglada y debieran cumplir sin demora con los preceptos del día. Alguno hasta parecía uno de esos autómatas que se podían ver de vez en cuando en las barracas de alguna feria, con su mirada vacía y sus movimientos pautados.

En realidad, nunca me había parado a pensar en ellos, en quiénes eran, en sus empeños y afanes.

En sus miedos.

Hasta aquella mañana.

Para un miembro de la Tinya, cualquiera con dinero en el bolsillo era un objetivo. «¿Prefieres morirte de hambre tú o que sean ellos?

—solía repetirme Salvador—. Para que unos abandonen la miseria, otros deben caer en ella». Pero Víctor tenía su propio código. Él me había enseñado cuándo, cómo y cuánto robar. No le importaba mucho la cuota que le exigían sargentos y capitanes, tenía sus propias reglas, las que le dictaba la conciencia: «A los ricos, lo que quieras, pero si el objetivo es un trabajador, róbale el día de paga y solo la mitad, que es lo que se gastaría en aguardiente; nunca más de eso, porque se lo estás quitando a la mujer y a los hijos».

La población de Barcelona se dividía en tres grandes grupos: el de los elegidos —ricos, industriales, políticos y algún que otro aristócrata o terrateniente venidos a menos—, que vivían una plácida existencia; el de los burgueses, que dedicaban todo su empeño a convertirse en ellos; y el del resto de nosotros, que, simplemente, nos limitábamos a sobrevivir.

Así había sido siempre y así seguiría siendo.

Andreu me esperaba frente a un pequeño café situado en el extremo más oriental de la calle de las Pansas. El dueño, Julián, había ejercido los oficios más diversos durante años, hasta que un día, cansado de dar tumbos, había comprado el almacén y lo había convertido en lo que era. Pero por mucho que se empeñaba en convencer a todo el mundo de que lo había adquirido gracias a una herencia —nadie le había conocido nunca familia alguna—, las malas lenguas aseguraban que había matado al dueño en una reyerta de juego y, como pago por la deuda, se había quedado con todas sus posesiones, incluida su viuda. La mujer, feliz por desprenderse al fin del animal que había sido su marido, se abstuvo de protestar. Todos lo llamaban el café del Julepe en referencia al juego de naipes que había motivado la disputa.

El gacetillero parecía absorto en sus cosas, que, hasta donde yo sabía por entonces, se limitaban a asuntos de letras, delantales y faldas y el denominador común que los unía a todos: el dinero. Su falta de él, más bien.

—No tienes buena cara —me saludó.

Apenas había pegado ojo en toda la noche debido a las pesadillas.

Y por la culpa.

No me había atrevido a decirle nada a Salvador —tampoco quería reconocérmelo a mí mismo—, pero la sensación de libertad que había experimentado en el día que llevaba investigando el asesinato de Víctor, lejos de mis obligaciones y quehaceres diarios, empezaba a expandirse por mi interior como una fiebre.

Jamás me había sentido tan vivo, y se lo debía a la muerte.

La muerte de Víctor.

—¿Y cuál es tu excusa? —repliqué.

Su semblante no lucía mucho mejor, aunque estaba seguro de que su insomnio tenía más que ver con la criada con la que había quedado la noche anterior que con el mío.

—Sígueme.

La casa de Monlau estaba situada en la calle Ancha, entre el *carrer* de la Plata y la parte baja de Escudillers, justo en el límite de mi distrito. Con el tiempo, aquella localización se había convertido en una de las más selectas de la ciudad, y señores, empresarios, banqueros y algún que otro militar de alto rango habían levantado allí sus moradas, construidas tanto para su comodidad como para mostrar su riqueza al mundo. Cada palacio era distinto del anterior, pero todos tenían un elemento en común: se sustentaban sobre los cimientos de la explotación.

—Anoche estuve en el puerto —le confesé.

—¿Para qué?

—Quería saber si había llegado algún barco procedente de África en los últimos días.

—Eso podría habértelo dicho yo. Nuestro desconocido no vino de África, sino de las Antillas —replicó deteniéndose frente a un portal—. Es aquí.

Alcé la vista.

La finca, una mansión de tres alturas y portón de madera del que pendían dos aldabas en forma de zarcillo, era imponente. Andreu hizo sonar uno de los llamadores. El portero debía de conocerle, porque en cuanto le echó el ojo, relajó el gesto —y los nudillos—, guardó las manos en los bolsillos del guardapolvo y nos condujo hasta la escalera que daba acceso al principal. Allí nos esperaba el mayordomo, un tipo de lo más estirado, tanto como la levita de su uniforme. Estaba claro que nuestra presencia le desagradaba, en especial la mía; por mucho que estuviera acostumbrado a algunas de las excéntricas amistades del señor, mi visita constituía una novedad, y a juzgar por su nariz arrugada y sus labios fruncidos, no era de su agrado.

No hay peor pobre que el que se cree mejor que los suyos.

Cada uno de los muebles, cuadros, lámparas, jarrones y objetos que decoraban las habitaciones que cruzamos debía de costar un dineral, el suficiente para alimentar a una familia durante un mes, quizá hasta un año entero. Todo, sin embargo, quedó eclipsado al llegar al salón. Todas las paredes estaban vestidas de sedas adamascadas, y el suelo, a diferencia de las esteras que cubrían el del resto de la casa, oculto bajo alfombras que parecían recién hiladas. Ni por un instante dudé, sin embargo, de que las maderas que lo componían —y que sentía crujir bajo mis pies— debían de ser un primor a juego con el resto de la marquetería. Tanta opulencia me acongojó, no solo porque, en comparación con el sótano que me servía de refugio, aquello era una mansión, sino porque la mayoría de los barceloneses se veían condenados a apretujarse en viviendas exiguas de cuartos famélicos que cabrían por entero entre aquellas cuatro paredes.

Me sorprendió ver a Mata de pie en una esquina. Observaba la calle a través de uno de los ventanales. Quizá él y don Pedro hubieran arreglado sus desavenencias durante la pasada cena, que se habría alargado, aventuré, con una degustación de licores y tabaco. Aunque no le di mucha importancia; lo único que me interesaba en aquel momento era que su pericia podría sernos de ayuda.

—Pase, Andreu —saludó Monlau, efusivo. Después me miró mientras trataba de recordar mi nombre.

—Miquel, señor —dije mientras me quitaba la gorra—. Miquel Expósito.

—¿Un café? ¿Un chocolate, quizá?

La vergüenza me impidió aceptar, aunque me moría de ganas.

—No sea tímido, Expósito —replicó Monlau adivinándome el deseo.

—Miquel, señor.

—Muy bien —concluyó algo molesto por la puntualización—. Acérquense, por favor. El doctor Mata ha tenido la amabilidad de traernos el listado de alumnos matriculados en el Colegio de Cirugía.

—¿Sigue usted convencido de que se trata de un estudiante? —señaló Andreu.

Mata asintió.

El documento incluía ochenta nombres. Los había de varias edades, la mayoría entre los dieciséis y los veinte, aunque se podía encontrar desde uno de catorce a otro de cuarenta y cuatro. Muchos eran forasteros, aragoneses en su mayoría, pero también venidos de Andalucía, Murcia, Canarias, Galicia y Extremadura, incluso de Francia, Cuba y Puerto Rico.

Mata nos contó que los estudios se alargaban siete años, de ahí la cantidad de inscritos. De repente, la labor de descubrir al asesino se me antojó imposible; seguirlos a todos nos llevaría semanas. No se trataba de una tarea que pudiera afrontar yo solo, necesitaría decenas de piernas, ojos y oídos para ello. Debía hablar con los míos y trazar un plan.

—¿Y los profesores? —quiso saber Andreu.

—Seis —indicó Mata.

—¿Cómo lo hacemos?

—Habrá que entrevistarlos uno a uno y seguir a los que nos parezcan sospechosos —señaló Monlau.

—Creo que no lo comprende, don Pedro —me atreví a interrumpirle de nuevo—. Hablamos de mucha gente.

—¿Y qué propones? —respondió con la displicencia del general que despacha a sus tropas a la muerte desde la seguridad del cuartel.

—Ustedes hablen con los maestros, por si alguno ha visto o notado algo extraño. Yo me encargaré de los alumnos.

Don Pedro permaneció impertérrito. Hasta que dejó escapar una carcajada.

—Caramba con el huérfano.

Su tono no fue de desprecio, sino más bien de sorpresa, aunque no exento de cierta burla, debo decir. Yo no era más que un pobre a sus ojos, un expósito; un bastardo; un desgraciado que malvivía en las calles y se aprovechaba de la buena fe de las gentes.

Parásitos.

Eso éramos.

Una colonia de gorristas que nos alimentábamos de su sangre.

Gente sin pasado.

Hombres sin futuro.

Pero no me arredré.

—Ustedes, con sus sombreros, sus levitas y sus estudios quizá sepan de letras, política y otros asuntos, pero no conocen la calle. De hecho, no durarían ni un minuto en ella.

Don Pedro me miró furibundo, pero se las arregló para mantener la compostura.

—A lo largo de mi vida he sido falsamente acusado de asesinato, he sido perseguido y he tenido que huir con lo puesto al exilio, joven. ¿Sabe usted lo que es eso?

—Pero jamás ha estado en el infierno —pronuncié.

La llegada de la criada aligeró la tensión. Traía un plato repleto de melindros junto a la jarra de chocolate. Andreu mojó la punta de un bizcocho y se lo llevó a la boca. Decidí imitarle. La repentina mezcla de dulce y acre hizo que mi lengua, que toda la boca se me estremeciera de placer. Aquella delicia no se parecía en nada al mejunje que había probado en alguna de las chocolaterías del barrio.

—Creo que puedo ayudar —intervino Mata—. Por su destreza, yo descartaría a los alumnos de los primeros cursos y empezaría por los de último año.

—¿Cuántos son? —preguntó Andreu.

El doctor consultó los papeles.

—Cinco.

—Está bien —asentí—. Pero necesitaré que los señale para mí.

Por un momento pensé en pedirle que les cosiera un trozo de

cinta a una de las mangas, tal como hacían los que compraban la protección de Tarrés, pero no me imaginaba al doctor practicando labores, por no decir que semejante excentricidad implicaría que hasta el más despreocupado se diera cuenta de la circunstancia.

Ya idearía otro modo.

—Una última cosa —añadió Andreu—. El artilugio con el que los mataron, ¿es fácil de conseguir?

—Más bien diría que todo lo contrario —aseguró Mata—. El uso terapéutico de hirudíneos se conoce desde muy antiguo, pero la sanguijuela artificial es más cara y ofrece peores resultados. No conozco a ningún sangrador que las use, tampoco a ningún médico aquí.

Andreu asintió, ligeramente contrariado. La sola posibilidad de poder quedar excluido le espantaba.

—No se preocupen. Si alguien comercia con ellas en Barcelona, le encontraré.

VI

El Real Colegio de Cirugía, un edificio de lo más solemne —acorde, supuse, a los asuntos que allí se trataban—, estaba ubicado en la calle del Carmen. La casa-fábrica de La Gònima y los lavaderos del Padró quedaban una cuarta más allá, y justo detrás del complejo hospitalario en el que estaba enclavado, se alzaba La Barcelonesa, otro leviatán cuyos brazos habían estrangulado Sant Agustí Nou y amenazaban con alcanzar la ruina del antiguo convento de los Trinitarios, donde, según se rumoreaba, algunos planeaban levantar un nuevo teatro.

Era territorio del Mussol.

Aún quedaba un rato para que acabaran las clases de la mañana, de modo que decidí regresar a la Rambla. Sin saber cómo —ese humor negro que habita nuestro interior y toma el control de nuestros designios—, acabé frente a la Misericordia. Nunca he sido dado a sentimentalismos, pero algo se me removió al verla junto a la puerta, aquella boca desdentada cuya única función era la de devorar a las criaturas recién nacidas que nadie más quería. Debo reconocer que, a lo largo de los siete años que había pasado interno en la Caridad, había fantaseado acerca de quiénes serían mis padres. Quizá incluso me los había cruzado por la calle algún día, la criada que se me había quedado mirando aquella mañana —acaso reconociendo algún rasgo, una frente ancha, una nariz chata, unas orejas salidas—, el señor que había acelerado el paso sin saber que era el fruto de su carne; o quizá sí; quizá intuyendo al bastardo había puesto pies en polvorosa no fuera a reclamarle algún real.

Poco importaba ya.

Mis padres estaban muertos y mi única familia era la Tinya.

La ayuda que había solicitado a Mata consistía en que, antes de terminar las lecciones que se había ofrecido a impartir a los alumnos de último curso —el director había aceptado de inmediato, por supuesto, el doctor era una eminencia—, rayara la espalda de sus chaquetas con tiza para que, al salir, pudiera identificarlos de lejos. Uno por día. Eso era todo lo que podía abarcar mientras esperaba la respuesta a mi solicitud de ayuda por parte del Consejo.

A la altura del Tridentino, el aroma de las flores comenzó a abrirse paso entre la peste a excrementos. Las voces de un grupo de *ramelleres*[4] que había acudido a vender su género frente al colegio trataban de imponerse al sonsonete de cocheros, carros, carretas y cascos herrados que conformaban el eco diario de la ciudad; un murmullo que solo cesaba entrada la noche, cuando lo único que alteraba el silencio era el canto de los serenos y de algún que otro borracho.

Sus ramos de claveles, hortensias, olivillas y alhelíes constituían una agradable pincelada de color en medio de una ciudad de calles marrones y hombres grises. Me detuve frente a un cesto y rocé la punta de un clavel, como si así pudiera llevarme parte de su frescor y alegría conmigo. Quizá por eso no me di cuenta de que me seguían hasta que fue demasiado tarde. Me había dejado invadir por la mentira de que era un paseante más, el recadero que procura que el camino de regreso a la tienda sea siempre más largo que el que le llevó a destino.

---

[4] Nombre por el que eran conocidas las vendedoras de flores que iban a ofrecer su género en las Ramblas —más en concreto, en el tramo aún hoy denominado Rambla de las Flores—, único punto de la ciudad en el que, ya desde la Baja Edad Media, se podía adquirir aquel tipo de producto.

Así somos los seres humanos, dados a engañarnos.

«En la calle, siempre cuatro ojos, Miquel», me pareció escuchar a Víctor reprendiéndome entre el barullo. Apreté el paso y descendí en busca de la seguridad de mi distrito, pero paseantes, repartidores y vehículos parecían haberse conjurado en mi contra a medida que avanzaba con el alma en vilo y la lengua fuera. Por un instante, creí haberlos despistado, pero a la altura de la Cuatro Naciones volvía a tenerlos encima.

Aproveché el pequeño atasco formado por un landó detenido frente al hotel para escabullirme. El mozo que bajaba uno de los baúles —una cosa de lo más ostentosa— se trastabilló y a punto estuvo de dar con él en el suelo ante la mirada del dueño, que no dudó en atizarle con su bastón, lo que acabó por precipitar la desgracia. Todos sus enseres quedaron desparramados por la calle, momento que unos aprovecharon para sustraer lo que pudieron y otros, regodeándose en la desgracia ajena —en especial cuando se trataba de la de alguien pudiente—, disfrutaron en silencio.

Me dieron caza a la altura del *carrer d'en* Aray.

Eran del IV.

Dos eran mayores que yo, altos y fuertes, en especial uno de cabellos rubios, largos y sucios; el tercero no tendría diez años, pero la calle le había cambiado las facciones y parecía un boxeador en miniatura.

—¡Mira qué tenemos aquí! Una rata —dijo el de la melena—. ¿Qué hacías en nuestro territorio?

—Tengo permiso del Consejo.

—El Consejo, ¿lo habéis oído? Dice que no es una rata, que tiene permiso nada menos que del Consejo.

Los tres estallaron en risas.

Al ver lo que sucedía, algunos viandantes apretaron el paso. No querían líos.

Autómatas.

—Es la verdad.

«En las calles, el miedo te mata, Miquel. Aunque sean más. Aunque sean más fuertes. Jamás les dejes ver tu miedo».

La algarabía cesó de pronto, como si hubieran respondido a una señal convenida.

—¿Sabes qué? No te creo.

—Tú verás.

Ninguno me conocía, pero su mirada rebosaba odio. Estaba claro que buscaban pelea. Algunos vienen con la sangre envenenada desde la cuna.

Por un instante pensé en echar mano de la navaja, pero eso solo hubiera empeorado las cosas. Una de las lecciones más importantes que se aprenden en la calle es que, si muestras el acero, debes estar dispuesto a usarlo, y yo no lo estaba. Jamás había apuñalado a nadie. El recuerdo del cuerpo abierto de Víctor me hizo sentir un temblor.

«Ni un paso atrás, Miquel».

—Además de rata, mentiroso.

Le había desafiado, y no lo iba a dejar pasar.

—Los bolsillos —me ordenó.

Caí en su enredo como un principiante.

El primer puñetazo me alcanzó la sien con las manos en el pantalón. Fue un martillazo seco al que acompañó un instante de oscuridad. Una vez en el suelo, me ovillé sobre el pequeño montón de desechos que había amortiguado mi caída. El cadáver de un gato que aún conservaba algo de piel sobre la calavera me dedicó una sonrisa grotesca; al igual que yo, había vivido tiempos mejores, aunque, a juzgar por su avanzado estado de descomposición, los suyos quedaban bastante lejos.

Durante el rato que duró la paliza, lo único que fui capaz de vislumbrar fue un rayo de sol que jugueteaba entre la maraña de piernas que me golpeaban sin cesar. Por un momento, pensé que se trataba del mismísimo arcángel san Miguel que acudía en mi ayuda con su brillante espada flamígera en la mano; después recordé a Víctor, su cuerpo inexpresivo sobre aquella mesa, y me vi tumbado a su lado con la cara tumefacta, la cabeza abierta y las ropas trizadas.

«Nadie te echará de menos», pensé.

De hecho, la única persona que podría hacerlo ya estaba muerta; yacía a mi lado pendiente de que alguien abriera una herida en la tierra para arrojarnos juntos en su interior.

—Basta —dijo el rubio—. Esta es mi casa, ¿te enteras? Ahora ya puedes ir a llorarle al maricón de tu jefe. Sus palabras encerraban un mensaje claro: nadie del Distrito IV estaba dispuesto a que el Maestro y el Monjo reclamaran parte de sus calles.

No sé cuánto tiempo permanecí allí tirado. Varios viandantes pasaron junto a mí, pero ninguno hizo ademán de acercarse, mucho menos de pararse para ver si aún conservaba un hilo de vida. Así era esta ciudad: la gente moría abandonada en sus calles sin que nadie hiciera nada, al menos hasta que los cuerpos empezaban a pudrirse y algún vecino se quejaba.

Me incorporé valiéndome de la pared y sentí un calor húmedo en la palma. Alguien se había desahogado sobre la piedra y el resultado seguía aún fresco. Vomité un par de veces y me sequé los restos de orín y bilis en el pantalón; tenía la cara llena de sangre, la ceja partida, la nariz fuera de sitio y el labio abierto. La cosa no debía de andar mucho mejor por dentro; me costaba respirar, y cada vez que ensanchaba el pecho para coger aire, una punzada de dolor se cebaba conmigo. Me palpé el costado y noté una concavidad en la parte baja del costillar. Asustado, me levanté la camisa para observar el destrozo y comprobé cómo mi cuerpo se había abollado como una vieja lechera. En mi boca se mezclaban el sabor del barro con el de la sangre y la derrota. Necesitaba un médico cuanto antes. Recé para que Monlau estuviera en casa, y para que tanto el portero como el mayordomo se apiadaran de mí y decidieran darle aviso de mi estado. De lo contrario, sería otro cadáver recostado en una fachada.

Un muerto anónimo más al que nadie lloraría.

Un nuevo Víctor.

Cuando recobré el sentido, me hallaba en el salón principal de la casa de don Pedro. Me habían tumbado sobre un diván de tapicería amarilla y listones plateados —una cosa de lo más refinada pero del todo incómoda— en cuyo extremo había tallada una gran piña cuyas hojas no dejaban de incordiarme.

Las puntas del bigote del doctor Mata me rozaban la frente a intervalos. Su piel olía a perfume y su bigote a fijador. No fue hasta ese momento cuando pensé en mi propia fetidez, que debía de resultarle insoportable; mis ropas, mi rostro y mis manos acumulaban sustancias que no me apetecía recordar. Mata, sin embargo, no parecía molesto en absoluto. Imaginé que, debido a su profesión, habría estado expuesto a humores más glutinosos que los que ahora le regalaban tanto mi indumentaria como mi propia anatomía.

El olor a muerte del osario acudió a mi memoria. De no ser porque nos hallábamos muy lejos de allí, hubiera jurado que seguíamos atrapados entre sus cuatro paredes.

Traté de incorporarme para no echar a perder el mueble, pero el doctor me retuvo.

—Estese quieto.

—Le han dado una buena paliza —intervino Monlau, cuya presencia me había pasado desapercibida hasta el momento—. Está ciudad es cada día más insegura. Si no morimos de cólera, tifus o fiebre amarilla, lo haremos en algún bombardeo o porque nos acabaremos matando los unos a los otros. ¡Los barceloneses tenemos la marca de Caín!

Volvía a lanzar una de sus arengas, solo que esta vez nadie le escuchaba. No le faltaba razón, no obstante: la vida en las calles valía menos que un retal de algodón.

—¿Cómo se encuentra, Expósito? —se interesó al fin.

—Miquel —logré articular.

El hombre me miró con los ojos abiertos, tanto que, esta vez sí, temí que me echara a patadas. Pero, en lugar de eso, dejó escapar una carcajada.

—¿Alguna novedad?

Me dolía el labio, así que me limité a negar con la cabeza. Ninguno de los dos me preguntó por lo sucedido. Así era como yo, como la gente de mi condición, solucionaba sus problemas, debían de pensar.

—Quizá Andreu haya logrado averiguar algo —dijo mientras consultaba su reloj.

Aun en mi estado, pude distinguir que se trataba de una magnífica pieza de plata con doble numeración. Me hubieran dado un buen pellizco por él.

—Ha tenido usted suerte. La costilla no parece haber perforado el pulmón y la nariz solo está desplazada —me informó Mata, que seguía escrutando mi rostro—. Pero esto le dolerá.

Ni siquiera tuve tiempo de prepararme antes de que asiera el apéndice y lo enderezara.

—Es probable que tenga una conmoción. Debe descansar.

Recliné la cabeza y cerré los ojos.

Víctor yacía de nuevo a mi lado. De pie junto a él, una figura embozada le abría el vientre con delectación, pero el pobre no gritaba, sino que se dejaba hacer. Traté de alargar el brazo para detener el bisturí, pero tampoco yo podía moverme, tan solo observar cómo aquel carnicero hacía su trabajo. En cuanto hubo terminado, limpió la hoja con un paño y se acercó a mí. Sentí su mano posarse en mi tripa y buscar el punto exacto por el que abrirme la carne mientras, esta vez, los doctores Monlau y Mata observaban sus evoluciones con sumo interés. Cualquier atisbo de resistencia por mi parte era inútil; allí tumbado me sentía como una marioneta deshilada, el sacrificio humano a unos dioses desconocidos a quienes no les importaba lo más mínimo.

El aullido germinó en lo más profundo de mi vientre, se abrió paso por mi tracto digestivo y alcanzó finalmente la garganta.

Angustia, miedo, dolor, muerte.

Los tres se giraron sobresaltados.

Miedo, dolor, angustia, muerte.

El sol se decantaba en ángulo sobre la alfombra. Observé la danza errática de las motas atrapadas en su interior; solo parecían existir dentro de sus límites, ya que, una vez traspasados, se tornaban invisibles y era imposible asegurar si las que ocupaban su lugar eran las mismas, que regresaban atraídas por su calidez, o unas nuevas.

—Bienvenido de nuevo —saludó Monlau.

Me toqué la frente. Sudaba y tenía escalofríos; Mata hubiera dicho que por la fiebre, pero yo sabía que se debía a otra cosa.

El miedo.

Me puse en pie con las pocas fuerzas que me quedaban y me reuní con ellos, momento que Andreu aprovechó para continuar el relato dejado a medias:

—Como les decía, esta mañana he estado en la Aduana. Tengo a un amigo allí. Me ha dado un listado de los barcos procedentes de Cuba y Puerto Rico que han atracado en el último mes: derrotero, carga, tripulación... Todo corriente excepto en uno de ellos, el Gregal. Arribó hace cuatro días y traía un pasajero. Según figura en el libro del capitán, se llamaba Alberto Guiteras.

—Y crees que es nuestro desconocido —señaló Monlau.

El gacetillero asintió. Seguía manteniendo sus dotes de sabueso intactas.

—El barco aún no ha zarpado, así que he podido hablar con alguno de los marineros. Todos han coincidido en la descripción. Y en que Guiteras no era ningún vagabundo. Embarcó en La Habana y disponía de camarote propio, pero apenas salió de él. Viajaba con poco equipaje y nadie le esperaba al llegar. Su escasez de pertenencias me ha hecho suponer que no pensaba quedarse mucho, y el hecho de que nadie acudiera a recibirle, que debió de alojarse en algún hotel, de modo que he preguntado en los principales, pero no ha habido suerte.

—Si quería pasar desapercibido, lo más probable es que buscara algún tipo de establecimiento más discreto —apuntó Mata.

Andreu asintió de nuevo. Era perro viejo, tanto como el propio doctor.

—Mañana realizaré una búsqueda por fondas y casas de huéspedes.

—Debemos dar con su alojamiento. Quizá sus cosas aún sigan allí y puedan aclararnos algo —señaló Monlau.

—¿Y si se inscribió con nombre falso? —apunté.

—De ser así, será imposible dar con él —intervino Mata.

—No tanto —puntualizó Andreu—. Tenemos su descripción, conocemos su fecha de entrada y sabemos que no habrá vuelto por allí desde hace dos días.

—¿Algo sobre la sanguijuela? —inquirió entonces Monlau.

Andreu negó con la cabeza.

—Nadie en Barcelona parece comerciar con esos artefactos.

—Quizá provenga del extranjero —señaló Mata—. Al igual que nuestro desconocido.

Sentí una ligera zozobra. Tanto para Andreu como para Mata y Monlau, el asunto había pasado de ser la investigación por la muerte de dos desheredados a una pesquisa por el asesinato del tal Alberto Guiteras, alguien, al parecer, más cercano a su clase. Víctor ya solo me interesaba a mí. Aunque debo reconocer que, en cierto modo, el hecho de que Guiteras no fuera quien parecía ser en un principio jugaba a mi favor: estaba seguro de que, a partir de ese momento, ninguno de los tres ahorraría esfuerzos por averiguar la verdad, aunque solo fuera sobre su misteriosa muerte.

Regresé a la cueva dolorido y con cierto malestar en el ánimo. Mata había hecho un buen trabajo con mi nariz, y el vendaje que me comprimía el pecho mantenía las costillas en su sitio, pero el dolor era difícil de enmascarar. Tanto como la tristeza.

Todos dormían menos Salvador, que me esperaba despierto, aunque ensimismado.

—¿Qué ha pasado? —preguntó nada más verme.

—Me topé con unos del IV.

—¿Cuándo?

—Esta mañana, en Capuchinos.

—¿Cómo eran?

—El que mandaba era un tío alto, melena rubia y ojos marrones.

—Hijo de puta.

—¿Le conoces?

—Se llama Joan. Es un sargento del IV.

—¿Tienes trato con él?

Salvador agitó la cabeza. El tipo no era santo de su devoción.

—Estuvo en la cárcel por darle una paliza a un guardia. Casi lo mata.

—Pensé que no lo contaba.

—¿Te dijo algo?

—Que recordara de quién era ese territorio.

Salvador tensó los músculos de la mandíbula.

—¿Qué está pasando? —quise saber.

Su respuesta me erizó el vello de la nuca.

—Esta mañana, Martí y el Maestro han dado orden de ocupar las calles del III y el IV hasta la Rambla.

Estábamos en guerra, y yo había sido su primera víctima.

VII

El tercer cuerpo apareció a primera hora de la mañana del día siguiente. Se trataba de un mendigo que solía pedir limosna en la calle *d'en* Petritxol, junto a la Parés. Nadie sabía su verdadero nombre, de modo que todos le llamaban el Velázquez. En cuanto un burgués o un señor aparecían por la tienda para comprar óleos, pinceles o telas, los abordaba con el cuento de que había sido un viejo maestro de la Escuela de Lonja. A los pobres incautos que aún no le conocían, les mostraba un lienzo que llevaba enrollado bajo lo que le quedaba de camisa —su gran obra, decía, una marina de la Costa Brava— y les ofrecía sus servicios como retratista privado. Lo había encontrado un guardia en la Volta de San Ramón, un callizo que unía el *carrer* del Call con la Bajada de Santa Eulalia. Solo aquellos que se dedicaban a alguna actividad ilícita —o poco confesable cuando menos— se aventuraban por él, pero el chaval —el tierno bigote que lucía sobre el labio parecía de prestado— era novato y buscaba promoción. El cadáver presentaba las mismas heridas que los de Víctor y Guiteras. Era la primera vez que el pobre se topaba con un destripado y, al verlo, devolvió hasta el primer alimento que su madre le había proporcionado en este mundo.

La noticia —tanto su bisoñez como la flojera de buche— corrió como la pólvora entre sus compañeros, hasta que uno de ellos, que compartía secretos debidamente remunerados con Andreu, le informó del suceso por truculento sin saber que aquella forma de muerte amenazaba ya con convertirse en una plaga.

Una vez solventado el pago, el gacetillero nos envió recado para que le esperásemos en casa de Monlau. Al parecer, tenía algo importante que contarnos. La nota, escueta, no proporcionaba pista alguna sobre el contenido de sus averiguaciones, por supuesto. Cuando entré en el salón, ambos doctores estaban enfrascados en otra de sus discusiones. Exceptuando el momento de frialdad que había acompañado a su reencuentro, aquel parecía ser su estado natural. Incluso había comenzado a discernir las reglas por las que se regía cada una de sus riñas: a medida que el silencio de Mata se hacía más patente, Monlau elevaba el tono como una corista, hasta que el doctor abandonaba su mutismo y soltaba una nueva estocada con intención de agitarle.

—¡Este loco mata al azar! —exclamó Monlau.

Mata le corrigió de inmediato:

—Me temo que no es ningún loco.

—¿Acaso cree que está en sus cabales?

—Nos enfrentamos a un asesino frío y metódico. No le gusta hacer sufrir a sus víctimas: primero cumple con su misión, y solo luego se permite experimentar.

—Un loco —se reafirmó Monlau.

—En Francia conocí algunos casos que le impedirían dormir, y, créame, nuestro hombre no es de ese tipo. Es más bien un lobo disfrazado de hombre.

Sentí un repentino escalofrío.

—¡Tonterías!

—Uno de ellos fue el de un hombre llamado Antonie Léger. Mató a decenas de mujeres, la mayoría de la calle, a lo largo de cuatro años. Las violaba, las torturaba, las asesinaba y después se las comía. Disfrutaba con su sufrimiento. Era descuidado y poco metódico, un pobre diablo que, sencillamente, no podía evitarlo —desgranó Mata—. Nuestro asesino es todo lo contrario, aunque no por ello es menos peligroso —concedió.

Había conocido la maldad en varias de sus formas, pero jamás había oído hablar de aquel tipo de seres. En mi mundo, cuando no es natural —si es que la miseria puede considerarse una pestilencia más—, la muerte tiende a obedecer a motivos de índole más simple y práctica. Es igual de sucia y de definitiva, pero jamás así de cruel.

Andreu llegó con las novedades prometidas —al fin—, y, de repente, todo dio un vuelco.

—He dado con la habitación de Guiteras —exclamó ufano, tras lo que guardó uno de sus silencios. No podía remediar la pausa dramática; nos había tenido en suspense toda la mañana y aún parecía decidido a prolongar nuestra agonía. Hasta que Monlau se exasperó.

—¡Vamos, suéltalo!

—Alguien había estado allí antes que yo, pero el propietario del hostal no supo describírmelo. Aun así, rebusqué entre sus cosas, pero no encontré nada. Entonces pensé en algo. ¿Recuerda el caso del empleado que sisaba del Hispano Colonial, don Pedro?

Monlau, cada vez más irritado, asintió repetidas veces mientras le apremiaba:

—¡Al grano, Vila, al grano!

—Se me ocurrió que quizá nuestro desconocido hubiera usado el mismo sistema, así que palpé el forro de su chaqueta en busca de algún documento y di con un escondite secreto en uno de los puños —reveló—. Allí encontré esto.

El papel había sido doblado hasta la extenuación. Andreu lo desplegó sobre la mesita de los licores. Era un listado de nombres distribuido en varias columnas:

Santísima Trinidad	*Albatros*	*Serra*
Vicente Ferrer	*Bella Lola*	*Xifré*
San Narcís	*Aguamarina*	*Biada*
Constancia	*¿?*	*Güell*
San José		*Mercader*
Montserrat	*Palau*	*Torrents*
Ecce Homo	*Larrea*	

—¿Qué son? —deslicé.

—Según mi contacto en la Aduana, los de la izquierda pertenecen a barcos que hacen la ruta del tasajo[5].

Mata y don Pedro contrajeron el entrecejo; estaba claro que aquella palabra escondía un significado oculto para ellos.

—¿Alguien me lo quiere explicar?

—A que transportan algo más que manufacturas y alimentos —apuntó don Pedro.

—Negros. —Caí al fin en la cuenta—. Pensaba que era ilegal.

—Las Cortes prohibieron su tráfico en 1820, pero eso lo ha convertido en un negocio aún más lucrativo —me iluminó Andreu—. Antes de poner rumbo a Argentina, fondean en África y completan la carga con hombres, mujeres y niños para los ingenios de ultramar.

Mata se removió en el interior de sus ropas. Parecía como si el chaleco le hubiera menguado una talla. El tema le incomodaba. No solo a él, también a otros, pensé al recordar la hostilidad del marinero con el que había tenido mi pequeño encontronazo en el puerto. Hay ciertas cosas en este mundo sobre las que a uno no le apetece hablar; por prudencia, pero también por vergüenza. Los deseos, miedos y miserias que atesora un hombre le incumben solo a él.

—¿Y los del centro? —continué.

—Los tres de arriba son de otros bergantines que cubren la ruta con Cuba —señaló Andreu—. Los de abajo, sin embargo, no pertenecen a ninguna nave. Pero estoy convencido de que el primero se refiere a don Alberto Palau, ¿les suena?

El doctor asintió, y eso provocó que una gota de sudor se le deslizara cráneo abajo.

---

[5] La ruta del tasajo partía de Barcelona rumbo a Buenos Aires; una vez allí, los barcos descargaban su mercancía —productos manufacturados en las fábricas de Barcelona—, cargaban el tasajo, una cecina de buey que se empleaba como alimento para los esclavos de las plantaciones, y ponían rumbo a las Antillas, de donde regresaban con pagos en plata, productos alimenticios y medicinales como azúcar, cacao, quina y jalapa, y materias primas como tintes, algodón en rama y cueros.

—En cuanto al tal Larrea, no sé quién es. Tampoco por qué Guiteras escribió esos signos de interrogación justo bajo el nombre de esos barcos en concreto. La columna de la derecha, sin embargo, habla por sí sola.

Fijé la vista en ella.

Serra
Xifré
Biada
Güell
Mercader
Torrents

Hasta yo era capaz de reconocer aquellos nombres. Pertenecían a algunas de las familias más importantes de la ciudad. Eran los amos del leviatán: indianos, industriales, aristócratas, banqueros y burgueses que comerciaban con cualquier cosa que les ofreciera beneficios. Todos eran «Ciudadanos Honrados», título que unos ostentaban por nacimiento y que otros de cuna menos noble habían comprado con el tiempo.

—¿Crees que Guiteras vino para verse con Palau? —planteó don Pedro.

—Habrá que preguntárselo —dijo Andreu trasladando la mirada de un doctor a otro.

Aunque pertenecían a facciones distintas, Palau era diputado a Cortes por Barcelona y, por lo tanto, compañero de bancada de Mata, de modo que tenían que conocerse.

—Trataré de arreglar una entrevista —concedió el doctor a regañadientes—. Pero debemos proceder con cautela. Aún no sabemos realmente nada.

A pesar de todo, no dejaba de ser un político, y la aparición de aquel nombre le había alterado el humor. Quizá no entendiera nada de sus asuntos por entonces, pero era consciente de la querencia natural de los de su clase a taparse las miserias. Y me asaltó una duda: ¿hasta qué punto podía fiarme de él? ¿De todos ellos?

Andreu debió de pensar lo mismo, porque, en cuanto pusimos un pie en la calle, me arrastró hasta la esquina de la calle Plata, lejos de oídos y miradas.

—Hay algo que no te he dicho: Palau es un significado abolicionista. Si, como sospecho, Guiteras también lo era, es probable que quien haya ordenado su muerte sea alguien muy poderoso.

Empezaba a comprender —eso creía— el alcance del asunto. Si bien la ruta del tasajo era legal, los nombres contenidos en aquella lista seguían haciendo fortuna con el comercio encubierto de esclavos; de hacerse público, la cosa podría provocarles cierta incomodidad, generar un pequeño escándalo incluso, pero nada que fuera a suponerles un verdadero problema —mucho menos, que condenara a tres hombres a la muerte—. Algo me decía, además, que sus actividades eran de sobra conocidas por unas autoridades que gozaban de la debida compensación por mirar hacia otro lado.

Sentí una nueva náusea, pero nada tenía que ver con la paliza recibida el día anterior, sino con el hecho de que un hombre pudiera traficar con otro de un modo tan impune. Había conocido lo que significaba trabajar de sol a luna por un jornal de miseria en mis propias carnes, pero aquello era distinto: suponía arrebatarle a un hombre su bien más preciado.

Algo, sin embargo, seguía sin encajar.

—¿Por qué arriesgarse a llamar la atención matando a Guiteras? ¿Qué podía hacer él solo contra ellos? ¿Y a Víctor y al Velázquez?

Por primera vez desde que le conocía, vi cómo el miedo asomaba a sus ojos.

—Lo más probable es que tuvieran mala suerte, aún no lo sé. Pero te aseguro que lo averiguaré —señaló para, a continuación, emitir una sentencia que me hizo tragar saliva—. A partir de ahora, no podemos fiarnos de nadie, Miquel. De nadie, ¿entiendes?

Permanecí en silencio. La idea de que Víctor hubiera muerto por nada me pareció insoportable. El destino juega sus pasadas, y uno no sabe si se ceba con los más pobres por crueldad o por simple diversión, pero aquello era demasiado.

Pensé en por qué nos habíamos separado la noche de su muerte, pero fui incapaz de recordarlo. En realidad, lo que más me preocupaba estaba relacionado con otro asunto, y no sabía si contárselo. Dudé. Hasta que me sentí en deuda: él había compartido sus dudas conmigo, debía hacer lo mismo.

—Tenemos otro problema —deslicé.

Andreu me miró con cara de preocupación.

—No voy a poder seguir a los estudiantes del Colegio.

—¿Por qué?

—Me juego la vida.

—¿De qué estás hablando?

Sentí un nudo en el estómago. Mi mundo se venía abajo día tras día.

—Las cosas van mal en la Tinya. Estamos en guerra.

—¿Desde cuándo?

—Desde ayer por la mañana.

VIII

Si Mata estaba en lo cierto y el asesino era uno de los alumnos de último curso del Colegio, debía idear un modo de eludir el conflicto que había estallado entre los míos; poco podría hacer si alguien me daba otra paliza o, Dios no lo quisiera, acababa muerto en una reyerta.

Una duda me atenazó de repente: ¿hasta qué punto estaba dispuesto a arriesgar la vida para vengar la muerte de Víctor? En este mundo, uno debe calibrar bien las consecuencias de sus actos, en especial si pueden ser fatales. Los dedos se me agarrotaron. El espasmo duró apenas un segundo, pero los convirtió en un amasijo de huesos inútiles para su propósito. De nada le iba a servir a Víctor si moría.

A nadie.

Cuando el ruido de las primeras carretas certificó el inicio del nuevo día, me puse en pie y abandoné la cueva sin despedirme. Solo existía una manera de seguir adelante. Dos en realidad. Porque antes de tomar la decisión que iba a cambiar mi vida —para bien o para mal—, debía intentar un último movimiento.

Las voces procedentes de los puestos más madrugadores comenzaban a hacerse notar; en apenas media hora, el bullicio procedente del mercado sería tal que alcanzaría hasta la esquina más recóndita del barrio, aquella pequeña ciudad —sus calles, sus tiendas, iglesias y viejos palacios— dentro de la propia urbe que, durante siglos, había sido su mismísimo corazón. Cualquiera que no estuviera acostumbrado al alboroto podría pensar que no era más que un galimatías; con el tiempo, sin embargo, uno se acostumbraba a su cadencia hasta el punto de ser capaz de distinguir cada una de las palabras que lo conformaban —bondades sobre tal o cual producto, sospechas sobre la frescura y el origen de otros— desde la lejanía.

La Batista i Fills era una sombrerería situada en la esquina de Espasería con el *carrer* del Ases. No es que los hijos de don Josep, el dueño, se dedicaran al negocio —tampoco su padre y su abuelo lo habían hecho—, pero, así escrito, el cartel le daba a la tienda cierto empaque, como si la tradición que había iniciado él mismo se remontara a varias generaciones y fuera a sobrevivirle otras tantas. Allí trabajaba de aprendiz un chaval al que conocía del barrio. Se llamaba Biel, y aunque no era uno de los nuestros, le había ayudado con un asunto en cierta ocasión, así que me debía una. Don Josep le hacía abrir todos los días una hora antes para tener el género bien preparado. Desde que le había dado un perrenque que le había paralizado parte del rostro y una pierna, su hija le había hecho prometer que se tomaría las cosas con más calma, de modo que había contratado —a regañadientes, por supuesto— a un ayudante. A pesar de ello, nunca había faltado un solo día al trabajo. Todo el mundo sabía que aquella tienda sería su ataúd.

Biel se asustó al ver mi cara magullada:

—¿Qué te ha pasado?

—Vengo a cobrar —le solté sin preámbulos.

No dijo nada. Se limitó a franquearme el paso y cerrar deprisa. Las calles están llenas de ojos —en especial los de la señora Remei, la dueña de la confitería de enfrente, que no por minúsculos eran ciegos—, y uno prefiere que no le vean en según qué compañías.

Hay algo de extraño —de inquietante más bien— en entrar en una sombrerería vacía. No es el olor mezclado de los fieltros, los algodones, la paja, las sedas y las pieles, sino la visión de esas estanterías llenas de cabezas sin rostro; a pesar de su ausencia de rasgos —de cejas, de pestañas, de nariz, boca, mentón y cualquier mueca que las defina—, uno no deja de sentirse escrutado, como si, debido precisamente a esa falta, no hubiera recodo alguno que aquellos óvalos desvaídos no fueran capaces de ver, en especial mis miedos y deseos más oscuros.

—Tú dirás.

—Necesito tu ropa.

La turbación le duró lo que tardé en aclararle, la vista fija en su uniforme de faena, que lo que en realidad quería era eso.

—¿Y estaremos en paz?

Asentí.

—Tengo uno viejo aquí, pero supongo que eso te dará igual, ¿no?

Don Josep era muy cuidadoso con los asuntos relativos a su negocio. Presumía de regentar la mejor sombrerería del distrito, por lo que sus empleados debían vestir acorde a su categoría. La imagen que uno proyecta es tan importante como la calidad del género que vende, y él lo sabía bien.

Me miré en el espejo y me sentí ridículo. El traje me estaba corto —no solo eran las mangas, también el tiro del pantalón, que me oprimía las partes—, pero lo peor era el gorro. Parecía un botones al que la ropa le hubiera encogido de la noche a la mañana. No estaba acostumbrado a la uniformidad, ni a la textil ni a la de ningún tipo; nunca se me había dado bien obedecer, para disgusto de monjas, curas y guardias, primero, y de Salvador, después, obligado a reprenderme cada vez que abandonaba mi puesto.

Biel compuso una mueca que abortó en cuanto alcé el puño.

—Con los zapatos sí que no podemos hacer nada —dijo echando un vistazo a mis alpargatas.

—Las cajas.

—Esas dos están vacías.

—¿Y si me paran?

Una cosa era prestarme un uniforme viejo, otra muy distinta arriesgar el género. Si don Josep se daba cuenta de que le faltaban dos sombreros —y tarde o temprano lo haría—, le pondría en la calle, si no algo peor. Pude ver cómo se debatía entre el miedo a su jefe y las ganas de saldar la deuda y perderme de vista de una vez por todas.

—Esos no tengo que entregarlos hasta mañana.

—No te preocupes, los tendrás de vuelta para el cierre.

Subí por Platería hasta la plaza del Ángel y continué hacia San Jaime. En cuanto cruzara Aviñó y pusiera un pie en la calle Fernando, entraría en territorio enemigo y tendría la oportunidad de comprobar hasta qué punto funcionaba mi ardid. Pero como tampoco era cuestión de arriesgarse, apreté el paso y procuré no distraerme con los escaparates. El plan era sencillo: dar con la casa de el Mussol y hablar con él a solas.

Nadie sabía con exactitud dónde vivía, pero había oído que se movía por la zona de la parroquia de Belén. Los generales tenían derecho a un espacio propio. Iba con el cargo. Después estaban las capitanías, que eran los locales exclusivos para los segundos al mando —bajeras y almacenes abandonados, incluso alguna vieja tienda que había echado el cierre—, mientras que el resto nos hacinábamos en las gateras. Algunas como la nuestra eran espacios negociados; otras habían sido ocupadas por la fuerza, y aunque la mayoría eran sótanos oscuros y sin ventilación, era mejor que dormir en la calle, sobre todo en invierno.

Al llegar a la Rambla, subí hasta Porta Ferrissa y me aposté en la esquina de la farmacia Montserrat. Desde allí podía observar tanto la salida de la calle del Carmen como las del Buen Suceso y Tallers. No sabía cuánto rato tendría que esperar, pero estaba convencido de que, tarde o temprano, el Mussol asomaría por algún lado.

Mientras aguardaba a mi presa, dirigí la mirada hacia el Estudio General —aunque hacía tiempo que sus estancias habían cambiado la pluma por la espada, el edificio seguía conservando el nombre—, sobre el que la torre de San Severo proyectaba su espectro, y el aljibe de Canaletas, al que aquella imponente mole circular surtía de agua. Y pensé en don Pedro. Se rumoreaba —aunque quizá fuera más un deseo que una realidad— que los días del viejo acuartelamiento estaban contados. Al parecer, los militares proyectaban abrir allí mismo una nueva puerta de acceso que aliviara las cada vez mayores aglomeraciones de la del Ángel. Fuera verdad o no, estaba seguro de que esperarían hasta que algún acontecimiento señalado justificara tal dispendio y, sobre todo, a que, de acometerse finalmente, la obra no fuera entendida como una concesión a la ciudad.

Todo parecía moverse cada vez más deprisa. Demasiado. No solo la urbe, cuya transformación era cada vez mayor, sino mi vida. Y no sabía si estaba preparado.

A la hora, le vi asomar por la calle del Carmen, cruzar la Rambla y encaminarse hacia mí. Por un momento, pensé que me había descubierto, aunque no estaba seguro de que, de ser cierto, fuera a reconocerme. Por si acaso, alcé las cajas y pegué la punta de la nariz al escaparate de la botica, en el que un cartel anunciaba las bondades de unas grajeas milagrosas contra todo tipo de humores venéreos. Por suerte, me rebasó camino de una churrería situada en la calle *d'en* Roca, un callejón que nacía frente al palacio de los Moja y descendía hasta la riera del Pino, de la que regresó con un buen botín.

No pude evitar sonreír al verle relamerse como un crío. Al parecer, todo lo que tenía de bestia, lo tenía de laminero. En cuanto me sobrepasó, así las cajas y me dispuse a seguirle. Y en esas estaba cuando, tras dejar atrás la iglesia de Belén, torció por la calle Xuclá y se metió en el segundo portal de la izquierda. No me lo podía creer: el Mussol vivía encima de una droguería como si fuera un honrado comerciante.

La finca, de tres alturas y fachada estrecha pero resultona —cada piso, a excepción de la buhardilla, tenía su pequeño balcón—, no debía de ser barata. Subí hasta el rellano y tragué saliva. Las manos me sudaban tanto que habían comenzado a reblandecer el cartón, y su tembleque involuntario había comenzado a hacer que los sombreros bailaran en su interior. Debía ser rápido, y debía ser hábil; mi pellejo iba a depender de ello.

Estiré la pierna y llamé con la punta.

—¿Sí?

—Traigo un pedido para el señor Capdevila.

—Te equivocas.

Volví a llamar.

—¡Lárgate!

Aporreé una vez más la madera y me preparé para el vendaval.

En cuanto abrió, le lancé encima las cajas . Su instinto hizo por agarrarlas, momento que aproveché para colarme y cerrar. Superada la sorpresa inicial, se me quedó mirando con su ojo glauco. Sus puños estaban tan apretados que apenas les cabría dentro un grano de arena. No pude evitar fijarme en los sombreros, que yacían heridos en el suelo; de haber estado allí, a Biel le hubiera dado un ataque que le habría dejado como a su patrón.

—¿Quién coño eres?

Callé mientras le daba tiempo para echarme un segundo vistazo.

—Eres el amigo del muerto.

—Miquel.

—Debo reconocer que tienes huevos, pero esta es mi casa, y mi casa es un lugar sagrado. ¿A qué coño vienes? ¿A matarme? —Esto último lo dijo con un tono burlón.

La cosa no empezaba bien. Quizá no había sido muy buena idea cerrar la puerta. Una de las normas básicas del allanador es contar con una vía de escape antes de meterse de lleno en la boca del lobo, y yo acababa de eliminar la única sin pensarlo.

—Tengo que hablar contigo.

—De qué.

Su voz era tan cortante como su expresión. Daba miedo, ahí plantado como un enorme castaño. Solo entonces me di cuenta de que iba descamisado. Su torso era ancho y poderoso, tanto como sus brazos, pero lo que más me impresionó fueron las cicatrices, tres marcas mal curadas —una cerca del corazón, otra en el vientre y una última en la parte baja del costillar—. Eran puñaladas.

—De Víctor.

—¿Te envía Martí?

—Nadie sabe que he venido —contesté. Y, nada más decirlo, supe que aquella sinceridad podía costarme la vida. Me había colado en casa de uno de los generales enemigos sin ningún tipo de seguro; nadie, ni siquiera Salvador, sabía que estaba allí—. Víctor era mi mejor amigo. Mi hermano —añadí con la voz quebrada—. Era uno de los nuestros.

—Ya no hay nuestros. Así lo ha querido el Monjo.

—He venido a pedirte permiso a ti.

—¿Y para qué, si puede saberse?

—Hay un asesino suelto en las calles y tengo razones para pensar que se trata de uno de los estudiantes de cirugía del Colegio. Ha matado ya a tres personas y es solo cuestión de tiempo que lo vuelva a hacer, créeme. Necesito ayuda para seguirlos.

El Mussol me miró como si la cosa no fuera con él. Ni un parpadeo, ni una arruga en la frente, la respiración ya calmada. Volvía a ser dueño de la situación.

—No te importa una mierda, ¿verdad? ¿O es que eres un cobarde? —solté dispuesto a agitarle las ramas.

Cargó el puño y se plantó frente a mí con tanta rapidez que fui incapaz de reaccionar. Pero algo le detuvo, el llanto de un niño seguido de la voz de una mujer.

—¿Qué pasa?

Una chica apareció con un bebé en brazos. Tenía el pelo rubio, una boca de labios gordinflones y unos ojos verdes enormes. Me quedé boquiabierto.

—Aquí no —dijo mientras mecía al crío.

—Vuelve dentro —le espetó el Mussol sin perderme de vista.

Sabía que acababa de descubrir su secreto, lo que significaba que mi vida había pasado a pender definitivamente de un hilo.

Los miembros de la Tinya no podían tener pareja.

Estaba prohibido.

Los miembros de la Tinya no podían tener hijos.

También estaba prohibido.

La única familia de un miembro de la Tinya era el resto de los miembros de la Tinya. Se trataba de una norma sagrada que todos debíamos cumplir.

Eso no significaba que no pudiéramos gozar de algún que otro alivio de vez en cuando. No éramos frailes. Pero la principal, la única lealtad de un miembro de la Tinya era para con el grupo, y tener familia altera las prioridades. Si se daba el caso, debías elegir. Solo había sucedido una vez desde que yo formaba parte de la organización. Isaac, un sargento del Distrito II, se había enamorado de la hija de un zapatero de la calle Gumbau, y la eligió a ella.

Todos sabíamos que nuestra esperanza de vida era más bien corta. A excepción de L'Avi, ningún miembro de la Tinya había pasado de los veintitrés; si no morías en la calle, lo hacías en prisión o por culpa de alguna de las epidemias que asolaban la ciudad cada poco tiempo. Así era Barcelona con sus hijos más desfavorecidos: una asesina despiadada.

—No me dejáis otra opción —dije—. Quiero que convoques un juicio: solicito mi expulsión.

El Mussol me clavó su ojo muerto. Valoraba hasta qué punto el mocoso que tenía plantado delante suponía ahora un peligro para él, de modo que, si quería convencerle, debía ofrecerle algo a cambio.

—Nadie lo sabrá por mí. Lo juro por la memoria de Víctor.

—Muy bien —respondió—. Tendrás tu juicio.

IX

Cualquier miembro de la Tinya podía solicitar la celebración de un juicio, pero debía hacerlo siguiendo los cauces establecidos. Primero debía remitir la petición a uno de sus sargentos, que era quien se encargaba de hacer una criba antes de elevar las más importantes a los capitanes. En caso de tratarse de un asunto grave —insubordinación manifiesta o violación de territorios—, estos solicitaban al general de su distrito que informara al resto de los mandos, quienes, tras una votación, imponían un castigo o convocaban el juicio.

Hasta la Tinya tenía su burocracia.

La razón era simple: evitar que asuntos puramente domésticos —enfados, envidias, rencillas privadas— exigieran movilizarse a toda la organización. Lo que no había sucedido jamás era que un miembro solicitara su propia expulsión. Pero tal y como estaban las cosas, el único modo que se me ocurría de poder seguir investigando el asesinato de Víctor era convertirme en un muerto, aunque ello supusiera renunciar a lo poco que me quedaba.

Debía hablar cuanto antes con Salvador. Quería que se enterara por mí. Siempre me había tratado bien. Si Víctor había sido un hermano, Salvador era lo más cercano a un padre que jamás conocería. De hecho, en cuanto certificaran mi expulsión, sería al único al que me apesadumbraría perder. Los demás no me importaban.

Quizá hayáis pensado que pertenecer a la Tinya no era, en el fondo, tan bueno como pudiera parecer.

Os equivocáis.

Lo era.

Significaba tener un techo bajo el que dormir —por muy ruinoso e insalubre que fuera—, comida que llevarse a la boca al menos una vez al día, un par de monedas en el bolsillo y el sentimiento de pertenencia a un grupo que te amparaba. Pero todo paraíso tiene su jardín oscuro, y excepto los capitanes y los generales, el resto no nos diferenciábamos tanto de los pobres desgraciados que acudían a las fábricas a diario.

Éramos igual de infortunados.

Éramos igual de esclavos.

Pero formábamos lo más parecido a una familia que cualquiera de nosotros iba a conocer.

Mientras emprendía el regreso para devolver mi cargamento —a pesar del incidente, sombreros y cajas conservaban buena parte de su dignidad original—, vi a Mata en la Rambla. Mi primera intención fue la de abordarle, pero enseguida me di cuenta de que se reunía con alguien. Era un hombre de la edad de Andreu, algo más enjuto, en especial su rostro, consumido hasta la enfermedad. Vestía de modo elegante pero sobrio —paletó, chaqueta y pantalón negros sobre una camisa tan blanca como su tez; el único toque de color lo constituía su chaleco, en damasco gris oscuro—, lejos de las nuevas modas que algunos señoritos habían comenzado a importar de capitales extranjeras. Tras un breve saludo, se encaminaron paseo abajo, así que decidí seguirlos. Por un momento, valoré la posibilidad de deshacerme de la carga, pero no quería hacerle esa faena a Biel, y seguirían siendo un buen parapeto en caso de que Mata se percatara de mi presencia. Porque, en mi cabeza, aquel encuentro había pasado de casual a dudoso, al menos hasta que pudiera determinar la identidad del extraño.

Al llegar a las inmediaciones del Arco del Teatro, entraron en el café *d'en* Cebrià y ocuparon una mesa a salvo de miradas curiosas y oídos ajenos, lo que no hizo más que acrecentar mi sospecha. La concurrencia —el local estaba hasta los topes de tertulianos y otros especímenes propios de aquel tipo de lugares— me impedía ver al desconocido con claridad, pero, por el ademán atrapado en el semblante de Mata, supe que la cosa era seria.

Cuando las campanas dieron las doce, el doctor se puso en pie, se cubrió la cabeza con su chistera, intercambió un último gesto —me pareció que asentía— con su interlocutor y se marchó. Su semblante, de habitual flemático, estaba atribulado. Su acompañante, algo circunspecto pero más sereno, permaneció unos minutos en el interior, el tiempo oportuno para que nadie que le viera salir sospechara del encuentro.

Las preguntas comenzaron a hacinarse en mi cabeza. Quizá Mata supiera más acerca del asunto que nos ocupaba de lo que creíamos, o tal vez estuviera revelando a alguien información, acaso la existencia de la lista oculta de Guiteras, sobre la que solo nosotros teníamos conocimiento. Pero ¿a quién y por qué? Solo existía un modo de espantar mis recelos: averiguar la identidad de aquel hombre magro.

Nada más salir, se caló el sombrero, atravesó la Rambla y torció hacia el *carrer* del Ginjol, un callejón sin salida que recorría la trasera de la Casa de Correos. Al tratarse de un espacio tan recogido, era muy apreciado como urinario público, tanto para aguas menores como mayores, por lo que estaba cubierto de una espesa capa de fango —aunque uno nunca estaba seguro del todo de lo que pisaba— durante todo el año. Supuse que el hombre había ido a aliviarse, así que decidí concederle un poco de intimidad. Su prolongada ausencia, sin embargo, me inquietó, por lo que crucé el paseo y me dirigí hacia allí a toda prisa.

Al doblar la esquina, dos realidades —a cuál más cruel— me golpearon sin piedad: el olor nauseabundo del paraje y la ausencia de mi objetivo; no solo había notado que le seguía desde su salida del café, sino que era incluso probable que hubiera detectado mi espionaje desde el principio y se hubiera escabullido como un conejo.

Era la primera vez que alguien me burlaba. Lo achaqué a mi estado de ánimo, cada vez más perturbado, aunque quizá se debiera a que estaba perdiendo facultades. Poco importaba el motivo, sin embargo: el daño ya estaba hecho.

Fui al encuentro de Salvador con mal sabor de boca, tanto por lo que acababa de acontecer como por lo que sabía que estaba por venir. Teníamos una conversación pendiente, y no sabía por dónde empezar.

—¿Qué haces así vestido? —dijo nada más verme en uniforme.

Mi silencio hizo que se pusiera nervioso.

—Vengo de ver al Mussol.

Salvador mantuvo la calma, pero sus ojos me indicaron que algo se le había encendido por dentro, una lumbre que iría en aumento a medida que avanzara la conversación. Hasta calcinarnos a uno de los dos. O a ambos.

—He solicitado la convocatoria de un Juicio de Expulsión.

—¿Un juicio? Por si no lo sabes, estamos en guerra, Miquel. No puedes pedir la expulsión de nadie.

Le miré. Las llamas le habían prendido ya las pupilas.

—Sí qué puedo.

—¿Sí? ¿La de quién? ¿La del Mussol? ¿La de L'Avi? —dijo refiriéndose a nuestros nuevos enemigos.

—La mía.

—¡Te has vuelto loco!

—Nunca he estado más cuerdo —respondí—. Es el único modo de poder seguir investigando el asesinato de Víctor.

—¡Víctor! —exclamó derribando la silla como si fuera un naipe—. ¡Todo se va a la mierda y tú solo piensas en Víctor! —Su reacción me pilló por sorpresa—. ¿Acaso no te das cuenta de lo que está pasando? Esto está por encima de cualquiera de nosotros. De ti, de mí, de Víctor.

—Creí que querías saber qué le había pasado.

—Lo que le ha pasado es que está muerto, ¿entiendes? Y los muertos, muertos están.

—Se lo debo.

—No le debes nada. Nos lo debes a todos. Hiciste un juramento, Miquel.

—Hay cosas que están por encima.

—Si eso es lo que crees, ya te puedes largar. Aquí solo hay sitio para los nuestros.

Su respiración, cada vez más agitada, me confirmó que hablaba en serio.

—¡Fuera!

Era consciente de que, si dejaba la Tinya, todos me darían de lado, pero había conservado la esperanza de que con Salvador fuera distinto. Me había equivocado. Él tampoco conocía otra cosa. Quizá alguien como yo pudiera tener aún una oportunidad solo, pero ni sus dedos ni sus piernas eran ya los de antes, tampoco sus fuerzas: si la Tinya desaparecía, tarde o temprano acabaría muerto o en prisión. Me largué sin mirar atrás. Aún me quedaba una oportunidad de arreglar las cosas con él el día del juicio; quizá para entonces hubiera cambiado de opinión. No quería que todo acabara así. Perder a Víctor había supuesto un golpe muy duro y aún no estaba preparado para que me arrancaran otro trozo del corazón.

Nada más poner un pie en la calle, me di cuenta de que volvía a estar tan solo como el día en el que me había fugado de la Caridad. Por suerte, había aprendido un par de cosas desde entonces. Pero lo primero era procurarme un nuevo techo, y solo se me ocurría un sitio al que ir.

La pensión Santa Coloma se levantaba en el número cuatro de la plaza del Oli. En realidad, no se trataba más que del ensanchamiento final de la calle Graciamat —que se correspondía con el recodo de un antiguo torrente soterrado—, y su nombre, tanto el que la acreditaba como antiguo lugar de venta como la referencia al producto con el que allí se comerciaba, le venía de muy lejos. Hoy tan solo quedaba ya un establecimiento dedicado al aceite en todo su perímetro, mientras que el resto de bajos albergaba una ebanistería, una cerería, una panadería y una tienda de retales.

El edificio, algo más estrecho que los demás —las fincas colindantes parecían haberlo ido aplastando con los años—, tenía sótano, tres plantas y buhardilla, y su fachada destacaba por el gran balcón del primer piso —con baranda de forja buena—, al que daba la habitación más lujosa, que, como supe después, solo se abría para los huéspedes ilustres. Su fachada lateral, mucho más sobria, daba al *carrer* de las Tres Voltas, un pasadizo cubierto que unía la plaza con la calle Tapinería y cuyo nombre derivaba de los tres arcos distribuidos a lo largo de su angosto recorrido.

Andreu ocupaba la habitación del último piso. Nunca había sabido cómo cubría sus gastos, pero las miradas que le tiraba la dueña constituían una pista clara. La señora Amàlia, que era como la llamaba todo el mundo, rondaba la treintena y se había quedado viuda hacía diez años, tras lo que había heredado tanto la finca como el negocio. Algunos decían que era bien parecida, otros, en cambio, huían nada más verla, espantados por la sequedad de su carácter. Le pregunté por Andreu y me dijo que aún no había vuelto, pero que le esperaba para cenar. No tardé mucho en descubrir que debía de ser una buena pieza porque, a cada ida y venida de la cocina —de la que escapaba un olor difícil de resistir—, me ponía ojitos. Tanta mirada logró al fin turbarme. Yo solo había estado con la Mercè, una institución del barrio cuyos bajos habíamos visitado todos, y enseguida me eché a temblar. Algo debió de notarme, porque, en una de las pasadas, me hizo una seña para que la siguiera. La cocina parecía uno de esos baños orientales que se habían puesto tan de moda entre los burgueses. El vaho de la cocción había empañado el cristal del único ventanuco abierto en el muro, por el que se deslizaba un llanto de agua condensada.

—Nunca te había visto por aquí.

Asentí pegado a la pared —el espacio era tan reducido que me rozaba a cada pasada— mientras enrollaba la gorra con tanta fuerza que acabó hecha un churro. Pero lo que me perdió fue aquella gota de sudor, seguirla desde que abandonó su cuello hasta que la engulleron sus pechos. La mujer no tardó en reparar en el bulto de mi pantalón. Le debió de parecer que prometía, porque se plantó frente a mí con una sonrisa que ni el diablo, se metió la mano bajo la falda y, tras hurgarse un buen rato, me acercó el dedo a la nariz.

—¿Te gusta el higo?

Chupé como un crío sin destetar mientras ella reía a carcajadas, y apenas tardé unos segundos en desmayarme por la fruición y el exceso de calor; no haber comido nada en todo el día también jugó su papel, por supuesto.

Cuando desperté, Andreu me abofeteaba la cara.

—Te has desmayado como una nena.

La señora Amàlia me acercó un vaso de agua.

—Este chico necesita comer algo.

Aún me buscó con el pie por debajo de la mesa durante la cena, lo que motivó que, entre el rubor y el miedo, no alzara la cabeza del plato ni un segundo.

—Despacio, chaval, o se te irá por el otro lado —me advirtió Andreu, que no sabía nada o lo sabía todo y disfrutaba de mi apuro.

Acabado el postre, me dijo que teníamos que hablar, de modo que subimos los tres pisos que nos separaban de su habitación y, una vez allí, me pidió que le esperara mientras descendía de nuevo a los infiernos para arreglar con ella el tema de mi alojamiento. Prefería hacerlo en privado, me dijo, por lo que temí que la negociación implicara condiciones que pudieran ir más allá de lo razonable. La idea de pasar una noche como aquella al raso, no obstante, se me antojaba una alternativa peor a cualquier cosa que fueran a acordar sin mi conocimiento.

El cuarto estaba oscuro y frío, y olía a madera calada. Guiado por la luna, cuyo halo se colaba por la ventana, me acerqué al escritorio, tomé prestado el candil de crudo que reposaba sobre él y lo encendí. Las sombras me rehuyeron de golpe, dejándome solo en medio de aquel fulgor mortecino. Me senté en la cama y aguardé su regreso. No le había dicho nada acerca de mis problemas, tan solo que necesitaba cama por una noche, después ya me espabilaría. Aún no estaba preparado para compartir mis sentimientos con nadie que no fuera Víctor; su muerte me había robado no solo al camarada y al hermano, sino también al confidente.

—Dice que hoy puedes quedarte en el sótano, después ya os apañaréis —me informó Andreu con una sonrisa maliciosa. Luego reclamó mi presencia junto al escritorio. En cuanto me reuní con él, apartó la pila de documentos que cubría la superficie, extrajo un par de hojas de papel bueno de su chaqueta y las desplegó junto a la lámpara.

Eran dos dibujos a carboncillo.

Uno reproducía la silueta de un hombre.

El otro contenía un rostro.

—Aquí lo tienes —dijo posando el índice sobre el retrato que, debido a un repentino temblor de la llama, pareció cobrar vida—. Te presento a nuestro asesino.

No sé qué expresión debió de ganar al fin la batalla en mi rostro, si la de sorpresa, la de incredulidad o la de pasmo, porque las tres se sucedieron sin pausa.

—¿De dónde lo has sacado?

—Eso es lo mejor —respondió—. Son obra del Velázquez. Los llevaba encima cuando le mataron.

Me contó que, en cuanto llevaron su cuerpo a Neri, el encargado reconoció la carnicería y le buscó la marca detrás de la oreja, y que, al descubrirla, le había contactado con la esperanza de que la información y los enseres que llevaba encima el muerto le valieran alguna moneda.

Había acertado.

Me fijé en el rostro que nos miraba desafiante y me estremecí, como si, de algún modo —no hay terror mayor que el que provoca la fantasía—, aquella representación inanimada pudiera ejercer algún tipo de poder intimidatorio sobre quien lo observaba; quizá el Velázquez sí había sido un maestro de la Escuela de Lonja al fin y al cabo. Pero si algo se me clavó fue la expresión de aquellos ojos. Los había reproducido con la expresión del momento en el que el asesino le habría descubierto —tal vez le había escuchado la respiración agitada ante el horror presenciado, el sonido delator al emprender la huida— y había salido en su busca.

—Le debió de ver, pero no pudo dar con él hasta dos días después, tiempo suficiente para que le inmortalizara —rubricó Andreu.

—¿Por qué crees que los dibujó?

—Era un artista. Y un artista no puede evitar hacer aquello para lo que ha nacido, sean cuales sean las circunstancias —se limitó a responder—. Lo importante es que esto prueba que nuestro asesino no sabía nada de ellos, o se los hubiera llevado —añadió—. ¿Te das cuenta? Por primera vez, vamos un paso por delante.

—No te sigo.

—Ahora conocemos su rostro: solo tenemos que encontrarle.

Esta vez, el que casi se ahoga fui yo. A Andreu no le hizo gracia.

—¿Acaso tienes algo mejor?

Pensé en contarle lo de la reunión entre Mata y el desconocido, pero, pasadas unas horas, la sensación inicial de misterio propiciada por aquel encuentro se había atemperado. El doctor era un hombre importante, por lo que estaba seguro de que tenía otros asuntos que atender, y nada sugería que su cita estuviera relacionada con nuestro caso, por mucho que no fuera capaz de sacudirme de encima la idea de que escondía algo.

—Memoriza esta cara, chaval, porque puede salvarte la vida —finalizó Andreu.

Tal y como me temía, aboné el primer pago por mi nuevo alojamiento aquella misma noche. Pasadas las once, la señora Amàlia entró en el cuarto con un candil. Después se arremangó el vestido, me puso una rodilla a cada lado, me desabrochó el pantalón e hizo desaparecer mi sexo dentro de aquel bosque velludo. El calor húmedo me abrasó el miembro, que comenzó a cabalgar una vez encajado a su gusto. Con tanto vaivén, sus pechos escaparon pronto al control de su vestido. Botaban al capricho de sus caderas, libres, libertinos, libidinosos y perlados de sudor. Pero lo que hizo que mis ojos casi abandonaran sus cuencas fueron sus pezones, cuyas areolas tenían el tamaño y color de una galleta de canela. Hasta creí sentir su sabor en los labios. El gesto no le pasó desapercibido, porque se los agarró y los aupó hasta que sus labios se dieron un festín caníbal. Después me los ofreció para que los catara.

Su piel sabía a sudor y a caramelo.

Apenas tardé unas embestidas en dejar escapar un gruñido. Sabiendo que me llegaba la hora, extrajo el miembro de su interior y sustituyó el roce de su sexo por otro igual de ardiente, hasta que me vine en su boca con tal intensidad que casi pierdo de nuevo el sentido. No había duda: aquella mujer tenía al mismísimo demonio dentro.

Pasé el resto de la noche agitado y con el miembro escocido, pero aunque no os lo creáis, fue la comodidad del camastro la que me impidió conciliar el sueño. Mi espalda estaba acostumbrada a la rudeza del jergón sobre el que dormía habitualmente, y tanta delicadeza le era extraña, de modo que me dediqué a dar vueltas en busca del punto más duro. Hasta que, al fin, opté por tumbarme en el suelo.

Hubiera sido mejor no hacerlo.

En cuanto mi espalda sintió el frío, el cadáver mutilado de Víctor se me apareció de nuevo. Me señalaba de un modo persistente, su dedo proyectado hacia delante como el bauprés de un bergantín.

—¿Qué quieres de mí? —dije—. ¡Vamos, habla!

Pero solo obtuve silencio.

También calvario, dolor, miedo y congoja.

Nada más despuntar el alba, la señora Amàlia entró en mi cuarto con una jofaina y el aguamanil repleto. Por un momento, temí que buscara otra vez mis atenciones, pero se limitó a dejarlos en una esquina y anunciar que el desayuno me esperaba.

La imagen del espectro de Víctor aún me rondaba cuando me senté a la mesa. Andreu no parecía haber pasado mejor noche, tampoco el desconocido que se sentaba a mi derecha, un comerciante de tripas que, según nos contó, solía acudir a la ciudad una vez al trimestre.

Desayunamos en silencio, cada uno enfrascado en sus propios pensamientos, aunque estaba seguro de que los de Andreu y los míos tenían al menos un punto en común. Era la primera vez desde mis días en la Caridad que lo hacía así, sentado a la mesa, claro que esta vez iba a poder disfrutarlo sin necesidad de estar con un ojo puesto en el mendrugo y el otro peregrinando del compañero a la monja para prevenir los dos males que más me acechaban por entonces: el robo y el azote. La señora Amàlia, por su parte, no apartó la vista de mí, quien sabe si relamiéndose tras nuestro encuentro o aventurando los que estaban por venir.

Tanta atención logró ponerme nervioso y acabó por cerrarme el estómago.

—Come —dijo Andreu—. El día va a ser largo.

Si pretendía calmarme, consiguió todo lo contrario, porque su exhortación me sonó a sentencia. Aun así, decidí hacerle caso. En esta vida, uno nunca sabe cuándo volverá a echarse algo caliente al estómago.

X

No podía quitarme de la cabeza la expresión de aquellos ojos de trazo tan simple como tenebroso, tampoco la sensación creciente de que la oscuridad cerraba sus garras sobre nosotros como un capisayo de nubes a punto de descargar —por mucho que aún no supiéramos realmente a qué nos enfrentábamos por entonces—. Camino de casa de Monlau, decidí compartir con Andreu el encuentro entre Mata y el esquivo notario, como ya le había bautizado por su traza. Había descartado la posibilidad —a esas alturas me había convencido de que la muerte tenía otro rostro— de que pudiera ser el asesino, pero su identidad seguía constituyendo un misterio, por lo que no lograba espantarlo del todo. El gacetillero no le dio excesiva importancia.

—¿Vas a contarles lo del retrato?

Andreu asintió. Su rostro y sus andares eran de lo más ufanos aquella mañana. Si había algo que le gustaba era la sensación —la certeza, pensaba él— de sentirse más inteligente que los demás, en especial si se trataba de intelectuales como Mata y Monlau.

«Los listos siempre acaban mal», solía repetirme Víctor.

—Quiero ver su reacción. Si alguno de los dos lo reconoce, no podrá ocultarlo.

—¿Y qué te hace suponer eso?

—No has aprendido nada —me aleccionó—. ¿Qué te dije el otro día?

—Que no podemos fiarnos de nadie.

—Todos hacemos las cosas por algún motivo —continuó—, y algo me dice que el interés de Mata en este caso no es del todo sincero.

Al igual que yo, tenía la mosca detrás de la oreja respecto al doctor. En cuanto a Monlau, había sido él mismo quien había recabado su ayuda, por lo que, a sus ojos, cualquier sospecha era infundada. Pero si algo había aprendido de Víctor y de Salvador era que, en demasiadas ocasiones, las cosas no son lo que parecen, y que quien te apuñala por la espalda es aquel del que menos sospechas. Hasta que es tarde.

Que nuestras visitas comenzaran a convertirse en una costumbre no había suavizado la expresión de desagrado del mayordomo. Esta vez, sin embargo, se limitó a escabullirse por un pasillo lateral; cuanto menos trato tuviera con nosotros, mejor para él, debía de pensar: confraternizar con la chusma acaba manchando.

—Pasad —nos apremió Monlau—. Tenemos novedades.

El anuncio molestó a Andreu, que, de repente, se veía privado de su momento de gloria.

—¡Antes las nuestras, don Pedro! —exclamó—. Estoy seguro de que no se arrepentirá.

Mata frunció el ceño, pero no abandonó su habitual hieratismo. No así Monlau, que se mostró curioso ante la vehemencia del gacetillero. Más bien emocionado, diría yo.

—Adelante, mi querido amigo.

Andreu depositó el retrato póstumo del Velázquez en el sitio exacto en el que había desplegado la lista de Guiteras el día anterior —bocabajo, por supuesto; cuando se trataba de él, todo iba acompañado de su debido ritual— y esperó a que Mata se acercara. En cuanto el doctor se hubo unido al grupo, volteó la hoja y el rostro del asesino nos encaró.

A pesar de la inquietud que les frunció la piel de la frente y les achicó los ojos, interpreté su reacción como un simple gesto de curiosidad, el mismo que había experimentado yo al ver el retrato por primera vez: ni Mata ni Monlau habían reconocido aquel rostro. Estaba seguro.

—¿Y bien? —dijo Monlau.

Andreu tomó aire y se dispuso a anunciar la buena nueva:

—Señores: les presento a nuestro asesino.

—¿De dónde lo ha sacado? ¿Y qué le hace suponer tal cosa? —señaló Mata.

—Están ustedes ante la última obra en vida del Velázquez. Su testamento artístico.

Monlau se volcó sobre el papel como si fuera a devorarlo.

—Debo reconocer que es un trabajo de cierto mérito —concluyó al rato—, pero no conozco a este hombre.

—¿Y usted?

Mata se mesó el bigote y negó con la cabeza.

—¿No es ninguno de los estudiantes de cirugía?

—Lo recordaría.

—¿Está usted seguro?

—Solo conozco a los de último curso, pero sí, estoy seguro: no es ninguno de ellos.

Andreu encogió la nariz, contrariado. Por un instante, por un momento que había durado medio día, se había convencido a sí mismo —también a mí— de que había logrado resolver el misterio.

—Entonces, deberemos buscar más abajo —dijo negándose a reconocer la derrota.

—¿Y si no es ninguno de ellos? —aventuré.

—En ese caso, la labor de dar con él resultará imposible —dejó caer Monlau.

—Sigo convencido de que se trata de alguien que recibe o ha recibido formación como cirujano —insistió Mata—. Quizá se trate de un alumno aventajado de los cursos inferiores —concedió— o de alguien que abandonó los estudios y ahora ejerce otra profesión.

—En cualquier caso, debemos mostrárselo a todos. —Andreu se agarraba a lo que podía; su gran revelación se había venido abajo y trataba de rescatar algún despojo del naufragio.

—Eso si se trata realmente del asesino —perseveró Mata.

El gacetillero sacó nuevas fuerzas de flaqueza. Cuando le hincaba el diente a algo, era un mastín, y nadie iba a arrebatarle el hueso que aún aferraba entre los dientes.

—Es él. Estoy seguro.

—Está bien. Mañana, en cuanto acudamos al Colegio tras la entrevista, saldremos de dudas —apuntó don Pedro.

Andreu y yo nos quedamos perplejos.

—¿Entrevista?

Monlau asintió, pero dejó que fuera Mata quien nos informara de sus novedades. Por una vez, había ganado al gacetillero en su propio juego.

—Ayer me reuní con el secretario de Palau. Nos recibirá mañana.

Entendí al fin que el desconocido con el que se había encontrado no era otro que el ayudante personal del diputado, con quien debía de haber concertado la cita. No había mucho más que pudiéramos hacer hasta entonces, pero la idea de regresar a la pensión y caer en las garras de la señora Amàlia me espantó. Andreu caminaba afligido a mi lado. A pesar de las dudas expuestas por Mata, yo también creía que aquel retrato representaba los rasgos del asesino. No se trataba del típico dibujo que uno hace para sacarse una moneda; en ese caso, se escoge a la mujer o a la hija del señor para asegurarse de que le hará pucheros si se pone tacaño. Había premura y miedo en aquellos trazos, pero también la resolución de dotarlo de una belleza insólita, la que procede del que sabe que, probablemente, esté frente al último trabajo que haga en vida.

La investigación avanzaba por dos frentes: el primero, descubrir la identidad del asesino; el segundo, tratar de esclarecer sus motivos, para lo que la entrevista con Palau podía ser crucial. Si conocía a Guiteras, si este había venido de las Antillas para verle por algún asunto que aún desconocíamos —tal como parecía sugerir el papel en el que figuraba su nombre—, cabía la posibilidad de que no estuviera aún enterado de su muerte. De ser así, su tardanza debía de haberle puesto nervioso.

Miré a Andreu, que seguía atrapado en sus cosas, y traté de distraerle, aunque quizá no escogí con demasiado tino.

—Tengo que decirte algo.

—¿Sí? —respondió de modo mecánico.

—Ayer solicité mi baja de la Tinya.

El gacetillero abandonó sus cavilaciones y se detuvo en medio de la calle.

—¿Y por qué has hecho tal cosa?

—Ya te lo dije: no puedo investigar la muerte de Víctor sin poder caminar libremente por las calles.

—¿Estás seguro?

Su pregunta me pareció ambigua.

—¿De qué?

—De todo —contestó—. De todo esto. Ya ha cambiado tu vida, y no sé si para bien.

Tenía razón. En cosa de tres días, mi mejor amigo había muerto, me había embarcado en la búsqueda casi imposible de su asesino y había dado la espalda a la gente que me había acogido cuando me quedé en la calle, los que me habían proporcionado un techo —por precario que fuera— y un oficio —por innoble que pudiera ser— que me había permitido seguir adelante.

«Todo menos un propósito más allá del de sobrevivir», pensé.

Ahora tenía uno.

Andreu debió de adivinarme la tribulación en el rostro porque, de repente, cambió de tema.

—Dime, ¿te apetece ver el mar? Conozco a alguien que nos dará bien de comer.

Tanto el paseo de Isabel II como el Plano de Palacio estaban llenos de coches privados y de plaza camino del Jardín del General, el único parque intramuros de la ciudad. A ellos había que sumarles el trasiego de carros, carretas y galeras cargados de mercancías y viajeros que entraban y salían del puerto sin cesar. El día, aunque algo tiritón aún, invitaba a estirar las piernas. El sol había comenzado a abrirse paso entre una bandada de nubes, y algunos paseantes habían acudido a su reclamo. Aquel era, de largo, el espacio más diáfano de la ciudad, una oportunidad única para que algunos mostraran su riqueza, en especial el patriarca de los Xifré. Según contaban las malas lenguas, el hombre había vuelto de París enamorado —encaprichado más bien— de su magnificencia, por lo que había ordenado construir allí un complejo de cinco edificios que imitaran su estilo. La niña de los ojos de don Josep ocupaba la manzana delimitada por las calles Reina Cristina, Llauder, el propio plano y el paseo de Isabel II. La parte de la planta baja que daba a la plaza albergaba su vivienda y sus oficinas, mientras que, en la que daba al paseo —conocida por su gran pórtico—, había decidido montar un restaurante de postín. El local, que contaba con luz de gas y todo tipo de lujos, tenía ocho grandes puertas —siete abiertas al público y una para el servicio— y era todo un espectáculo. Justo al lado —buscando aprovecharse de la misma clientela—, una familia valenciana había abierto la Tía Nelo, una horchatería que hacía las delicias de más de uno.

Pero no era el único.

En el espacio comprendido entre la casa Xifré y la Muralla de Mar se alzaba la casa Carbonell. Sus bajos, también porticados —la envidia es una virtud entre los más ricos—, se habían ido llenando poco a poco de comercios, y sus tres pisos superiores, destinados a viviendas de alquiler, destacaban por las barandas de hierro forjado de sus balcones. Pura orfebrería.

Un grupo de albañiles trabajaba a destajo en el nuevo Portal del Mar, cuyos accesos, adosados a ambos lados del edificio —una cosa de lo más grandilocuente—, habían comenzado a mostrar su particular geometría. Pensé en lo chocante que era un mundo en el que, mientras ninguno de nosotros dejaríamos huella alguna, aquella horrenda construcción nos perviviría durante años.

La actividad en el puerto era frenética. Los estibadores vaciaban y llenaban las bodegas entre voces, gritos y algún que otro canto a cuyo ritmo parecían cabriolar decenas de *llaguts*, *falutxos* y *falugues*, con su albo despliegue de velas de cuchillo, y la arboladura de varios bergantines, un par de goletas y algún queche. Traté de imaginarme cómo debía de ser viajar encadenado y sin espacio, comida ni agua en el vientre de uno de aquellos monstruos. No dejaba de pensar en que muchos de aquellos señores de misa semanal —algunos incluso diaria— y reputación intachable seguían haciendo fortuna gracias al tráfico de esclavos. No solo explotaban como a bestias de tiro a los trabajadores de sus fábricas, sino que seguían engrosando su imperio arrebatándole a hombres, mujeres y críos su posesión más valiosa: la libertad.

—Hijos de puta —brotó de mis labios.

Andreu torció el cuello:

—¿De quién hablas?

—De todos.

Mi mirada, fija en el casco de una embarcación, hizo que comprendiera a qué me refería.

—Siempre ha sido así —se limitó a responder—. Esta ciudad lleva tiempo anhelando el mismo sueño, y eso tiene un precio —añadió acompañando sus palabras con un aspaviento—. Por mucho que uno no pueda dejar de ser lo que es. Como el Velázquez.

Dejamos el puerto a un lado y nos adentramos en la Barceloneta. Los miembros de la Tinya nunca se aventuraban en sus calles —ni siquiera para acudir al Torín en días de festejo— si no era estrictamente necesario. No es que fuera la primera vez que las recorría —Víctor y yo nos habíamos escapado para ir a tomar un baño de pila en una ocasión—, pero me sentía extraño en ellas, tanto por su trazado perfecto —yo era más bien un barcelonés de callejón estrecho e intrincado— como por la regularidad inquietante de sus casas. Todas las fachadas eran iguales, con la puerta de la calle en medio, dos grandes ventanales a cada lado y un balcón y dos ventanas en el piso superior. Los únicos elementos que rompían aquella inquebrantable regularidad de líneas, cuadrados y rectángulos eran los dinteles de los ventanales, ligeramente curvados, y el pico de la cornisa superior, un capricho en forma de minúscula pirámide.

El amigo de Andreu vivía a dos calles del mercado. No me dijo de qué se conocían, pero, por su forma de comportarse —contenida pero no exenta de familiaridad—, supe que su relación se remontaba a tiempo atrás. La casa era una amalgama de olores; a pescados, mariscos y salazón; a brea, cuerdas y redes mojadas; incluso el aroma a vino procedente de los toneles que se apilaban en el puerto llegaba hasta allí, como si todas las esencias hubieran decidido aglomerarse entre aquellas cuatro paredes. También los efluvios a escoria de la Nueva Vulcano y el tufo de la recién inaugurada fábrica de gas pugnaban por ocupar su espacio. Aunque estaba seguro de que su inquilino ni siquiera los percibía, para mí constituían una agradable novedad. Todo aquel que no haya vivido pegado a una curtiduría es incapaz de imaginar la fetidez que acompaña al oficio; no es ya solo la peste que desprenden las pieles muertas, sino el penetrante hedor de los alumbres, los taninos y los vapores de la cal que, una vez combinados, forman uno de los olores más característicos de este mundo.

—*Cóm s'ha donat la cosa avui?* —saludó Andreu al entrar.

El tipo le miró de reojo —una mirada fugitiva— y siguió a lo suyo. Lo único que pude determinar fue que era mayor que él. Debía de rondar los treinta, aunque era difícil saberlo. Su piel y su cabello habían sido castigados por años de sol, viento y sal. La camisa abierta y arremangada dejaba a la vista un pecho ancho y unos brazos surcados por decenas de pequeños mordiscos de anzuelos que habían cicatrizado a lo largo de diferentes momentos de su vida.

—*No em queixo.*

—*Seria la primera vegada.* —Andreu levantó la tapa del puchero para husmear el contenido—. *Què tenim?*

—*Suquet.*

Era la primera vez que le escuchaba hablar en catalán; se le notaba incómodo, no porque no lo conociera bien, sino porque, tal y como reconocía en ocasiones, le parecía de paletos. Ni siquiera me presentó. Tampoco su amigo hizo por preguntar; simplemente, nos sentamos a la mesa y comimos en silencio. Cuando hubimos acabado, el hombre llevó los platos a la cocina y regresó con una botella de aguardiente.

El licor me abrasó la garganta y todo lo que encontró a su paso antes de calcinarme el estómago.

—Esto te hará salir pelo en el pecho, chaval —dijo al ver mi congestión. Pero tan pronto hubo terminado de hablar, regresó a su mutismo. Era hombre de pocas palabras, lo que generaba un contraste aún mayor entre Andreu y él. Al rato, sin embargo, pronunció tres que me sorprendieron:

—¿Qué te pasa?

—Nada —contestó el gacetillero, molesto.

—Es la segunda vez que vienes esta semana.

Andreu apuró la copa, importunado por lo que entendió como un reproche, aunque solo se lo pareciese a él. Se le notaba más inquieto que de costumbre, pero era incapaz de discernir si su desasosiego se debía a la investigación o a nuestra presencia allí, a aquel hombre y aquellas cuatro paredes. Se puso en pie, echó un vistazo final a la casa —por un instante me pareció que trataba de memorizarla, como si, de algún modo, supiera que no iba a volver a verla— y se detuvo junto a la puerta.

—Si has de echarme en cara algo cada vez que vengo, no regresaré.

El hombre asintió despacio y, al hacerlo, descubrí cierto rastro de ternura en sus ojos.

—Como quieras.

Una vez en el exterior, nos dirigimos hacia la playa. El mar estaba tranquilo, pero la calma no duraría mucho. El viento y el luto que cubría el horizonte traían la promesa cierta de una galerna. Nos sentamos en la arena para bajar la comida. La quietud era tal que los sonidos provenientes del puerto podían escucharse junto al son de los primeros truenos. Quizá por ello, porque tanto silencio comenzó a incomodarme, dejé que la curiosidad se abriera paso entre mis labios:

—¿Quién era?

Andreu se descalzó y hundió los dedos en la arena, como si, de algún modo —todos tenemos raíces—, aquel gesto le conectara con un pasado del que quería huir, pero al que era incapaz de renunciar. Le imité. Estaba fría y húmeda. Sus ojos escrutaron el horizonte como si fuera capaz de ver la lluvia que se nos venía encima.

—Mi hermano.

XI

El despacho del diputado Palau, en el que también ejercía de abogado, estaba en un primer piso del edificio contiguo al café *d'en* Titó, frente al teatro Principal. Desde la entrada podía verse la fachada lateral de la Casa de Correos y la entrada al callejón en el que su ayudante me había burlado el día anterior.

Era un inmueble de gente pudiente, con portero y cochero propios, entrada principal por la Rambla y de servicio por Escudillers, y cuyo piso inmediatamente superior albergaba su vivienda. El secretario nos esperaba en el rellano. Al verle, me reafirmé en mi primera impresión, aunque ahora que podía dedicarle una mirada más tranquila pensé que sus ademanes y su vestuario se correspondían mejor con los de un encargado de pompas fúnebres que con los de un notario. Su piel y sus dedos, inusualmente largos —más de lo que hubiera sido menester en aquellas manos—, parecían no haber visto jamás la luz del sol.

—Síganme, por favor.

Los carruajes que habíamos visto en la entrada pertenecían sin duda a los dos señores que esperaban su turno en el salón. Ambos simulaban leer el diario —en realidad se espiaban sin ningún disimulo— recostados en unos magníficos sillones de aspecto inglés. De hecho, toda la decoración de la casa parecía responder —sus muebles, sus lámparas, sus telas, hasta sus maderas y molduras— a aquella moda, por lo que deduje que el dueño debía de ser un ferviente anglófilo

—Buenos días, caballeros —nos saludó en cuanto accedimos a su sanctasanctórum—. ¿Puedo ofrecerles alguna cosa?

Era pura formalidad. Si había aceptado recibirnos era por deferencia hacia un colega de Cortes, pero cada rincón de su anatomía, cada detalle de su expresión, el ceño fruncido, los dedos crispados y los labios contritos indicaban que lo que en realidad deseaba era despacharnos cuanto antes.

—No, gracias —respondió Mata.

Andreu y Monlau habían acordado que fuera el doctor quien llevara el peso del interrogatorio, no solo porque había sido él quien había acordado la cita, sino porque pensaba que, por edad y temperamento —todos conocíamos la afición de don Pedro por el exabrupto y la arenga—, era el más adecuado de los tres.

—Muy bien. ¿En qué puedo ayudarles?

—¿Cómo van las cosas? —A pesar de la gravedad del asunto que nos llevaba hasta allí, Mata no podía evitar guardar las formas.

Palau se revolvió. Estaba ansioso por acabar, y tanta escrupulosidad le importunaba. Me fijé en que la incomodidad entre él y el doctor era manifiesta; Andreu y Monlau, sin embargo, no parecieron notar nada, o, de haberlo hecho, lo guardaron para sí.

—Les ruego la mayor brevedad, doctor. Tengo asuntos que atender —respondió el diputado, apremiándole.

La descortesía importunó a Mata, que esperaba otra cosa: si algo debía mantenerse siempre entre caballeros era la cortesía.

—Veo que aún no se ha enterado —añadió Palau como si quisiera justificar la sequedad de su comportamiento—. Acabo de recibir noticias de Madrid: Espartero va a disolver las Cortes y a convocar nuevas elecciones.

La noticia pilló a Mata y a Monlau por sorpresa; también a Andreu, que presumía de saberlo todo. Los tres militaban en el Partido Progresista, aunque en sectores enfrentados, tal como supe más tarde, pero el único que aún guardaba alguna simpatía *esparterista* —lo que había motivado la ruptura de su amistad con don Pedro en el pasado— era Mata; Palau se alineaba con los Legales, encabezados por Manuel Cortina, mientras que don Pedro defendía a los Puros de Joaquín María López.

Una vez aplacado el desconcierto, no pude evitar pensar que la única intención del diputado era la de desestabilizarlos. Estaba seguro de que conocía el verdadero motivo de nuestra presencia allí.

—¡Es el principio del fin de los *ayacuchos*! —exclamó don Pedro sin poder contenerse.

—No cante victoria aún —replicó el diputado—. Pero creo que sus señorías no han venido para hablar de este tema.

Tan pronto nos distraía como nos apremiaba. Jugaba con nosotros a su antojo: habíamos acudido a importunarle y aquel era el modo que tenía de demostrarnos quién estaba al mando.

Mata asintió.

—¿Conoce usted a alguien apellidado Guiteras? Alberto Guiteras.

Palau simuló rumiar —un nuevo ardid que no me pasó desapercibido—, pero enseguida meneó la cabeza.

—¿Debería?

—Pues él sí parece conocerle a usted —dejó caer Mata. Era la primera vez que le veía asomar algo parecido a cierta satisfacción en la voz y el rostro.

—Ilústreme.

—Llegó procedente de La Habana hace unos días y traía este documento consigo —expuso mientras desplegaba la lista que Andreu había hallado en la chaqueta de Guiteras.

Palau le echó un vistazo, volvió a simular cierto afán incluso mientras examinaba su contenido, y se la devolvió.

—Desconozco qué interés puede tener el señor Guiteras en mí; ¿por qué no se lo preguntan a él?

—Porque está muerto —apuntilló el doctor.

El abogado se revolvió por segunda vez en su silla; a pesar de que parecía saber algo, decidió que era más conveniente optar por un estratégico silencio, al menos hasta ver qué derrotero tomaba la conversación.

—Si me hace usted el favor de volver a mirar la lista, descubrirá varias cosas —prosiguió Mata—. La primera es que estoy seguro de que reconocerá los nombres que figuran en la columna de la derecha; en cuanto a los de la izquierda, yo se lo diré: son de barcos que hacen la ruta del tasajo.

Mata, que se había mostrado como un interrogador sagaz hasta ese momento, cometió su primer error. Andreu, que también se había percatado de la revelación indebida, decidió intervenir. Pero el daño ya estaba hecho.

—¿Y estos tres de aquí? —dijo señalando la parte superior de la columna del centro—. ¿Le dicen algo?

Palau echó una mirada a su secretario, pero el cuerpo de Andreu, no sé si de modo intencionado o fruto de una feliz casualidad, cortaba la vía de comunicación entre el diputado y su ayudante.

—¿Y qué me dice de Larrea? —presionó.

A diferencia del de Mata, su tono era rudo y directo. Estaba acostumbrado a otro tipo de gentes.

—No conozco a nadie que responda a ese nombre.

—¿Cómo sabe que se refiere a una persona?

—Lo he supuesto, ya que figura debajo de mi propio apellido.

Andreu acusó la contra, pero volvió a la carga; no estaba dispuesto a dejarle escapar, no al menos sin provocarle algún rasguño.

—Se lo volveré a preguntar: ¿quién es Alberto Guiteras y qué quería de usted?

El diputado tensó las mandíbulas y los pómulos y un minúsculo temblor tomó posesión de su ojo izquierdo. Era consciente de que debía recuperar el control, y no iba a hacerlo sin darnos algo a cambio.

—Está bien —exhaló—. El señor Guiteras solicitó una entrevista conmigo por carta hará un mes, pero no acudió a la cita. Desconocía por completo lo de su muerte. Es una desgracia, pero ya saben cómo es esta ciudad —dijo abriendo las manos en ademán mesiánico.

Aquella era la única verdad que había dicho hasta el momento.

—¿Qué quería?

—Era el representante de un grupo abolicionista de las Antillas. Quería saber si la postura de las Cortes respecto a la esclavitud y el tráfico de personas seguía siendo firme y qué podía hacerse al respecto —señaló—. Como sabrán, nuestro país firmó varios tratados comprometiéndose a eliminar esas prácticas hará varios años, pero dichos compromisos no se han cumplido jamás.

—Tiene usted razón —intervino Mata, a quien la mirada franca de Palau parecía desafiar directamente—. Pero ambos sabemos que el asunto es complicado. Mientras parte del dinero de algunos siga dependiendo de ello, no hay mucho que podamos hacer, mi querido colega. Ni el Gobierno ni la oposición, me atrevería a decir —remató devolviéndole el guante.

Sus palabras me sonaron a excusa, pero parecieron sacudir a Palau, que se removió como si el mueble que le contenía hubiera empezado a menguar.

—Ambos sabemos también, mi querido colega —le correspondió con aquella muestra de respeto impostada—, que si queremos que semejante atrocidad termine, debemos recurrir a otras vías. Usted y yo tenemos nuestras diferencias, pero me atrevería a afirmar que, en lo relativo a este asunto, estamos de acuerdo. —Mata permaneció en silencio, por lo que entendí que compartía su aseveración—. Tan solo diferimos en el método. —El diputado se acomodó en su asiento y recuperó parte de la prestancia—. Ya que es usted un hombre de ciencias, permítame que se lo exponga de otro modo: el único remedio para erradicar de una vez por todas la enfermedad que nos afecta no pasa por las Cortes, sino por atacar su verdadera línea de flotación.

Los entresijos del poder y sus prácticas se me escapaban del todo por entonces; aún no alcanzaba a comprender que hombres con principios sólidos pudieran abandonarlos como serpientes que mudan la piel según les conviniera. En la calle, cuando alguien te daba su palabra, la promesa era firme.

—¿Desean algo más? —intervino al fin el ayudante.

—Le ruego que tenga cuidado, señor Palau —dejó caer Mata—. Estoy seguro de que quien ordenó la muerte de Alberto Guiteras estaba tanto al corriente del motivo de su cita como del resto de sus asuntos..., sean cuales fueren.

—Conozco bien a mis enemigos, doctor, y sé cuidar de mí mismo —respondió el diputado—. Y puesto que ha sido usted tan amable, permítame que también yo me interese por su bienestar: olvídese de este asunto.

Esta vez fue Mata quien se agitó, no sabría decir si fruto de un repentino miedo o debido a su pequeña torpeza durante el interrogatorio, que, a buen seguro, le reconcomía.

—Gracias por su tiempo —se limitó a decir a modo de despedida.

Bajamos por la escalera como penitentes. Pero aunque la entrevista no había ido como esperábamos, la expresión de Andreu me indicó que no había sido del todo inútil. Tenía esa mirada, la del que repasa la conversación reciente para analizar lo dicho y sopesar lo callado.

En cuanto pusimos un pie en la calle, confirmé mi intuición.

—Síganme —dijo, ceñudo.

Descendimos hasta el fuerte de Atarazanas y subimos por las escaleras que daban acceso al paseo superior de la Muralla. Una vez allí, dejó que su mirada singlara el horizonte. Hasta que Monlau se impacientó una vez más.

—¡Demonios, Andreu! ¿Qué sucede? —Su voz sonó como el graznido de una de las gaviotas que planeaban sobre nuestras cabezas.

—La intención de Guiteras no era interesarse por si las Cortes iban a hacer algo con los barcos esclavistas, sino entregarlos a la marina inglesa.

Mata fue presa de un repentino acceso de tos. Monlau, por su parte, casi se atraganta con su propia saliva.

—¿Qué le hace suponer semejante cosa?

—Las propias palabras de Palau —respondió.

—No le sigo.

—Se ha referido a sus diferencias a la hora de enfrentar el problema —señaló, y, justo a continuación, citó de memoria—: el único remedio para erradicar la enfermedad no pasa por las Cortes, sino por atacar su verdadera línea de flotación... Y solo se me ocurre un modo de hacerlo.

Si su afirmación era cierta y la lista caía en manos de los ingleses, supondría un duro golpe para todos los estamentos que se lucraban de su carga: tratantes, intermediarios, vendedores, compradores, capitanes, fletadores...

—Es una acusación muy grave —exclamó Mata, que había comenzado a mesarse el bigote—. No creo que Palau se arriesgara a una acción de semejante calado. Por no decir que se trata de una mera especulación.

Estaba en lo cierto. Pero no dejaba de pensar en que, si Andreu tenía razón, Alberto Guiteras había desafiado a alguien muy peligroso, tanto que le había costado la vida.

La suya, la de Víctor y la del Velázquez.

Ese era mi enemigo.

Lo demás no me importaba.

Solventado el primer asunto, debíamos prepararnos para el segundo. Mata había urdido una estratagema para poder reunir en un mismo espacio a todos los profesores y alumnos matriculados en el Real Colegio de Cirugía, de modo que, si el hombre del retrato se encontraba entre ellos, nos resultara más fácil dar con él.

El gancho era una clase magistral en el anfiteatro anatómico del edificio. Él mismo impartiría la lección. Andreu y yo nos haríamos pasar por sus ayudantes y nos encargaríamos de reconocer a la concurrencia mientras, para cubrir todos los frentes, Monlau solicitaba al director una lista de antiguos alumnos y de todos aquellos que hubieran sido expulsados en los últimos años. Pero antes de acudir al encuentro, don Pedro se empeñó en conseguirme unas ropas acordes con mi nueva identidad, de modo que nos dirigimos a la Alberti, una sastrería del *carrer* del Call que regentaba un conocido suyo.

—Así vestido tiene hasta un pase, Expósito. —Sonrió ufano—. Habrá que buscarle también un sombrero —añadió dirigiéndose al dependiente.

—¿Qué le parece este bombín, don Pedro?

—Demasiado serio —replicó—. Mejor el *homburg*.

Terminada la operación, me miré en el espejo y no me reconocí. Era la primera vez que me ponía un traje, y aunque se trataba de un conjunto de chaqueta Norfolk —así la llamó don Pedro— y pantalones de color marrón no excesivamente formales, parecía un señorito, justo lo que siempre había odiado. Mientras nos aventurábamos de nuevo a la calle, deseé con todas mis fuerzas que mi nuevo aspecto no traspasara la barrera de mi piel y me contagiara el alma. Uno es lo que es desde que nace, y esa condición le acompaña hasta la tumba: tratar de revertirla es inútil y corrompe el espíritu.

La sala me impresionó, no solo por su ceremonia, también por su magnitud. Y por el frío, que parecía emanar de los propios sillares que formaban las paredes. Se trataba de un espacio circular en cuyo centro se alzaba una gran mesa ovalada de mármol blanco. Alumnos y profesores se distribuían a su alrededor en varios graderíos. Los dos primeros —los destinados al claustro— estaban ocupados por elegantes sillones de madera tallada y cuero con filigranas de oro, mientras que los restantes eran bancos de piedra cubiertos por cojines sin apenas relleno. Al alzar la vista descubrí la baranda que circunvalaba el perímetro, la cúpula emperifollada y la gran lámpara suspendida sobre la mesa, pero lo que más llamó mi atención fueron los espacios enrejados a lo largo de aquel anillo superior.

Según me contó Monlau, algunos burgueses y señores, cansados de la artificiosidad de otros espectáculos, acudían a aquellos eventos en busca de emociones algo más fuertes, de modo que, previo pago, por supuesto, el Colegio se mostraba dispuesto a satisfacer su curiosidad. Y para que pudieran mantener su anonimato, accedían a la balaustrada por un pasillo secreto habilitado a tal efecto, además de poder resguardarse —en especial las señoras— tras aquellos parapetos. El director debía de haber recaudado una buena suma aquel día, porque el espacio estaba abarrotado.

En cuanto una de las puertas de acceso se abrió, todos guardaron un respetuoso silencio. Dos hombres entraron empujando una camilla sobre la que reposaba un bulto cubierto por una sábana. Justo en el instante en el que culminaban el trasvase, uno de los brazos escapó de aquella mortaja provisional y quedó colgando como un péndulo, lo que arrancó la exclamación de varios de los presentes —los que, a buen seguro, veían un cadáver por primera vez—.

De pie junto a Mata, sentí que el cuello de mi camisa comenzaba a menguar. La elección de nuestra ubicación, por supuesto, no había sido baladí. Junto a la mesa teníamos una visión privilegiada de las gradas. Andreu debía ocuparse de los alumnos situados a nuestra derecha, y yo de los de la izquierda: era del todo imposible que nuestro objetivo escapara al escrutinio.

—Buenos días, señores. Hoy vamos a estudiar los misterios ocultos en el interior del vientre humano —pronunció Mata exhibiendo finalmente el cuerpo.

Esta vez, la imprecación al ver el aspecto y desnudez de aquel desgraciado fue mayúscula. No era más que un saco de piel árida destinado a contener vísceras y cubrir huesos. Se trataba, sin duda, de un vagabundo y, a juzgar por los remiendos que mostraba su anatomía, no era la primera vez que lo usaban para aquel menester. «Hasta en la muerte —pensé—, los ricos son capaces de mancillar la dignidad de los más pobres». Mendigos, holgazanes, rateros, ajusticiados y algún que otro soldado sin nombre ni familia formaban la hueste de aquellos que acababan sus días aquí para servir de diversión a unos pocos. Hacía tiempo que Dios se había olvidado de nosotros.

Pero eso no fue lo peor.

Mata había dado instrucciones al preparador del Colegio para que reprodujera las heridas que el asesino había infligido a Guiteras, Víctor y el Velázquez con total exactitud. La maniobra me pilló por sorpresa, pero me pareció brillante: si el asesino estaba entre nosotros, quizá se pusiera en evidencia al reconocer su trabajo.

Miré a mi alrededor en busca de alguna reacción, pero no obtuve respuesta. Busqué entonces a Andreu por el rabillo del ojo, pero su expresión era idéntica a la mía. ¿Podía ser que algún alumno estuviera ausente, o, lo que era peor, que nos hubiéramos equivocado del todo? Dudé mientras el sudor me calaba la espalda. Por suerte, la americana tapaba unas manchas que me ocupaban ya no solo los sobacos, sino todo el espinazo y el pecho. Mi rostro debía de ser también un poema, porque hasta Mata me echó una miradita. No todos los días asiste uno al destripamiento de un ser humano, y no es plato de buen gusto, os lo puedo asegurar, por mucho que la vida hubiera abandonado aquel cuerpo hacía tiempo. Lo que más me turbó, sin embargo, fue ser consciente de mi propia fragilidad; confirmar que no éramos más que lo allí expuesto: carne biliosa, huesos viejos, músculos inválidos y vísceras secas.

En cuanto la lección llegó a su fin, la sala comenzó a vaciarse en silencio. Había algo de sagrado en aquel mutismo, no solo porque el propio espacio recordase al de una iglesia, sino porque quien más quien menos era consciente de que había asistido a un evento extraordinario.

—¿Algo, señores? —preguntó Mata.

Negué con la cabeza. Andreu hizo lo propio. Pero mientras el doctor estrechaba manos y departía con algunos colegas, el corazón se me paró. Andreu me debió de ver tan blanco que enseguida se interesó por mí:

—¿Qué te pasa?

Al acompañar la dirección de mis ojos, comprendió el origen de mi malestar: allí estaba, mezclado entre los señores que abandonaban la balconada superior: era real y tenía aquella mirada muerta que tan bien había atrapado el Velázquez con una brizna de carbón.

—¡Vamos!

Nos abrimos paso a codazos entre las airadas protestas de varios de los asistentes que aún quedaban por salir, pero para cuando alcanzamos la calle, nuestro hombre se había esfumado.

—¿Estás seguro de que era él?

—Lo has visto tan bien como yo —repliqué—. ¡Ha estado allí arriba todo el rato!

Aún tenía la respiración agitada y el corazón a ritmo de redoble por la carrera, el miedo y la emoción.

—No es eso lo que más me preocupa… —dejó caer Andreu, cuyo rostro era el que mostraba una lividez preocupante en esta ocasión—, sino que ahora sabe quiénes somos.

XII

Todos estaban allí, los ochenta miembros de la Tinya separados por facciones, con su general, sus capitanes y cada uno de sus sargentos al frente. El guirigay era ensordecedor. Cada voz, cada palabra, cada insulto rebotaba en el techo y las paredes y regresaba multiplicado a su interlocutor. Varios procedían de mis antiguos compañeros de distrito, para quienes ahora era algo peor que un enemigo.

«¡Rata!».

«¡Traidor!».

«¡Hijo de puta!».

«¡Señorito de mierda!».

Este último me hizo recordar mi nueva indumentaria. No solo había cometido el mayor de los pecados, el de la traición, sino que, además, me había convertido en lo que más detestaban. Recordé la imagen del *Ecce Homo* que presidía el comedor de la Caridad. Un Cristo destrozado por el castigo. Ahora, ese hombre expuesto al escarnio público era yo. Mis ojos se posaron sobre el viejo crucifijo que hacía las veces de columna. Ahí seguía el *sedile* sobre el que habían reposado los pies de Cristo. Sentí una ola de vergüenza y un enorme sentimiento de culpa, hasta el punto de desear, de algún modo que no alcanzaba a comprender, que me crucificaran, que todo acabara allí mismo de una vez.

Mi agravio, mi dolor y mi pena.

El único que permanecía callado era Salvador.

Su silencio era el mayor de los castigos.

No sabría decir si lo que le asolaba el rostro era odio, decepción o pena o una mezcla de todos ellos, pero solo quien te ha querido de verdad es capaz de hacerte tanto daño con solo una mirada.

El Mussol se puso en pie. Por mucho que ya no fuera más que el líder de uno de los bandos, su ascendente seguía siendo notable.

—¡Silencio!

La concurrencia enmudeció de golpe.

—Uno de nosotros ha convocado este juicio para solicitar su expulsión voluntaria, así que, antes de seguir adelante, debemos escuchar sus motivos.

Era mi turno.

Me puse en pie y ocupé su sitio en mitad de la sala. No estaba acostumbrado a hablar delante de nadie; me sudaban las manos y tenía la garganta tan encogida como el vientre.

—Me llamo Miquel Expósito y soy del Distrito I.

Mis antiguos compañeros estallaron en renovados abucheos.

—¡No! ¡Rata! ¡Traidor! ¡*Butifler*! ¡Hijo de puta!

—¡Silencio! —bramó de nuevo el Mussol.

Apreté los puños, no por rabia, sino más bien para contener los nervios; era mi única oportunidad de contarles lo que había pasado, el motivo por el que había decidido abandonarlos, y debía estar centrado, por mucho que decenas de pensamientos se sobrepusieran en mi cabeza.

—La Tinya ha sido mi familia desde hace tres años. La única que he conocido. Como a muchos de vosotros, mis padres me abandonaron nada más nacer. Me uní al grupo gracias a Víctor. Él fue quien me enseñó todo lo que debía saber. Me enseñó las reglas, a sobrevivir en la calle, a quién robar, a cómo robar y cuándo hacerlo. Le quería y, hace cinco días, un loco que aún recorre nuestras calles le destripó de mala manera. A él y a dos personas más.

Los detalles de mi revelación pillaron a la mayoría por sorpresa.

Tan solo sabían que un compañero había muerto, que alguien, durante el transcurso de una reyerta, le había apuñalado, pero ahora resultaba que un asesino andaba suelto y no tenían ni idea, así que decidí aprovechar la herida recién abierta.

—Le rajó el vientre y lo dejó tirado en la calle como si fuera basura. Y nadie hizo nada. El mismo Consejo —una verdad a medias es a veces más efectiva— me pidió que investigara su muerte, pero ahora no puede ser, porque los intereses de unos están por encima de los del resto por culpa de unas calles. Cuando Víctor me acogió, lo primero que me dijo fue que éramos una familia, la que ninguno de nosotros había tenido nunca. Pero resulta que todo era mentira, que la muerte de uno de nosotros es menos importante que quién tiene derecho a robar aquí o allá. —Traté de coger fuerzas—. Tenéis razón, hice un juramento: obedecer y callar. Pero algunos juramentos están por encima de otros, y vengarse del asesino de tu mejor amigo es el más sagrado que existe en este mundo. Si el precio que tengo que pagar para hacerlo es convertirme en un muerto, me da igual, porque hace días que ya lo estoy.

Al acabar, me quedé vacío. Mi lengua era de papel y mis dedos estaban tan crispados que temí que el único modo de poder volver a abrirlos fuera quebrarlos uno por uno.

El Mussol se alzó de nuevo.

—Muy bien…

Pero una voz le interrumpió:

—¿Por qué nadie nos ha contado nada?

El anonimato envalentona a algunos. Quizá si el humor se contagiaba entre el resto, aún tuviera una oportunidad, aunque no confiaba mucho en ello.

—Eso, ¿por qué? —se le unió otra de repente.

El corazón me dio un vuelco, pero el Mussol no estaba dispuesto a que el gallinero se le descontrolara, de modo que decidió atajar de raíz la revuelta incipiente.

—¡Basta! Todos conocéis las normas: a partir de este instante, Miquel Expósito es un muerto. Nadie tendrá más tratos con él y se le negará toda palabra y toda ayuda, o quien lo haga seguirá su camino. El juicio ha terminado.

La concurrencia se dispersó entre miradas y amenazas, algunas veladas, otras directas. Mi intento de siembra había caído en tierra yerma. No podía culparlos. Los ánimos estaban muy caldeados y la muerte de Víctor era el menor de sus problemas. Eran simples peones, como lo había sido yo hasta aquel instante, como lo seguía siendo para el resto del mundo, también para Andreu, don Pedro y el doctor Mata, incluso para la señora Amàlia.

—He cumplido mi palabra —dijo el Mussol una vez solos—. Espero que tú cumplas la tuya o acabarás como tu amigo.

Todo había terminado. Volvía a ser un desgraciado sin familia ni amigos, sin nadie que fuera a velarme llegado el día, sin nadie que fuera a recordar mi nombre una vez enterrado.

Al fin estaba muerto de verdad.

El cielo se había vuelto del color de la ceniza clara. Mientras avanzaba por las Ramblas, sentí como si el runrún de las voces de todos aquellos con los que me cruzaba hablara de mí; cuchicheaban como si supieran que me acababa de volver a quedar huérfano, pero las miradas que acompañaban a los susurros no eran de pena, sino de reproche: nadie más que yo era el culpable de mi situación, y todo por un capricho que no me iba a llevar a ninguna parte.

«Tenías una familia y la has mandado al carajo, chaval».

Salvador me esperaba en una esquina, encogido por el frío.

—¿Es esto lo que querías?

Nuestras miradas colisionaron; ninguno estaba dispuesto a dar su brazo a torcer. Así son las cosas en la calle: los hombres no reculan, se encabritan.

—No has logrado cambiar nada. Nadie puede. No es más que una ilusión: Víctor sigue muerto y lo seguirá estando mañana.

Mientras le veía alejarse, la voz de Víctor retumbó en mi cabeza.

«¿Qué has hecho, Miquel?».

Me reuní con Andreu en el hostal. A pesar de que sabía de dónde venía, no me preguntó nada. No era asunto suyo, debió de pensar: un hombre tiene que llevar solo su carga, da igual lo pesada que sea.

—Tienes mala cara —soltó la señora Amàlia nada más verme; unas veces me hacía de amante, otras de madre—. Voy a prepararte algo.

Pero traía el estómago cerrado.

Andreu la despachó con un aspaviento. Hacía ya varios días que había anidado cierta tensión entre ambos, la derivada, supuse, de haber dejado de compartir cama. Quizá fuera por mi culpa. Quizá la señora Amàlia había encontrado un nuevo dulce que llevarse a la boca, por mucho que sospechara que yo no era más que un premio de consolación, alguien con quien darle celos a Andreu, cansado de satisfacer sus constantes requerimientos. Y aunque en mi interior deseaba que la explicación tuviera más que ver con lo primero, estaba seguro de que se trataba de lo segundo.

—No sé qué os traéis entre manos, pero no es nada bueno, eso seguro —añadió mientras se perdía escaleras abajo.

—Es cierto, estás pálido —concedió Andreu, que quizá buscaba mostrarme algo de apoyo.

—No soy yo el que importa.

El gacetillero entendió la indirecta, no sin cierto alivio.

—Debemos trazar un plan, y todo empieza por volver al Colegio.

Acabada la lección, la gran sala volvía a estar vacía, y la mesa de mármol que había acunado el despojo de aquel infeliz lucía de nuevo inmaculada. Pero si bien nada hacía sospechar que su superficie entreverada había albergado una carnicería hacía apenas unas horas, el olor a muerte persistía en cada uno de sus poros.

También en mi memoria.

Allí estábamos de nuevo, Andreu, don Pedro, al que habíamos recogido por el camino —en realidad había sido él quien lo había hecho en su carruaje—, y yo. Mata, por su parte, se había ausentado con una excusa —empezaba a ser algo habitual— y había dejado la pesquisa en nuestras manos.

Era un hombre tan ocupado como misterioso.

El director del Colegio, pequeño y obeso hasta el extremo, nos recibió tan solícito como la primera vez. Algunos nacen afanosos para las relaciones humanas; otros, en cambio, huyen de sus congéneres como de la fiebre más infecta.

—Es un placer volver a verle, don Pedro —dijo mientras buscaba a Mata con la mirada—. Aún no he tenido tiempo de configurar la lista que me pidió.

—No se preocupe —le excusó Monlau—. En realidad he venido para agradecer de nuevo su hospitalidad y hacerle una pregunta.

Don Pedro alargó la mano a la espera de que Andreu depositara en ella el dibujo del Velázquez.

—Me gustaría saber si conoce a este hombre.

El director tomó el papel en sus manos. Desde el primer momento supe que no había reconocido el rostro inmortalizado en él, pero la habilidad de los trazos parecía tenerlo fascinado.

—Es un trabajo de mérito. ¿Quién es el artista? Nos vendría bien como ilustrador.

—Siento comunicarle que ha fallecido.

La noticia le sacudió ligeramente.

—Una verdadera pena.

Don Pedro trató de reconducir la situación.

—Entonces, no sabe quién es.

El hombre negó con la cabeza.

—¿Debería?

—Creemos que se trata de alguien que visita regularmente las instalaciones, ya me entiende —dijo alzando la vista hacia una baranda imaginaria.

El director comprendió de inmediato a qué se refería. Pero se excusó:

—En ese caso, no es conmigo con quien tienen que hablar. Me acabo de hacer cargo de la dirección y aún no he tenido tiempo de conocer a ninguno de nuestros ilustres donantes, usted ya me entiende... Estoy aquí solo para facilitar la transición.

Un ligero desconcierto se instaló en el rostro de Monlau, que no parecía compartir el secreto. El propio don Pedro era consciente de que su estrella refulgía cada vez con menor intensidad, pero fuera lo que fuese a lo que se refería el director, el asunto se había cocido bajo sus propias narices sin que se diera cuenta.

Sentí un amago de pena por él.

La pregunta le costó un mundo:

—¿A qué se refiere?

El hombre dudó sobre la conveniencia de guardar silencio, pero, tras sopesarlo —no tenía mucho sentido callar llegados a aquel punto—, optó por la confidencia: quería ganarse su favor, y aquel le pareció un buen modo de hacerlo. Uno nunca cuenta con suficientes amigos en este mundo.

—El doctor Mata ha venido desde Madrid a comunicárnoslo en persona: la enseñanza tal y como la conocemos en los colegios llega a su fin. El ministerio ha decidido crear una Facultad de Medicina con un plan de estudios común, de modo que los profesores del Colegio pasarán a formar parte de esos nuevos estudios —desgranó, y, acto seguido, apostilló—: Ya ve, debemos adaptarnos a los nuevos tiempos.

El motivo por el que Mata estaba en Barcelona parecía resolverse al fin. «Bendita coincidencia», pensé para mis adentros. Monlau, en cambio, no se mostró tan ufano. Él mismo había sido médico del hospital en cuyo recinto se alzaba el Colegio y ninguno de sus antiguos colegas se había molestado en informarle, de modo que, cuanto antes pasara de largo sobre el tema, antes recuperaría la compostura:

—¿Con quién podemos hablar?

—Lo mejor es que lo hagan con Antonio.

Al ver que permanecíamos impasibles, el director se apresuró a aclarar:

—El conserje. Lleva más años que nadie aquí.

—¿Dónde podemos encontrarle?

—Busquen en el depósito o en la biblioteca de la planta superior.

—Separémonos —propuso Andreu.

Me tocó inspeccionar el piso superior, así que subí por la gran escalera de piedra que daba acceso a aquella planta como el que asciende hacia el más alto tribunal divino tras su muerte. En mi insignificancia, no era más que una temblorosa mota de polvo sobre cada escalón en el que posaba los pies, tanto que, cuando al fin alcancé mi destino, había menguado hasta la invisibilidad. Por mucho que busqué —aún con el ánimo acongojado—, sin embargo, no di con el tal Antonio por ninguna parte, de modo que decidí adentrarme en la biblioteca.

Jamás había visto tantos libros juntos. Aunque monjas y curas se habían empeñado en darme nociones de lectura, escritura y cuentas, no era precisamente lo que se dice un lector hábil ni, mucho menos aún, empedernido. De hecho, durante un tiempo pensé que todos los libros del mundo contenían lo mismo: las Sagradas Escrituras. Fue Víctor quien se encargó de corregir mi error. Desde entonces, solíamos leer juntos —más bien era él quien me leía en voz alta— los folletines que publicaba el *Diario de Barcelona* o alguna de las novelas que, de vez en cuando, nos encargábamos de sustraer. Mi verdadero interés en ellas, no obstante, no radicaba en las bondades de su interior, sino en que, una vez acabadas, las revendíamos por seis reales, una auténtica fortuna. Víctor y yo éramos los únicos miembros de la Tinya que nos interesábamos por aquella fuente de negocio. Cada ejemplar nos reportaba un beneficio que, por supuesto, no declarábamos a nadie. Éramos conscientes de que la idea de que un libro pudiera tener algún valor produciría en nuestros compañeros tal ataque de hilaridad que ¿para qué molestarlos?

«Ojalá estuvieras aquí y pudieras ver esto», pensé.

Tras la infructuosa pesquisa, regresé al recibidor en el instante mismo en el que un tipo flaco y encumbrado surgía por una puerta lateral, la que daba al callejón por el que los preparadores del Colegio traían los cadáveres almacenados en los bajos del hospital.

—¿Antonio?

El hombre se detuvo, me observó y echó a correr como alma que lleva el diablo.

—¡Alto!

Pero ya había desaparecido.

Si le permitía salir del edificio y adentrarse en el laberinto de calles que lo rodeaba, le perdería sin remedio, de modo que salí corriendo tras él. Su silueta se disipaba ya en dirección hacia las Capuchinas cuando torció a la izquierda por un callejón.

Alcancé la esquina con el pecho ardiendo y la lengua fuera.

—¿Dónde vas tan deprisa?

Di un paso atrás y me fijé en el tipo con el que acababa de chocar. Era un miembro de la Tinya. La cabeza le empezaba a clarear y tenía el rostro tan alargado que la distancia entre frente y mentón debía de tener un codo por lo menos. Le acompañaba un chaval menudo y poco agraciado cuyo rostro mostraba las secuelas de una enfermedad mal curada.

—Te conozco —pronunció.

—Pues entonces sabes que los muertos ni oímos, ni hablamos.

El tipo calibró mi respuesta mientras despachaba a su acompañante.

—Yo conocía a Víctor. Nos vimos en varias ocasiones.

La mención me abrió una llaga en el pecho.

—Oí que había muerto —continuó—, pero no he sabido lo que había pasado hasta hoy. Era buena gente —dijo tendiéndome la mano—. Me llamo Ciscu.

Su cordialidad me pilló desprevenido.

—No todos estamos de acuerdo con lo que está pasando —añadió para calmar mis recelos—. Esta guerra absurda no traerá más que dolor.

Me fijé en sus ojos. Eran sinceros.

—Hablas como Salvador.

—Dale recuerdos de mi parte. —Sonrió.

—No quiere saber nada de mí. Soy un muerto, ¿recuerdas?

Sus cejas se contrajeron, un espasmo casi imperceptible que logró controlar a tiempo.

—No siempre todo es lo que parece.

Trataba de decirme algo, pero no estaba seguro de qué. Había conocido a Víctor —o eso afirmaba—, y conocía a Salvador, pero ¿qué tipo de relación los unía?

—¿Qué quieres del Antonio?

—Necesito hablar con él.

Mi respuesta no le satisfizo, así que decidí dar un pequeño salto de fe.

—Tengo razones para creer que conoce al asesino de Víctor.

De nuevo el entrecerrar de ojos, la arruga en los confines de la boca.

—Vive en una pequeña habitación en Picalqués, en el edificio en el que muere un extremo de la calle —respondió—. Pero no creo que haya ido a casa. Sabía que le seguías. —Y entonces añadió algo que no me esperaba—: Es mejor que esperemos hasta esta noche.

Acto seguido, dio media vuelta y, antes de desaparecer, añadió:

—Cuando toquen las diez.

Regresé al Colegio pensando en lo que acababa de suceder. ¿Quién era ese tal Ciscu?, y lo que era más importante: ¿hasta qué punto podía fiarme de él? Andreu y don Pedro me esperaban frente a la Universidad. Miraban inquietos a uno y otro extremo de la calle, hasta que al fin reconocieron mi silueta.

—¿Dónde te habías metido?

—Necesitaba un poco de aire —me excusé.

El gacetillero, que me conocía bien, no se tragó el embuste, pero prefirió esperar a que estuviéramos solos para sonsacarme. Don Pedro, en cambio, tenía prisa:

—¿Y bien?

—Nada —dije.

—Nada —respondió Andreu.

—Quizá otro día tengamos más suerte.

La señora Amàlia había vuelto a preparar escudella —aunque quizá fueran las sobras de la última— para cenar. En cuanto nos sentamos, me invadió la extraña sensación de que las horas y los días habían dejado de sucederse con su regularidad habitual para comenzar a agolparse sin orden en mi cabeza. Ni siquiera estaba seguro de qué día de la semana era. Tampoco podía decir con exactitud cuántos habían transcurrido desde la muerte de Víctor. El dolor me recordaba que su carne aún seguía tibia, pero la razón me martilleaba con la certeza de que la corrupción de su cuerpo avanzaba ya inclemente. Es curioso, el tiempo a veces vuela con la ligereza de una golondrina; otras, en cambio, se mueve con la exasperante lentitud de un caracol.

Nada más acabar, Andreu y yo nos retiramos a nuestras habitaciones. Necesitaba que todo dejara de girar y la comida se asentara en mi estómago. Al rato, sin embargo, la puerta se abrió y la figura de la señora Amàlia se detuvo bajo el dintel. Por un instante, no supe si se trataba de un espectro o si el acercamiento era real, así que me hice el dormido mientras la mujer tiraba de mi pantalón y agarraba mi sexo para hacerlo despertar, cosa que logró al instante.

Casi devuelvo la cena en cuanto se sentó sobre mí. Acabé rápido, pero ella no había terminado aún, de modo que aprovechó lo que quedaba de mi dureza para acelerar sus vaivenes. Al retirarse, pude ver cómo mi semilla surgía de su interior y se derramaba por uno de sus muslos. Empecé a pensar que la muerte de su marido no había sido algo natural, sino un estallarle el corazón ante tanta exigencia. Andreu debía de pensar lo mismo, y ante la posibilidad de correr igual suerte, había decidido condenarme en su lugar. Definitivamente, aquella mujer tenía el diablo dentro.

La calle estaba desierta. Tan solo se escuchaban los sonidos lejanos de alguna fábrica cuya digestión no se detenía a ninguna hora. Imaginé a decenas de esqueletos cubiertos por harapos afanándose mientras los hilos tejían urdimbres y las lanzaderas se desplazaban de un lado a otro como proyectiles. Si uno flaqueaba o, Dios no lo quisiera, moría durante su turno, su cadáver era arrojado a una esquina y otro ocupaba inmediatamente su lugar. Había que satisfacer la voracidad del monstruo a cualquier precio.

—Hace rato que han dado las diez. ¿Estás seguro de que es aquí? —susurró Andreu.

Estábamos frente a la casa que me había indicado Ciscu, pero no había ni rastro de él. No podía estarme quieto por el frío, lo que me ayudó a esconder los nervios achacándolos a la helada.

—Esperaremos un poco más.

Una sombra surgió de la oscuridad. Estaba seguro de que se trataba de Ciscu, tanto como de que llevaba un tiempo observándonos, hasta que había desechado el peligro; me esperaba a mí solo, y supuse que la presencia de Andreu le había puesto en guardia.

Le hice señas para que se acercara.

—¿Quién es este?

—Es de fiar.

Ciscu lo inspeccionó y no pareció gustarle su pinta de señorito, claro que la mía tampoco le iba a la zaga desde que don Pedro me había provisto de mi nueva vestimenta. Pero a diferencia de Andreu, yo seguía siendo un chaval de la calle como él, y lo sabía. Ningún hábito es capaz de ocultar determinadas cosas.

—No es de los nuestros.

—Yo ya no tengo nuestros, ¿recuerdas?

—Está bien —dijo empujando la puerta—. Es en el primer piso.

El edificio era una vieja escala en la que se hacinaban los obreros que no dormían en las fábricas. Para estirar el sueldo, quien más quien menos tenía realquilada alguna de las habitaciones, en la que podían llegar a apretujarse familias enteras. Pobres explotando a míseros. Los que cobraban un sueldo mayor residían en el entresuelo y el primero, mientras que aquellos con menos posibles acababan en la buhardilla —donde el frío y el calor se hacían insoportables según la estación—, la portería o construyendo su madriguera en el sótano.

Hacía tiempo que aquella zona de la ciudad se había convertido en un laberinto de calles estrechas y embarradas y pasadizos oscuros y tortuosos. Los huertos y conventos de antaño habían dado paso a un sinfín de fábricas y bloques de viviendas apiladas, e incluso el interior de alguna de las viejas casas gremiales que aún se levantaban con orgullo en aquel trazado escabroso había sido parcelado hasta la saciedad con el fin de obtener más rendimiento de sus maltrechas paredes. El Raval atesoraba la mayor concentración de talleres, manufactureras y factorías textiles de Barcelona, y cada rincón, cada esquina, cada plazoleta, puesto, almacén, tienda, colmado, horno o bodega era un polvorín de obreros descontentos que podía estallar en cualquier momento.

Subimos como gatos. Una vez en el rellano, Ciscu rozó la puerta con los nudillos, pero no obtuvo respuesta. Así que la golpeó de nuevo, esta vez con algo más de ímpetu. El tenue resplandor —una mancha escuálida que apenas lograba arañar la oscuridad— de una vela avanzó como agua derramada por debajo de la puerta. Retrocedí como si el fulgor pudiera herirme los pies.

—¿Quién coño molesta a esta hora?

—Abre, Antonio. Soy yo —trató de enredarle.

—¿Quién?

—Yo. Abre, deprisa.

El ardid funcionó.

En cuanto el hombre abrió para ver quién osaba perturbarle el sueño, Ciscu empujó la puerta con fuerza y se coló.

—A ti te conozco —dijo con los ojos fijos en él—. ¿Quiénes sois vosotros? —añadió dándonos un repaso al resto.

Hasta que cayó en la cuenta.

—Tú eres el chaval que me seguía esta mañana.

No quería permanecer allí más tiempo del necesario, de modo que decidí ir al grano y le mostré el retrato.

—¿Conoces a este hombre?

Antonio acercó el candil y sus ojos reaccionaron como si hubiera visto al diablo en persona. Por un momento, temí que fuera a prender el papel.

—No.

—Mientes.

—Te he dicho que no sé quién es —se revolvió.

—Será mejor que hables o te arrepentirás —le amenazó Ciscu agarrándole del cuello, tan estrecho bajo sus dedos que parecía un alambre—. Ese hombre ha matado a un amigo mío.

Su estallido de violencia me sorprendió. Hasta donde sabía —así me lo había dicho él mismo—, su relación con Víctor no pasaba de haberse visto en un par de ocasiones, igual que con Salvador, nada que indicara una estrecha amistad entre ellos. Su actitud, sin embargo, denotaba lo contrario.

Los labios del conserje habían comenzado a amoratarse, y sus ojos, saltones de por sí, a henchirse y cuartearse por la presión, de modo que antes de que sufriera un colapso que me dejara sin respuestas posé mi mano sobre la muñeca de Ciscu, que, atribulado, aflojó la presa.

—El tipo al que buscáis es mala gente. Cuanto menos sepáis de él, mejor —nos advirtió tomando aire.

—¡Su nombre!

Esta vez fui yo quien le agarró de la solapa y, al verse prendido de nuevo, volvió a claudicar.

—Alberto Fosc.

Aunque era la primera vez que lo escuchaba, el nombre me removió por dentro; como si alguien acabara de invocar a un demonio antiguo y el Mal mismo se hubiera personado entre aquellas cuatro paredes.

—¿Quién es y dónde podemos encontrarlo?

—Ya os lo he dicho: ese hombre es la muerte. ¿Para qué queréis tener tratos con ella?

—Contesta.

Antonio se dejó caer en una silla. Solo entonces eché un vistazo a la vivienda, que consistía en una única habitación en la que todo lindaba con todo: un catre con una única mesa, una única silla y un único armario, además de una estufa de hierro cuya tapa hacía las veces de cocina. La herrumbre se la había comido por entero.

—Fue alumno del Colegio hace varios años, pero fue expulsado.

—¿Por qué?

—Por saltarse las normas.

—¿Cuál de ellas? —quiso saber Andreu.

El tipo enmudeció. Repetirlo en voz alta era dejar entrar de nuevo en su vida ciertos recuerdos del pasado. Cada hombre tiene sus miedos, y aquella figura parecía ser su mayor fuente de terror, hasta el extremo de hacer que comenzara a tiritar. Pero hay ocasiones en las que uno debe escoger entre dos males, uno inequívoco e inmediato u otro ligado a una superstición lejana y etérea y, en aquel instante, al hombre le pareció que mi puño era una amenaza más cierta que cualquier espectro del pasado.

—Sobre él recayó la sospecha de que robaba partes de los cadáveres —pronunció al fin.

—¿Para venderlas?

El conserje sacudió la cabeza.

—Para experimentar con ellas —concretó—. Fosc era un alumno brillante, pero había algo en él...

Los tres permanecimos en silencio Empezábamos a estar tan sobrecogidos como aquel hombre consumido por el miedo.

—¿Qué? —le apremió Andreu.

—Oscuridad —respondió—. Fosc quería saberlo todo sobre los mecanismos del dolor, sobre qué lo causaba, sobre cómo y por qué llegado un instante sobrevenía la muerte. Algunos incluso decían que, en cuanto los muertos dejaron de enseñarle lo que tanto ansiaba saber, empezó a experimentar con los vivos. Pero jamás se pudo demostrar.

Sus palabras me turbaron. ¿Qué especie de hombre era capaz de semejante comportamiento? ¿Qué le empuja a hacerlo? Recordé entonces las palabras de Mata: «Nuestro asesino es un lobo disfrazado de hombre». Eso era Alberto Fosc, un animal salvaje que se había echado encima otra piel para engañar al mundo. Un asesino frío, metódico y despiadado.

Pero las sorpresas no habían concluido aún.

—En cuanto el director y la junta del Colegio supieron de su comportamiento, fue expulsado de inmediato.

—¿Y qué fue de él?

El conserje tragó saliva.

—Alguien reclamó sus servicios.

—¿Quién?

La revelación que salió de su boca nos dejó helados:

—El conde de España.

Carlos d'Espagnac, el Tigre de Cataluña, uno de los hombres más siniestros que habían regido el destino de Barcelona. Su crueldad era legendaria. Todo el mundo le temía, sobre todo sus propios soldados, que le conocían mejor que nadie. Algunos hasta aseguraban que el eco de los gritos de los prisioneros capturados bajo su régimen aún podía oírse en los sótanos de la Ciudadela. Y al fin comprendimos la verdad: D'Espagnac había convertido a Fosc en un instrumento al servicio del Gobierno Militar. En su torturador.

—¿Sabes si sigue a sueldo de la Capitanía General? —quiso saber Andreu.

Pero Antonio debió de pensar que ya había hablado de más, porque se cerró definitivamente en banda. Sus ojos se desplazaron entonces hacia un rincón de la estancia, como si algo que solo él alcanzaba a ver se escondiera entre las tinieblas de aquella esquina. Algo vivo, una presencia cuya respiración parecía enfriarlo todo con su hálito. Estaba tan aterrado que, por un instante, me pareció que comenzaba a sudar sangre.

—¡Habla! —le azuzó Ciscu—. Ese tipo ya no puede hacerte nada.

—El diablo lo sabe todo —fue lo último que pronunció. Y, justo a continuación, se echó las manos al pecho y abrió la boca hasta exhalar su última bocanada de vida.

Acabábamos de abrir una puerta por la que ninguno de nosotros estaba seguro de querer transitar. De haber sabido entonces que la Muerte nos observaba muda, paciente, inevitable desde aquella esquina, nos hubiéramos alejado de ella tan deprisa como nos hubieran permitido los pies.

Pero no lo sabíamos.

XIII

Andreu partió en cuanto los primeros rayos de sol frisaron los tejados. Conservaba un contacto entre la tropa acuartelada en la Ciudadela, un viejo amigo de la infancia llamado Quim, aunque el tipo se había cambiado el nombre por un más conveniente Joaquín y había pasado a usar el apellido de la madre —Linares— en lugar del que le correspondía. La mayoría de sus compañeros eran de fuera y no sentían demasiada simpatía por nada que tuviera un mínimo tufo a catalán, de modo que había decidido adoptar aquella nueva identidad como el que se oculta bajo un disfraz. Si alguien podía contarnos algo de Fosc, de sus siniestras labores intramuros —y hasta quién sabe si desvelarnos su actual paradero—, me aseguró, era él.

—Ten cuidado.

—No te preocupes. Sé lo que me hago.

Decidí aprovechar la mañana para ir a ver a Salvador. No habíamos acabado bien, y no dejaba de reconcomerme. Un amigo es un bien demasiado preciado como para perderlo; debía tratar de reconducir la situación. También quería sonsacarle acerca de Ciscu; aunque nos había ayudado, cualquier precaución era poca.

Regresar a las calles que me habían visto convertirme en hombre me encogió el corazón. Todo parecía en su sitio, pero ya nada era igual. Sentía la nuca más rígida a cada paso, a cada mirada que acompañaba mi camino. Algunas, las más jóvenes, eran fugaces; otras, las de los veteranos que habían compartido alguna cuita conmigo, directas y cargadas de desprecio.

Todas eran una advertencia de que ya no era bienvenido.

Salvador estaba en su esquina. Su presencia infundía temor entre los suyos, y eso mantenía el orden. Ahora, no obstante, no solo debía vigilar a cada gato bajo su mando para asegurarse de que cumplía con su cometido, sino atajar cualquier posible intrusión de chavales de otros distritos en busca de gresca.

Nuestras miradas se encontraron.

Retiré la mía en cuanto supe que había entendido mi ruego. No miré atrás. No me hizo falta para saber que había comenzado a seguirme con andar distraído. No quería que nadie se percatara de sus intenciones, así que crucé la plaza del mercado y me dirigí hacia el paseo de la Explanada. El día no acompañaba, por lo que su recorrido, que subía desde los jardines del General, estaba despejado. Tan solo un landó negro, cuyo cochero se protegía del frío bajo una capa, circulaba por una de las calzadas destinadas a jinetes y señores. El resto, tanto las habilitadas a los peatones como las destinadas a los vehículos de carga, estaban vacías.

Busqué un lugar apartado desde el que pudiéramos controlar el entorno y hablar tranquilos; solo los árboles, las fuentes, los muros de la fortaleza y la torre de San Joan serían testigos —todos mudos— de nuestro encuentro.

La bienvenida fue fría.

—Esto no puede quedar así.

—Tú lo has dejado así.

—Vamos, Salvador.

—Siempre hay opciones, Miquel.

—Dejarlo pasar.

—Esa era una. La más sensata.

—¿Para quién?

—Para todos. Para ti. Para mí. También para Víctor.

—Víctor ya no puede elegir.

—Hay que saber librarse de los muertos; si no, uno los carga toda la vida.

—¿Y la lealtad?

—¿A quién? ¿A qué, Miquel?

—Tú has decidido ser leal a la Tinya.

—No te equivoques. La única lealtad verdaderamente útil en este mundo es la que te debes a ti mismo. Sobrevivir. Eso es lo único que podemos hacer. En la calle, estar solo es como estar muerto. ¿Te has preguntado qué pasará después?

—¿A qué te refieres?

—A qué harás una vez sepas lo que quieres saber.

—Matarle.

—¿Tú?

Su tono de burla se me clavó, no tanto por lo que suponía de desprecio, sino porque una parte de mí sabía que tenía razón.

—¿Has matado a alguien alguna vez? —Conocía la respuesta—. No, claro. Víctor era un tío duro. Mucho más que tú. ¿Qué te hace suponer que podrás quitarle la vida a quien lo asesinó? ¿Te plantarás frente a él y le clavarás el cuchillo que llevas ahí escondido?

Mi mano buscó la faca oculta en el pantalón —necesitaba reforzar mi juramento—, pero Salvador se lo tomó por lo que no era. Ni siquiera advertí el movimiento hasta que noté el filo de su navaja en el cuello. Jamás le había visto así. La tensión le había contraído las facciones hasta tal punto que parecía un completo desconocido.

—No tienes ni media oportunidad. Esto es para recordártelo —dijo mientras deslizaba la hoja hasta hacerme sangrar.

Esta vez sí, viéndome herido y a su merced, traté de sacar mi cuchillo, pero su otra mano me aferró la muñeca convirtiéndola en un apéndice inútil, a ella y al instrumento que trataba de asir.

—Déjalo estar, Miquel. Estas calles ya se cobran suficientes vidas, no necesitan la tuya.

Mis ojos estaban encendidos por la rabia, pero en los suyos solo vi una súplica. Me palpé la herida mientras se alejaba. De haber querido, podría haberme abierto la garganta sin esfuerzo, pero no fue eso lo que más me preocupó, sino aquel malestar final en sus ojos.

Sufría.

Sufría por mí, también por Víctor, por no haber podido protegerle, por no poder hacerlo ahora conmigo. Algunos hombres llevan el peso del mundo sobre los hombros, el que les corresponde y el que no.

Salvador era uno de ellos.

Decidí esperar recostado contra un árbol cuyo tronco, retorcido por un capricho de la naturaleza, me ofreció cobijo. Hacía un buen rato que la lluvia menuda que había comenzado a caer tras la marcha de Salvador había abandonado su timidez inicial para convertirse en aguacero. Apenas era capaz de distinguir la silueta de las acacias que se alineaban a lo largo del paseo central, centinelas nebulosos con los pies ya cubiertos de barro; tampoco el contorno de la fuente que se alzaba escasamente a unas varas, en la que una figura musculosa —un viejo dios, decían— luchaba sin cuartel contra una criatura mitad hombre, mitad pez. Otra época y otras divinidades, pero los mismos hombres.

Llegado el mediodía, Andreu no había dado señales de vida aún. Quizá había decidido entrevistarse con el tal Quim en otro lugar. De ser así, no tenía sentido esperarle bajo aquel tapiz de agua, de modo que decidí regresar a la pensión.

La señora Amàlia trasteaba en la cocina.

—¿Vienes solo?

Asentí.

Al ver mi estado, la camisa encharcada y los pantalones calados de lodo y mugre, dejó lo que estaba haciendo y se dirigió a un armario situado junto a la alacena.

—Sécate o cogerás una pulmonía —dijo alcanzándome una toalla—. La comida estará en un rato.

Bajé a mi habitación rezando para que no decidiera hacerme entrar en calor de otro modo. No estaba de ánimo para monsergas.

Mi encontronazo con Salvador me había revuelto, y la ausencia de Andreu había comenzado a inquietarme. A todo ello debía sumarle el hecho de que tampoco había podido averiguar nada sobre Ciscu y sus intenciones.

Una inesperada sensación de fracaso se cebó conmigo.

Todo aquello me quedaba grande.

El sueño me venció en cuanto mi nuca tocó la almohada.

—Sabes que tiene razón.

—¿Acaso no quieres que te vengue?

—¿De qué servirá? Estoy muerto.

—Justicia.

—La justicia no existe. Existe la venganza. Pero no hay justicia en ella.

El cuerpo de Víctor se alzaba al borde del camastro. La descomposición había empezado a ensañarse con él. Su carne, que había comenzado a desprenderse, le colgaba como los jirones de una camisa rasgada.

—Lo único que podemos hacer la gente como tú y como yo es sobrevivir.

Hablaba igual que Salvador.

—¿Sobrevivir para qué?

—Para que se sientan incómodos. Para que no tengan más remedio que vernos.

—Pero ellos regresan a sus casas, a sus mansiones y palacios, y nosotros seguimos igual. Somos morralla.

—Somos un recordatorio de que, por mucho que quieran, no pueden controlarlo todo; de que no somos simples mercancías que pueden comprar y vender a su antojo. De que, a pesar de malvivir, Miquel, somos libres.

—Libertad sin pan. Libertad sin techo. Libertad sin futuro.

—Libertad al fin y al cabo.

—Da igual, nos gobiernan otros señores.

—No. A ti ya no. Tienes la oportunidad de cumplir tu sueño. Márchate de aquí. Vete lejos y empieza una nueva vida.

—Era nuestro sueño.

—Vívelo por mí.

La señora Amàlia interrumpió el momento tamborileando con los dedos sobre la puerta. Aún tardé unos instantes en ser consciente de que había regresado a la realidad, o quizá todo había sido cierto, la pobre mujer había escuchado la conversación a través de las paredes y había pensado que deliraba por la fiebre. O que me había vuelto loco.

—¿Ha llegado Andreu?

—No. Pero hay un chico en la entrada que pregunta por ti.

Me incorporé y descubrí que me había dejado ropa seca sobre la silla. Supuse que se trataba de prendas olvidadas por algún cliente o que habían pertenecido a su difunto marido, y aunque ninguna de las dos opciones me hacía mucha gracia, prefería llevar los pantalones de un extraño antes que los de un muerto.

El chico permanecía de pie bajo el umbral. A juzgar por su rostro, el olor que escapaba de la cocina le estaba haciendo pasar un mal rato. Nada más verme, sin embargo, su hambre se transformó en desprecio. Le reconocí. Había sido uno de los últimos en incorporarse a nuestro distrito y aún conservaba la fe del recién convertido. Lo poco que sabía de él era que, tras la muerte de sus padres, se había metido de polizón y había venido desde Mallorca a buscarse la vida. Salvador le había pillado en la calle robando una manzana —no sin cierta habilidad, según me dijo— y había decidido ser su padrino.

Pensé que quizá era él quien le enviaba para arreglar las cosas.

Me equivocaba.

El mensaje fue conciso:

—Tu amigo ha aparecido en la calle de la Sombra.

Acto seguido, dio media vuelta y volvió a sumergirse bajo la lluvia.

Aún respiraba cuando llegué, bocanadas incapaces con las que trataba de llenar unos pulmones agujereados. La voz de un guardia intentando poner orden se impuso al murmullo de los que habían formado un corro a su alrededor. Por una vez, la desgracia se había cebado con otro, y eso era motivo de curiosidad morbosa, por un lado, y de agradecimiento, por otro.

—Este está listo —dijo uno.

—Bien listo, sí señor —ratificó otro.

Le habían cosido a puñaladas.

Llevaba tantas encima que era imposible hacer nada por él.

Traté de que regresara de entre los muertos, pero sus ojos eran ya de vidrio. El único sonido que emanaba de su cuerpo era el gorjeo del aire que escapaba por las heridas que alguien le había abierto con saña, dos en la parte superior del pecho, otra bajo el esternón, un par más en el costado.

Me arrodillé para que supiera que estaba allí, que no iba a morir solo. Sentí cómo sus dedos me buscaban la mano. Trataba de decirme algo, pero le fue imposible. Lo único que brotaba de su boca era sangre, la poca que aún no había escapado de su cuerpo y había comenzado a encharcar la tierra.

Finalmente, se contrajo y expiró con los ojos abiertos.

La ciudad acababa de devorar a Andreu Vila, otro de sus hijos.

XIV

Los guardias encargados de la pesquisa etiquetaron la muerte de Andreu como un robo; al parecer, se había resistido y lo había pagado caro. El único que no tenía ninguna duda acerca de que se trataba de otra cosa era yo; el método, sin embargo, no se correspondía con el de Fosc, sino más bien con las formas de la Ronda. Pero ¿qué interés podía tener Tarrés en su muerte? Andreu no solo tenía contactos entre nosotros, sino también entre los secuaces que integraban aquella organización; de hecho, su red de informantes estaba formada por todo aquel que pudiera proporcionarle detalles de lo que sucedía tanto en las calles como en el interior de casas y salones. Tampoco se me escapaba, no obstante, que Tarrés tenía un único credo: su propio beneficio. Si había sido él quien había mandado asesinarle era porque le convenía o porque alguno de sus patrones así se lo había ordenado, quizá el mismo que movía los hilos de Fosc.

La prensa se hizo cierto eco del suceso; al fin y al cabo, habían matado a uno de los suyos, por mucho que no hubieran movido un dedo por él en vida. Algunos cargaban contra la inseguridad creciente de las calles; otros, en cambio, ponían de manifiesto la ineficacia del nuevo cuerpo de guardia y la indolencia de los militares, a quienes poco les importaba un barcelonés menos; así, el enemigo contaría con una hueste cada vez más reducida en caso de bullanga.

Ningún artículo mencionó mi dolor. Andreu era mi último nexo de unión con este mundo, y alguien lo había cortado de cuajo.

Escuché la voz de Víctor:

«Te has quedado solo, chaval».

Escuché la voz de Andreu:

«Te has quedado solo del todo, chaval».

Monlau, que había tratado con él de un modo más cercano, se encargó del entierro.

Hacía tiempo que los fosos parroquiales estaban a rebosar, por lo que la ciudad había encargado la reconstrucción del cementerio del Poblenou, arrasado por los franceses hacía unos años, para enterrar a los más pobres. Por desgracia, la epidemia de cólera de 1821 lo había llenado de residentes, ricos —el propio alcalde y buena parte de la corporación municipal— y pobres por igual. Los más pudientes seguían prefiriendo las iglesias intramuros —por algo pagaban su buena suma, para estar más cerca de Dios llegado el momento—, pero la familia de Monlau había adquirido varios túmulos tras la reforma, uno de los cuales, como si esperara aquel fatal desenlace, había permanecido vacío hasta entonces.

Y allí estábamos, bajo un cielo mohíno.

La ceremonia fue de lo más discreta. A ella acudimos don Pedro, el doctor Mata, la señora Amàlia, su hermano —al que había mandado avisar—, dos gacetilleros y varias criadas que se miraban entre sí con recelo. Me fijé en que una de ellas estaba encinta. Al parecer, Andreu había dejado algo más que un puñado de artículos, novelitas baratas y corazones rotos tras de sí. También observé a una mujer de negro y con el rostro oculto. A diferencia de las sufridas plañideras, que habían robado un rato a sus quehaceres para darle su último adiós —a él y a la esperanza de que alguien las liberara de hacer camas y fregar suelos el resto de sus días—, la señora no hizo ningún aspaviento ni prorrumpió en llanto alguno. Se limitó a quedarse de pie y, al acabar el oficio, depositó una rosa blanca sobre la caja. El leve movimiento de cejas de don Pedro me confirmó que la conocía, pero no hizo por saludarla; la discreción es un deber en determinadas circunstancias.

En cuanto la concurrencia se hubo dispersado, el hermano de Andreu se acercó a mí.

—Me gustaría invitarte a comer para darte las gracias.

Había pedido ropas prestadas y se sentía incómodo. Todo le constreñía y le rozaba, obligándole a moverse con ademanes torpes.

—Es a él a quien debes agradecérselo —dije señalando a Monlau, que, junto a Mata, departía con los periodistas.

La señora Amàlia había abandonado la ceremonia sobrepasada por la emoción, aunque estaba seguro de que los celos habían tenido algo que ver. No había podido arreglar ciertas cosas con Andreu en vida y era consciente de que todas las palabras que no se habían dicho permanecerían mudas para siempre.

—Es contigo con quien quiero hablar —se limitó a responder.

Me despedí de ambos médicos y nos subimos a una galera de vuelta a Barcelona. Al entrar en la ciudad, me pareció que las calles estaban más calladas que de costumbre, quizá porque quería creer que, de algún modo, guardaban luto por la muerte del gacetillero. Ya en el puerto, el hermano de Andreu se detuvo frente a un grupo de pescadores. A juzgar por las capturas que llenaban sus barcas, el día no se les había dado nada mal. Varios ejemplares prolongaban su agonía dentro de un par de cestos de mimbre, en especial un gran mero, que boqueaba luchando aún contra lo inevitable.

—Siempre pensé que la mar se me llevaría a mí primero.

El carácter de ambos no podía ser más dispar. Mientras que Andreu era todo vehemencia, él era un tipo de lo más discreto. Tenía ese rostro ausente de los que se han pasado media vida en la mar y han visto de todo, desde olas gigantes que engullen barcos enteros a criaturas abisales que surgen de las profundidades y arrastran consigo a algún compañero.

—Lo siento —dije para aligerar la carga que llevaba—. La muerte de Andreu ha sido culpa mía.

—Mi hermano jamás hacía nada por los demás. Los únicos responsables de su muerte son él y quien le haya enviado al otro barrio.

—Era un buen tipo.

El hermano se detuvo. Su mirada me impresionó.

—No, no lo era.

Decidí permanecer en silencio, por vergüenza y por ver si justificaba sus palabras. Y pensé en Andreu: ¿qué sabía realmente de él? Ni siquiera había conocido la existencia de su hermano hasta hacía unos días. Los seres humanos tendemos a establecer vínculos en determinadas circunstancias, pero, con el paso del tiempo, uno acaba por comprender que dichos lazos se desmoronan con la misma facilidad que los muros de un castillo de arena acariciado por la marea.

—Siempre se creyó mejor que nosotros. Que mi padre. Que mi madre. Que yo. No sabía sufrir. Aún recuerdo el primer día que nuestro padre nos sacó en la barca; al volver, se miró las manos heridas y se echó a llorar. Pero era el favorito de mi madre, así que todo lo que ganábamos al mar fue para sus estudios. Jamás dio las gracias, y un buen día se fue. Ni siquiera vino al entierro de nuestros padres.

Sus palabras me molestaron. Aunque Andreu no era ninguna hermana de la caridad —las monjas eran mucho peores, lo había constatado en mis propias carnes—, siempre se había portado bien conmigo, por mucho que nuestra relación se hubiera limitado a un contrapunto de necesidades.

—No está bien hablar así de los muertos.

—La verdad es la verdad, sobre los vivos y sobre los muertos. Pero era mi hermano, y la sangre reclama sangre.

Sentí que le debía una explicación —estaba seguro de que, a pesar de todo, le quería—, por él y por hacerle algo de justicia a su hermano, que, a pesar de todo, se había topado con la muerte sin merecerla. Le relaté todas nuestras peripecias desde el principio: la aparición de los cadáveres de Víctor y de Guiteras, nuestro descubrimiento en el depósito, la muerte del Velázquez, la visita al diputado Palau, el primer contacto con nuestro asesino, la posterior revelación de su identidad y cómo Andreu me había contado que tenía un contacto dentro de la guarnición.

—Quimet —dijo en cuanto le mencioné—. Hijo de puta.

—Debemos hablar con él.

—Y lo haremos.

Devoré el pescado hasta las raspas. El hermano de Andreu tenía buena mano para la cocina, casi tanta como la señora Amàlia, aunque, en su caso, se debiera más a la necesidad. En cuanto hubimos terminado, extrajo unas piezas de fruta de una cesta y me ofreció un cuchillo.

—¿Qué quieres que haga con sus pertenencias?

«Ciertos asuntos, cuanto antes queden resueltos, mejor», pensé.

—Diría que te tenía aprecio, así que quédatelas. Yo ya tengo todo lo que necesito —dijo echando un vistazo alrededor—. Las cosas solo traen consigo dependencias.

—Muy bien.

Antes de ponerme en pie para regresar a la pensión, quise hacerle una última pregunta:

—Hay algo que aún no sé: ¿cómo te llamas?

—Enric.

—Gracias.

—No me las des. Cuando llegue el momento, mandaré a alguien a avisarte. Entonces veremos de qué estás hecho.

La señora Amàlia me esperaba en la salita. Tenía los párpados hinchados y trataba de controlar un hipido que le sobrevenía a cada respiración, lo que hacía que sus pechos subieran y bajaran voluptuosos. La casa estaba tranquila. Los huéspedes parecían haberse puesto de acuerdo en otorgarnos un tiempo de duelo, o quizá habían intuido la desgracia que comenzaba a cernirse sobre nosotros y habían decidido poner tierra de por medio. Pocas cosas hay más contagiosas en este mundo que la infelicidad y, en ocasiones, uno la lleva pegada encima como la piel.

—¿Dónde has estado?

—He ido a comer a casa del hermano de Andreu.

—¿Te ha dicho algo de sus cosas?

—Que me las quede.

Cerró los ojos y los mantuvo así por un momento, después tomó aire.

—Está bien. Puedes instalarte en su habitación —dijo dándome la llave.

No fue tanto una sugerencia como una orden. Así era ella, directa. Estaba decidida a poner fin a su dolor cuanto antes —como si con ello pudiera hacerlo desaparecer—. En cuanto a mí, además de haber heredado las pocas pertenencias que Andreu había dejado en este mundo, de repente, me encontraba ocupando no solo su habitación, sino el papel que había representado en la vida de aquella mujer hasta mi llegada.

Subí las escaleras y abrí la puerta con cierta congoja. Temía encontrármelo allí de pie —ya cargaba con un fantasma, no quería otro—; la estancia, sin embargo, estaba vacía. Lo único que la habitaba ya era su olor, en el que no había reparado la primera vez. Parecía permanecer pegado a las paredes, las sábanas y los cuatro muebles —cama, armario, silla y escritorio— que evitaban su total desnudez. La humedad persistía, también el frío. Aquel era el cuarto más gélido —más que el cubículo del sótano en el que había dormido hasta ahora— de la casa, y a pesar de su reducido tamaño, el conducto de la chimenea que trepaba de la cocina era insuficiente para calentarlo.

Me acerqué a la ventana y la abrí como si con aquel simple acto pudiera librarme de él —también de las pesadillas que sabía que estaban por venir— de un modo definitivo. Después me situé en el centro de la estancia, extendí los brazos y giré sobre los talones para observar mis nuevos dominios. Aunque se abarcaban de un simple vistazo, eran solo míos, al menos hasta que la señora Amàlia decidiera sustituirme. Era la primera vez que algo más aparte de la placa de plomo que colgaba de mi cuello y mis maltrechas ropas —por mucho que hubieran sido sustraídas en su momento— me pertenecía de verdad, y estaba dispuesto a protegerlo con uñas y dientes.

Enric tenía razón: las posesiones te convierten en un esclavo.

Como la venganza.

Me dirigí al armario —aunque el mueble, estrecho y de una sola puerta, se parecía más al ataúd con trampilla que había visto en el osario— para explorar su contenido. Además del traje que llevaba en el momento de su muerte —y con el que le habíamos dado sepultura—, Andreu dejaba dos camisas, un pantalón de paño, un chaleco, una chaqueta y otro par de zapatos. La mayoría eran piezas de viejo, pero constituían un auténtico lujo para alguien como yo. Su bien más preciado, sin embargo, me aguardaba junto a la jofaina: un juego de navaja con empuñadura de plata labrada y nácar con su tira de cuero, un cepillo a juego y un par de frascos con lociones para la piel y el cabello, probablemente regalo de alguna señora. Estaba seguro de que, si decidía venderlo, me darían unos buenos reales por él.

Me acerqué al escritorio en el que habíamos observado el rostro de Fosc por primera vez y, justo en ese instante, me pareció ver cómo la lengua de hollín dejada en la pared por el quinqué comenzaba a danzar, siniestra, hasta reproducir sus facciones. Di un paso atrás, sobresaltado, y la tulipa de cristal se hizo añicos contra el mueble. «Mal augurio», pensé. O quizá me estaba volviendo loco al fin.

Mientras recogía lo que quedaba del bulbo de cristal descubrí lo que me pareció el bosquejo de una novela entre la maraña de papeles que había dejado huérfanos. Hasta le había puesto título: *El Sr. Vila y el asesino de la sanguijuela*.

Dejé el texto junto a la cama con la intención de echarle un ojo más tarde —algo me decía que muchos de los detalles recogidos en él iban a resultarme conocidos—, me tumbé y cerré los ojos.

Volvía a estar solo.

Por la expresión de sus rostros durante el entierro, estaba convencido de que tanto el doctor Mata como don Pedro deseaban huir de aquel asunto cuanto antes. Esta vez, el filo de la guadaña les había pasado muy cerca. ¿Qué podía hacer yo? La única buena noticia la constituía el hecho de que parecía haber ganado un nuevo aliado —dos si contaba a Ciscu—, aunque tampoco sabía hasta qué punto iba a poder contar con él hasta el final, por muy vehemente que se hubiera mostrado durante nuestra comida.

«No te fíes de nadie, ¿me oyes? De ninguno de ellos».

La voz de la señora Amàlia se abrió paso subiendo por el hueco de la escalera.

—La cena está lista.

Abrí los ojos.

Era de noche.

La luna proyectaba la débil sombra de parte del escritorio y su silla sobre el suelo. Por un momento, pensé que también ella iba a ponerse a danzar como una de esas fantasmagorías que se habían puesto de moda hacía varios años. Muchos jamás habían pasado miedo y compraban un sucedáneo. Andreu me había contado que había asistido a una sesión celebrada por un tal Dalmau en una óptica en la calle de la Ciutat, un poco más abajo de la plaza de San Jaime. También me había relatado la presentación de otro descubrimiento que, al parecer, servía para hacer unos cuadros de la realidad con luz.

El mundo era mucho más grande de lo que podía imaginar y estaba lleno de maravillas que la gente como yo apenas alcanzábamos a discernir. Vivíamos inmersos en una época de grandes cambios; se planeaban nuevos espacios públicos, grandes edificios y teatros, las fábricas habían comenzado a funcionar con la fuerza del vapor y algunas calles a iluminarse con gas. Barcelona trataba de situarse a la altura de las grandes ciudades europeas, pero, para lograrlo, debía romper de una vez por todas con los muros que la rodeaban, aquel cerco que parecía hacerse más alto y más grueso cada día que pasaba.

En cuanto bajé al comedor, descubrí que la señora Amàlia había dispuesto tres platos sin darse cuenta.

La cabeza —el dolor— nos juega malas pasadas a veces.

—Andreu era un vivalavirgen. Aquí me basto yo sola, pero necesito un hombre que me ayude en algunas cosas de la casa de vez en cuando. Si lo quieres, el puesto es tuyo a cambio de techo y comida, quizá de alguna moneda de vez en cuando —me planteó.

Ambos sabíamos que esa ayuda incluía otro tipo de favores, pero el trato me pareció justo.

—Antes debo terminar una cosa —objeté.

—Andreu se las sabía todas y mira cómo ha acabado. No quiero quedarme sin otro ayudante, ¿de acuerdo?

Asentí sin decir palabra. Tampoco era mi intención. En el poco tiempo que hacía que la conocía, había aprendido que no era buena idea desairarla. Su comentario, sin embargo —más bien el tono de su voz y su expresión al pronunciar el ruego encubierto—, plantó en mí la semilla de algo que, en aquel momento, no supe discernir; algo que, con el tiempo, acabaría por germinar sin que me diera cuenta.

SEGUNDA PARTE

Barcelona, marzo de 1843

XV

Acudí a casa de Monlau un par de días después. Desconocía qué tiempo de duelo era el correcto para las gentes de su posición, pero no podía esperar más; quería conocer sus intenciones de primera mano y saber hasta qué punto podía seguir contando con su ayuda y la del doctor Mata en la investigación.

El manto de lluvia, que debido a la ausencia de viento caía a peso, me obligó a avanzar con la cabeza gacha y la nuca expuesta. Aunque el sombrero que me había comprado don Pedro era bueno y no se calaba a las primeras de cambio, añoraba la comodidad de mi vieja gorra, así que había decidido recuperar esa parte de mi antigua indumentaria, al menos de momento.

Algunas calles se habían convertido en improvisadas torrenteras que deslizaban todo tipo de desechos hacia las partes más bajas. Así eran los días de lluvia, una combinación de fango y mugre que reptaba hacia el mar cubriéndote los pies. Barcelona no solo era la ciudad de la seda, el algodón, la lana y el vapor. También era la ciudad del barro.

Cada distrito tenía el suyo en función de las tierras sobre las que se asentaba, del limo que arrastraban las aguas que iban a desembocar en él —ya fueran desde Montjuic, desde Collserola o desde los *turons* del *serrat* de La Rovira— y de la actividad humana —artesana o fabril— que predominaba en sus barrios. De hecho, uno podía concluir en qué parte de la ciudad se hallaba según su color —que podía ir del marrón claro al negro como la pez—, su consistencia y su composición.

Cuando llegué frente a la puerta de la calle Ancha, no solo tenía los pies cubiertos de légamo, sino que los bajos de mi pantalón nuevo estaban hechos una pena. El portero, más preocupado por volver a guarecerse de la inclemencia que de otra cosa, me franqueó el paso y desapareció a toda prisa. La cosa, sin embargo, cambió al llegar a la puerta principal.

—El señor no está —me indicó el mayordomo.

Su expresión daba a entender dos cosas: que don Pedro estaba en casa pero no deseaba recibirme, y que su amo parecía haber entrado al fin en razón y había decidido restablecer el orden natural de las cosas. Por mucho que mi aspecto hubiera mejorado, seguía siendo un desgraciado a sus ojos; tanto a los suyos como a los del propio Monlau, supuse.

Sabía que mi esfuerzo sería inútil, pero, aun así, decidí insistir; un último gesto destinado al vano acto de ser yo quien pronunciara la última palabra.

—¿Sabes cuándo volverá? Es importante.

—No es asunto mío, y mucho menos tuyo. Así que lárgate.

Nuestras miradas se desafiaron. Hasta que acepté la derrota.

Regresé a la calle con un sabor amargo en la boca. Había perdido el apoyo de Monlau y, con el suyo, quién sabe si también el de Mata. Siempre nos habíamos reunido en aquella casa, y ahora sus puertas se me cerraban con la misma facilidad con la que se me habían abierto. Pero no estaba todo perdido. El doctor Mata era una personalidad relevante, así que quizá pudiera dar con él de otro modo. Ahora podía hacerme pasar por un estudiante, un secretario, un asistente o hasta un periodista —algo había aprendido de Andreu, al fin y al cabo— y preguntar por él en hoteles y cafés sin levantar excesivas sospechas.

No podía dejar de pensar, sin embargo, que me encontraba en

una situación extraña. ¿Quién era ahora? ¿Qué era exactamente? Había dejado de pertenecer a la Tinya para quedar atrapado en un limbo indefinido, ese al que van los recién nacidos que mueren sin ser bautizados. Niños sin nombre. Niños que no pertenecen ni a Dios ni a los hombres. Niños que solo representan la encarnación del pecado y su vergüenza.

Me había convertido en nadie.

Una vez más, Salvador tenía razón: jamás imaginé que el sentido de pertenencia estuviera tan arraigado en mí, por mucho que mis raíces no fueran más que filamentos incapaces de horadar ninguna tierra. Tarde o temprano, todos necesitamos a alguien. La soledad puede llegar a ser desgarradora y volver locos a muchos hombres.

Regresé al hostal con el rabo entre las piernas y el ánimo hecho añicos. La señora Amàlia me interceptó en la misma puerta.

—Hay que ir a por leña, carbón, velas y crudo para las lámparas.

No estaba de humor, y así se lo hice saber con un gruñido. Supongo que mi expresión ayudó a completar la estampa. «¿No te das cuenta de que ya no soy nadie, mujer?», pronuncié para mis adentros.

—Sin leña o carbón, no hay comida: tú verás.

Entre recado y recado —uno no es consciente del trabajo que da una casa de huéspedes hasta que debe ocuparse de él—, pasé los tres días siguientes indagando acerca del paradero de Mata. Acudí al Colegio de Cirugía, deambulé por los cafés de las Ramblas en los que se reunían señores, intelectuales y políticos, incluso pregunté en algún hotel, pero nadie sabía nada. Algunos aseguraban que había regresado a Madrid; otros, que había partido hacia Reus, pero ninguna pista resultó ser cierta.

¿Dónde se había metido?

Hasta que una mañana, la cosa dio un giro inesperado, pero no en la dirección que hubiera previsto.

Algunos recuerdos acuden casi de inmediato a nuestra llamada; otros, en cambio, se diluyen poco a poco hasta desaparecer, bien porque son demasiado dolorosos, bien porque uno cree que no los volverá a necesitar jamás. Había visitado aquella casa en dos ocasiones —una acompañando a Andreu, la otra al propio Enric—, las suficientes para retener su ubicación en mi memoria, pero en cuanto crucé la Puerta de Mar, dejé el muelle a mi derecha y me adentré en aquel maldito trazado de calles parejas, me sentí perdido. Hasta que, a la tercera pasada, reconocí la puerta al fin.

Al entrar, me quedé helado.

Lo primero que me sacudió fue el fuerte olor de la sangre mezclado con el de los orines y las heces. En el centro mismo de la estancia había un hombre maniatado a una silla. Tenía el rostro deformado por el castigo, las cejas y los labios abiertos, los pómulos tumefactos y los párpados hinchados. No le conocía, pero de haberlo hecho me hubiera costado ponerle nombre por culpa de tanta deformidad.

En cuanto sintió mi presencia, emitió un sonido que me sobrecogió. Parecía provenir de lo más profundo de su alma.

—Ayuda... —pronunció con el que parecía ser su último aliento.

Enric surgió de detrás de la red que ocultaba la cocina con un cuchillo de destripar pescado. Mi mirada se fue de inmediato a sus nudillos, en carne viva, y a la sangre que le manchaba las manos, la camisa, el pantalón y hasta la mejilla.

—Te estaba esperando.

Apenas fui capaz de balbucear un par de palabras, no recuerdo cuáles. Hasta que, tras tomar aire, alcancé a preguntar:

—¿Quién es?

—Está a punto. Pregúntale lo que quieras —respondió obviando mi requerimiento.

Aplacada la sorpresa, me di cuenta de que el infeliz vestía de uniforme y supe de inmediato que se trataba del tal Quim, el contacto de Andreu en la Ciudadela. Le había roto a golpes.

—¿Se te ha ido la cabeza?

—Este hijo de puta es el responsable de la muerte de mi hermano.

El pobre guiñapo vio una oportunidad de meter baza y poder quizá salvar la vida; no le quedaba ya nada más que perder.

—Yo no fui.

—Si no fuiste tú, ¿quién fue?

—El capitán...

Enric le puso el cuchillo en la boca y le atrapó la comisura del labio con el extremo ganchudo.

—¿Y quién avisó al capitán? —dijo mientras le desgarraba la carne.

El grito debió de oírse en todas las viviendas cercanas, pero ningún alma bondadosa acudió a ver qué pasaba. Todos sabían que en aquella casa se trataba un asunto que no era de su incumbencia; nadie hubiera sentido ninguna pena por aquel desgraciado al descubrir su condición, de todos modos. Las manos de los militares estaban empapadas de sangre, y quien más quien menos había padecido la represión de sus cañones, escopetas y sables, cuando no de sus sogas y garrotes, ya fuera en carne propia o ajena. Barcelona siempre había escogido mal el bando y llevaba siglos sangrando.

La única victoria obtenida en los últimos tiempos se reducía —gracias a la propia permisividad de las autoridades que, todo sea dicho, vieron un beneficio en la revuelta— a una pírrica quema de conventos cuyos muros habían acabado dando cobijo a nuevas fábricas, más cuarteles y algún que otro espacio público. Desde entonces, Barcelona había pasado de ser la ciudad con más monasterios y conventos intramuros del país a convertirse en la urbe con la mayor presencia de fábricas y cuarteles en suelo urbano.

Solo dentro de las murallas, los militares contaban con guarniciones repartidas entre la Ciudadela, los cuarteles de las Atarazanas y los Estudios, uno a cada extremo de la Rambla, los de San Pablo, Buensuceso, San Antonio y Tallers, en el Raval; los de Junqueras, San Agustín y San Pedro en La Ribera, y los de San Fernando y San Carlos en la Barceloneta, todos estratégicamente distribuidos para sofocar cualquier conato de revuelta con el apoyo del castillo de Montjuic, cuyos cañones eran capaces de golpear cualquier barrio desde las alturas.

Juntos albergaban algo más de seis mil hombres y mil caballos.

Seis mil represores.

—¡Basta! Dile lo que quiere y acaba con esto de una vez.

Lo que salió de su boca fue más un balbuceo incomprensible que una respuesta. Hasta que, en un último esfuerzo, pronunció el nombre:

—Bejarano.

Y su cabeza se vino abajo.

Enric se situó tras él, alzó el cuchillo y le descargó una puñalada en la nuca. La muerte fue inmediata. No era la primera vez que veía un cadáver, pero sí que asistía al instante preciso en el que se producía el tránsito entre este mundo y el otro, fuera cual fuese. Me daba igual. Solo sabía una cosa: ninguno podía ser peor que este.

—¿Qué vamos a hacer ahora?

—No te preocupes, yo me encargo.

—No me refería a eso. Si matamos a un capitán, la respuesta será brutal. Además, no podemos presentarnos en la Ciudadela y preguntar por él sin más.

—Nadie lo encontrará, te lo aseguro. Como a este. En cuanto a dar con él, eso no será difícil.

—¿Qué quieres decir?

Enric esbozó una sonrisa que me pareció grotesca dadas las circunstancias.

—Todos los hombres son iguales, ya sean señores, militares, curas o chusma. Solo es cuestión de dar con el sitio correcto y esperar.

XVI

Hacía tiempo que las *carasses*[6] habían dejado de señalar los viejos prostíbulos de la ciudad, y aunque algunos conservaban su antigua ubicación, otros cambiaban de lugar a menudo —eso sin tener en cuenta los servicios que se prestaban en las chocolaterías controladas por Tarrés—, de modo que la tarea de dar con el local exacto al que el capitán Bejarano acudía a aliviar sus bajos no sería una tarea tan fácil como pudiera parecer.

Durante mis años en la calle había memorizado la localización de todas las casas de putas de mi sector, desde las más elegantes a los sótanos, bajos y cuartuchos más oscuros en los que se compraba y vendía la carne, a veces hasta promesas de amor. El hombre que frecuenta esos aliviaderos suele llevar la bolsa llena, un objetivo

[6] Las *carasses* eran rostros de piedra esculpidos que sobresalían de las esquinas de los edificios que, a partir de mediados del siglo XVII, albergaban un prostíbulo. Otra de las medidas consistía en pintar de rojo los bajos de esas casas —símbolo de la lujuria que tenía lugar en el interior—, así como su número, de modo que nadie confundiera uno de aquellos portales con otro «decente». Solían representar las facciones de mujeres, demonios o sátiros. Hoy en día aún se conservan algunas en la esquina del *carrer* Mirallers, en la de la calle Flassaders con el *carrer de les* Mosques o la del *carrer de les* Panses, todas en el distrito de Ciutat Vella.

demasiado goloso para dejarlo escapar, de modo que supuse que los miembros de cada distrito harían lo mismo; solo debía contactar —a pesar de mi nueva condición, la moneda adecuada es capaz de resucitar a cualquiera— con alguno de ellos para averiguar cuál era el favorito de los mandos militares y listo.

Nada más llegar al hostal, subí a mi habitación, me desnudé y me lavé a fondo. No dejaba de recordar aquel crujido, el penetrar de la hoja en la nuca, el quebrar del cuello del pobre Quimet. Enric lo había apuntillado como a una bestia, un único movimiento certero, y listo. No era la primera vez que ejecutaba aquel arte, estaba seguro, aunque preferí no preguntarle dónde lo había adquirido.

Al rato, me di cuenta de que la señora Amàlia me observaba desde la puerta. Tenía la mano derecha bajo la falda y la otra apoyada en el marco.

—Ven.

Obedecí, y en cuanto llegué a su altura, señaló el suelo:

—Arrodíllate.

Muerte y vida sin solución de continuidad, así es este mundo.

Una vez tuve hincadas ambas rodillas en el suelo, se levantó la falda y me mostró su sexo velludo. Tenía pequeños mechones empapados por la excitación y dos dedos dentro, que sacó para ofrecerme:

—Quiero que pruebes el postre antes de comértelo.

Sentí cómo mi sexo se ponía duro. El agua que me había echado encima aún se deslizaba cuerpo abajo en forma de hilachas que me provocaban algún que otro escalofrío en la espina. La señora Amàlia colocó su mano derecha tras mi nuca, pegó mi cara a su coño y comenzó a restregarse. Al rato, sus piernas comenzaron a temblar y dejó escapar un gemido —más bien fue un gruñido entre dientes—. Por un momento, creí que todo había acabado, pero el temblor se mantuvo y la mujer aceleró sus movimientos hasta dejarme la punta de la nariz, los labios y el mentón embadurnados. El olor que emanaba de ella era fuerte e intenso, tanto que me pudo la curiosidad y quise probarlo. En cuanto sintió el roce de mi lengua, dejó escapar un nuevo sonido, esta vez surgido de lo más profundo del vientre.

—¡No pares!

Al cabo de un minuto, comenzó a sacudirse como presa del mal de san Vito y cerró los muslos atrapando mi cabeza. Traté de liberarme, pero sus músculos parecían haberse agarrotado. Hasta que apoyé las manos en sus caderas, empujé con fuerza —mi vida iba en ello— y logré escapar de lo que, por un instante, me pareció una muerte segura.

Permanecimos un buen rato en silencio, exhaustos, pero por motivos bien distintos. Mi rostro y mis labios aún debían de estar amoratados, pero a pesar de la falta de aire, me di cuenta de que mi sexo seguía duro. La señora Amàlia no quiso perder la oportunidad, cosa que, debo confesar, agradecí; quería olvidarme de todo, dejar de pensar, abandonarme y huir de Víctor, de Andreu, de Monlau y de Mata y el resto de protagonistas de aquella opereta trágica por un rato. De modo que me recliné en el suelo helado y me dejé hacer.

Todos necesitamos ser salvados en alguna ocasión.

Al día siguiente, pensé en abandonar.

Las vidas perdidas —arrebatadas— crecían a mi alrededor, y no me apetecía ser el siguiente. La sangre se escalfa hasta su punto más álgido en la venganza, y mientras el odio la hace hervir, la resolución se mantiene intacta, pero, poco a poco, el miedo a perder lo que te queda se encarga de atemperarla.

Espanté aquellos pensamientos de derrota y decidí salir en busca de Ciscu. Si alguien podía ayudarme, era él; Salvador había dejado de ser una opción. Pasear libre y sin restricciones por las calles se había convertido en un placer inesperado. Me sentía franco y soberano de mi propio destino; nada, ningún lugar, ningún rincón me estaban ya vedados. El precio a pagar por aquel lujo era el de la soledad, pero estaba dispuesto a abonarlo con creces.

No tenía ninguna prisa, de modo que decidí que el camino fuera tan largo como fuera menester. Bajé hasta el plano, dejé atrás los pórticos de Xifré y de la casa Carbonell y fui al encuentro de las escaleras que subían hasta el paseo de la Muralla.

Un golpe de viento me hizo volar la gorra. Al levantar la cabeza, fijé mi vista en el mar de tejados que tenía enfrente. A mi derecha se alzaban las torres de San Pedro, Santa María del Mar y de San Justo, y frente a mí, las de la catedral y el edificio de la Audiencia. A mi izquierda enseñoreaban la parte alta del convento de San Miguel y las gemelas de Nuestra Señora del Pino, y ya en el extremo más occidental, el convento de San Agustín y el fuerte de Atarazanas. Y tras todas ellas, escupiendo sin parar su vapor y su hollín, reinaban las chimeneas, cuyos copetes, doblegados por el viento, se desplazaban lentamente hacia Montjuic.

La ciudad vivía ajena a mis preocupaciones y a las de casi todas las almas que la habitaban; no le importaban nuestros deseos, nuestros anhelos ni nuestros miedos, menos aún nuestro dolor; tan solo le interesaba su propia supervivencia y bienestar. Eso era Barcelona: un ente superior, extraño y caníbal; un monstruo que devoraba a sus hijos; un animal dormido que los despertaba furioso cuando alguien osaba amenazar los muros que los ahogaban pero que, acabada la contienda, volvían a mirarse con recelo, a despreciarse y odiarse incluso. Cada uno regresaba entonces a su sitio —un lugar que parecía asignado desde tiempos remotos— y la ciudad volvía a ignorarlos. Hoy, años después, sé que a Barcelona se la ama y se la odia por igual, tanto como sé que nuestra alma, la de todos y cada uno de los que hemos nacido en ella, le pertenecerá para siempre, no importa dónde estemos.

Esa es su mayor gracia.

Esa es su peor maldición.

Un pequeño tumulto me sorprendió al llegar a la altura de la Administración de Diligencias. Un vendedor de periódicos voceaba la nueva mientras agitaba en alto un ejemplar del Brusi. El corro de curiosos formado a su alrededor trataba de leer lo que allí se decía sin necesidad de comprar el papel. Alguno incluso intentó hacerse con uno de los ejemplares, ante lo que el chaval respondió con un certero puntapié.

Atraídos por la refriega, varios viandantes más se acercaron para conocer de primera mano su origen.

—¿Qué pasa? —pregunté a un hombre que estiraba el cuello por encima de la multitud.

—Dicen que un diputado se ha pegado un tiro.

No me hizo falta leerlo para saber de quién se trataba; aun así, me abrí paso a empellones hasta la primera fila. Según el titular, el diputado Palau había sido hallado muerto en su despacho; todo apuntaba a que se había quitado la vida con su pistola. Víctor, Guiteras, el Velázquez, Andreu, Quimet y ahora Palau... Todo aquel relacionado de un modo u otro con el caso corría un serio peligro. No se trataba ya solo de una conjetura, sino de una amenaza cierta y rotunda, y tanto don Pedro como el doctor Mata lo sabían, por eso habían optado por desaparecer.

Mientras trataba de informarme algo más acerca de los detalles del perecimiento, alguien tiró de mí con fuerza. Al darme la vuelta, me encontré cara a cara con un tipo de rostro demacrado, ojos hundidos y pómulos afilados, y aunque vestía con ropas de pordiosero, le reconocí enseguida: era el ayudante de Palau.

Avancé tras él a trompicones hasta alcanzar la parte alta de la Rambla y, una vez allí, torcimos por la calle del Buen Suceso para volver a girar —esta vez a la derecha— por el *carrer* de las Sitges en dirección a Tallers. El hombre no dejaba de mirar atrás para asegurarse de que nadie nos seguía. Sus ojos estaban idos y podía sentir el temblor de su cuerpo solo por el contacto de su mano sobre mi antebrazo.

Una vez en la esquina, miró a derecha e izquierda y me arrastró de vuelta a Canaletas. Tanta precaución logró al fin acongojarme. Pero cuando ya creía que regresábamos al paseo, echó un último vistazo atrás y se metió por un pasadizo sin salida abierto entre dos bloques. «Mala idea», pensé. Hasta que recordé cómo aquel hombre ahora desencajado me había dado esquinazo hacía tan solo unos días. Para ser un tipo tan estirado, conocía la ciudad y sus entrañas mejor que yo. Avanzamos a toda prisa —por un momento, hasta ambos pies se me despegaron del suelo— y, justo antes de alcanzar el extremo cegado, se detuvo frente a una pila de maderos hinchados por la humedad. Aún echó un último vistazo a la boca por la que habíamos accedido al callejón mientras los apartaba para revelar la entrada a un sótano.

Lo único que evitaba su total oscuridad era una lista de luz que provenía de un ojal abierto en el entarimado sobre nuestras cabezas. Me sentí como Jonás, solo que el estómago de aquella ballena estaba vacío.

—Me siguen —se justificó, agitado, por mucho que yo no había visto a nadie—. No ha sido un suicidio. Necesito vuestra ayuda.

—Estoy solo.

—¿Y el doctor Mata? ¿Y Monlau? ¿Y tu amigo el periodista?

—Andreu ha muerto. Lo asesinaron. De los otros dos no sé nada desde hace días.

—Estamos todos muertos entonces —dijo aceptando lo que parecía un destino seguro.

—¿De qué estás hablando?

—¿Es que aún no lo has comprendido? Hay mucho en juego. Demasiado. Nos enfrentamos a enemigos muy poderosos. Solo el doctor puede hacer algo. Pero sin él..., estamos todos muertos —repitió—. ¡Muertos!

Su cuerpo se deslizó por la pared hasta quedar sentado en el suelo; después acunó la cabeza entre las manos y comenzó a sollozar.

—Debemos detenerlos.

—¿A quiénes? ¡Vamos, habla!

—Debo contactar con Mata. Él lo sabe.

—Ha desaparecido, y don Pedro se niega a recibirme.

—¡Quizá yo pueda ayudarte en eso! —dijo poniéndose en pie como un resorte—. ¡Sí! ¡Sí! —repitió. Sus ojos habían adquirido un fulgor repentino—. Debemos hablar con él, eso es. Él sabrá cómo dar con el doctor, estoy seguro. Nos veremos allí mañana. Al alba. Ten cuidado —me advirtió antes de partir—. La Muerte nos persigue. Se esconde en la oscuridad.

Regresé a la Rambla con cierto apremio y angustia en el ánimo y me dejé arrastrar por la maraña de viandantes. Hasta que un cosquilleo en el espinazo me advirtió de una presencia a mi espalda, así que apreté el paso, torcí frente a la iglesia de Belén y eché a correr como alma que lleva el diablo. Unos metros más adelante, justo donde la calle del Carmen confluía con las del Hospital, San Antonio Abad y Botella, había una plazoleta en la que se ubicaban los lavaderos del Padró; allí podría esperar a Ciscu mientras recuperaba el resuello con la espalda cubierta.

En esas estaba cuando sucedió algo inesperado. Una pelusa clara descendió del cielo y se posó sobre mi manga. Pensé que se trataba de ceniza, pero al ir a limpiarla con el canto de la mano había desaparecido. Otra siguió su mismo camino casi al instante y, al rato, eran ya decenas las briznas que danzaban sobre mi cabeza. Había oído hablar de aquel fenómeno en alguna ocasión, pero era la primera vez que veía nevar en persona.

—Vaya cara de idiota —dijo una voz.

—Es… extraño. Pero precioso.

Ciscu me regaló una gran sonrisa. Tal y como había supuesto, mi espantada había llamado su atención.

—Solía nevar mucho en la montaña.

Por la expresión de mi cara, supo que me había sorprendido. Pensaba que, al igual que yo, que Víctor y que Salvador, no había conocido otra cosa que aquellas calles.

—Nací en Capolat, cerca de Berga. Mis padres dejaron el pueblo cuando tenía seis años y nos vinimos aquí para trabajar en una fábrica. Murieron por las fiebres, aunque yo creo que fue el aire, el hedor de esta ciudad maldita. Aquí se respira muerte. Pero, dime, ¿en qué puedo ayudarte?

—Necesito saber dónde ciertos militares para…

Sonrió.

—Antes venía alguno de la tropa por aquí, pero el último salió sin uniforme y con el rabo entre las piernas. Si a lo que apuntas es más alto, deberás buscar camino de casa. Hasta donde yo sé, los oficiales suelen frecuentar el *carrer* de la Carbassa. Quizá lo mejor sea que hables con Salvador.

—La última vez que nos vimos me dejó bien claro que no quería saber nada más de mí —dije mostrándole el arañazo de mi cuello.

Al verlo, dejó escapar un silbido, pero, acto seguido, me regaló otra sonrisa.

—Eres tonto, chaval.

—¿A qué te refieres?

—¿Quién crees que me pidió que te echara un ojo?

XVII

Los tejados, las calles y los puestos amanecieron cubiertos de nieve, y aunque no quería llegar tarde a la cita con el asistente del diputado Palau en casa de don Pedro, no pude evitar detenerme al pasar junto a un grupo de críos que, dividido en dos bandos, se arrojaba bolas recién amasadas. Un par de tenderos, molestos por su falta de puntería, les afearon la conducta sin prever las consecuencias; casi de inmediato, *progresistas* y *moderados* hicieron piña contra el enemigo común y los dejaron chorreando.

Mientras los primeros rayos de sol comenzaban a derramarse sobre aquel manto blanco, Barcelona dejó de ser el monstruo gris y sucio de siempre para convertirse en una ciudad luminosa. Todo a mi alrededor, las calles, las plazas, incluso los callejones más oscuros se convirtieron en algo irreal, como si la nieve hubiera ejercido una labor purificadora sobre todos ellos. La estampa, sin embargo, quedó pronto arruinada por el transitar de las primeras carretas que, sin entender de alegrías infantiles, se fueron abriendo paso hasta convertirlo todo en una ciénaga. ¿Cómo podía algo tan hermoso corromperse en tan poco tiempo?

Esperé un buen rato emboscado frente a la casa de la calle Ancha, pero el ayudante de Palau no se presentó. Quien sí lo hizo fue un coche de punto. Traté de identificar a su ocupante desde donde me ocultaba, pero me fue imposible, de modo que decidí abandonar mi refugio para tratar de descubrir su identidad.

—¡Doctor!

—¡Expósito!

—¿Dónde se había metido? ¡Llevo días buscándole! —El tono me salió insolente, lo que no dejó de sorprenderle.

—He estado fuera atendiendo unos asuntos —se limitó a responder. No tenía que darme explicación alguna, pensó, y tenía razón—. Pero no se quede ahí, pase. Traigo noticias.

Enfilamos las escaleras y llamamos a la puerta. La cara del mayordomo se torció nada más comprobar que se trataba de mí, pero enseguida atajó la bronca al verme en compañía del doctor. No había nada que pudiera hacer salvo protestar en silencio.

—¿Está el señor en casa? Debo hablar con él —dijo Mata.

En cuanto accedimos al salón principal, descubrimos a don Pedro recostado en uno de los sillones, el mismo que había albergado mi cuerpo malherido hacía apenas unos días. Parecía ausente, y aunque vestía con ropa de calle, ninguna de las piezas combinaba entre sí.

—¡Don Pedro! —Traté de sacarle de su ensimismamiento, pero Mata me detuvo al olisquear la estancia.

—Láudano.

El doctor reclamó la presencia del mayordomo con voz apremiante y el hombre se plantó a su lado con presteza y rectitud.

—Ayúdenme a llevarlo a la habitación.

En cuanto le depositamos sobre la cama, Mata le tomó el pulso.

—¿Cuánto lleva así?

—Desde el entierro.

La muerte de Andreu parecía haberle afectado más de lo que cabía imaginar —estaba tan pálido y demacrado como el ayudante de Palau, cuya ausencia me inquietaba cada vez más—, no tanto por la identidad del muerto —por mucho que hubieran compartido parte de su historia—, supuse, sino por el óbito en sí mismo, por intuir la cercanía de la propia muerte si seguíamos adelante.

—¿Hemos vuelto a las andadas, mi querido amigo? —susurró

Mata. Después se dirigió de nuevo al asistente—. ¿Podría preparar un poco de café, por favor?

El mayordomo desapareció cariacontecido. Por un momento, debió de temerse lo peor, verse en la calle sin uniforme —aquella ropa que le elevaba por encima del resto de gentes de su clase— y perder la posición de la que tanto alardeaba y que, a buen seguro, le había costado alcanzar. Aunque también era posible que, con el tiempo, hubiera desarrollado cierto apego por don Pedro, el mismo que el de un perro hacia su amo.

—Vine hace un par de días, pero ese imbécil me dijo que el señor no estaba en casa —mascullé en cuanto le hube perdido de vista.

Los bigotes de Mata se curvaron en lo más parecido a una sonrisa que le había visto hasta el momento.

—Supongo que ya se ha enterado.

—Palau.

El doctor asintió. Más bien fue un dejar caer la cabeza hasta que la barbilla le descansó en el pecho.

—Su muerte no ha sido un accidente, se lo aseguro. Ayer mismo me encontré con su ayudante. Me preguntó por usted. Habíamos quedado aquí esta mañana.

—¿A qué hora?

—En cuanto saliera el sol.

Mata consultó su reloj. Hacía rato que habían dado las nueve.

—No vendrá —dije presa de un repentino convencimiento—. Estoy seguro de que también ha muerto.

—¿De qué hablaron?

—Apenas logré entenderle. Dijo que debíamos detenerlos.

—¿A quiénes?

Me encogí de hombros.

—¿Algo más?

Le clavé la mirada.

—Me dijo que usted lo sabría. Quería su protección. ¿Dónde se había metido? —insistí.

Volvió a despachar el asunto con tono molesto.

—Ya se lo he dicho: tenía asuntos que atender. No es usted el centro de todo, Expósito; cuanto antes lo aprenda, tanto mejor.

Aquel hombre ocultaba algo, estaba cada vez más seguro. Algo relacionado con nuestra investigación. Me acerqué a una de las ventanas para poder escudriñar la calle mientras Mata se dejaba caer en un *crapaud* de terciopelo rojo. No es que mantuviera ningún tipo de esperanza en que nuestra visita fuera aún a aparecer, pero sentí la repentina necesidad de alejarme de él. Su presencia había empezado a incomodarme.

Monlau reapareció en el salón tambaleándose. Mata solicitó la presencia del mayordomo, que acudió con la jarra del café y un juego de tazas. Fue tal el tembleque que se apoderó de él al ver a su señor de aquella guisa —su aspecto no auguraba nada bueno— que su esfuerzo por mantener la vajilla sobre la bandeja fracasó, haciendo que tazas y jarra se precipitaran sobre la alfombra. No eran solo la sumisión y el cariño los males que afectaban a aquel hombre, sino una auténtica devoción y quién sabe si algo más. Todo ser humano, del más rico al más pobre, alberga la capacidad de amar. También la de odiar.

—¡Dejadme! ¡Estoy bien! —vociferó don Pedro apartándole de un empujón.

El mayordomo se retiró como el amante al que, en un ataque injusto de crueldad, se desprecia por su exceso de celo.

—Decidme qué sabéis de la muerte de Palau. En el diario pone que se suicidó.

—Le despachó el mismo que a Andreu, estoy seguro —señalé—. Y no se trata de nuestro asesino.

—¿Quién, entonces? —inquirió con la boca viscosa.

—Tarrés o alguno de los suyos. Conozco sus métodos, y esas muertes llevaban su firma.

Mata nos escuchaba en silencio. Parecía calibrar cada una de mis afirmaciones y tratar de encajarlas en aquel rompecabezas.

—¿Y qué interés cree usted que alguien como Tarrés puede tener en su muerte? —dijo al fin.

—El mismo que nuestro asesino. Que su patrón —corregí.

—Dos asesinos. No tiene ningún sentido —replicó don Pedro—. ¿Por qué no usar al mismo?

—Porque un robo y un suicidio pasan más desapercibidos —puntualicé—. Si un periodista o un diputado hubieran aparecido destripados, la cosa habría llamado demasiado la atención.

—Está en lo cierto —intervino Mata—. Si, como dice usted, asumimos que lo de Palau no ha sido realmente un suicidio.

—Le aseguro que no —me reafirmé—. Su ayudante también estaba convencido. Debería haberle visto la expresión; no solo había miedo en ella, sino auténtico pavor.

—La tasa de mortalidad de Barcelona aumenta cada día que pasa —pronunció don Pedro, esta vez con cierta ironía. Y después se echó a reír. Parecía un loco.

—Solo hay un modo de averiguar la verdad —zanjó Mata.

XVIII

La idea de volver al cementerio de los condenados, a la frialdad de sus paredes desnudas y de un pasado que sentía cada vez más lejano, reavivó mis pesadillas.

Frío, miedo, muerte.

Odio, rabia, vacío.

Ahí estaba Víctor, de pie frente a mí, la piel moteada de amarillo, azul, verde y morado, con la carne putrefacta y las entrañas expuestas. A su lado, Andreu sangraba como un san Sebastián. «Te estás acercando, pero es ahora cuando debes tener más cuidado que nunca», dijo Andreu. «Recuerda que ahora no eres nadie, y nadie va a ayudarte», dijo Víctor.

—¡Basta! —grité con la garganta anegada de angustia.

Cuando abrí los ojos, estaba tan bañado en sudor que la silueta de mi cuerpo había quedado impregnada en la sábana.

La señora Amàlia entró corriendo.

—¿Qué te pasa?

Me incorporé hasta posar los pies en el suelo. El corazón me latía tan fuerte que sus contracciones eran perceptibles a simple vista; la maldita víscera pugnaba por abrirse paso entre la carne, las costillas y la piel para liberarse al fin de la esclavitud de mi espanto.

Estaba a punto de amanecer, así que me lavé y me vestí mientras la mujer descendía para preparar el desayuno. Había decidido no informar a ninguno de los doctores sobre mis pesquisas para dar con el capitán Bejarano, mucho menos aún cómo había obtenido la información. A pesar de que no había participado de forma directa en la tortura y asesinato de Quim —eso me repetía para acallar la conciencia—, era tan culpable como el propio Enric. Me había convertido en un verdugo —en algo peor, alguien que no tenía las agallas suficientes para condenarse a sí mismo—, y aunque me negaba a admitirlo, había experimentado cierta satisfacción.

Me sentía extraño, eufórico y abatido a un tiempo, pero no me arrepentía de nada. ¿Se parecía en algo aquel ímpetu al que debía de sentir Fosc al quitar una vida? Cada vez parecían separarme menos cosas del asesino al que había jurado destripar.

La helada había convertido huellas y roderas en caballones de barro coronados por una tenue espuma de cristal. También los montones de basura y excrementos acumulados aquí y allá estaban cubiertos por aquel manto de encaje tan delicado como efímero, lo que suponía todo un contraste. «Hasta la suciedad puede llegar a ser hermosa en determinadas circunstancias —pensé—. Como la que se puede apreciar en los cadáveres de esos animales que dejan entrever una sonrisa de colmillos aún blancos entre los jirones de lo que un día fueron sus rostros».

El encargado nos esperaba junto a la puerta. Al verle, supuse que no habría muchos voluntarios para ocupar su puesto, aunque quizá me equivocaba; la carne muerta no suele traer problemas ni quejas, y un real es un real. ¿Tendría familia? ¿Sería capaz de desprenderse de las imágenes que se veía obligado a contemplar cada día al regresar a casa? ¿O quizá, al igual que yo, veía en sueños a cada uno de los muertos a los que velaba?

No fue hasta regresar al interior cuando pensé en lo extraño de que hubieran decidido llevar allí el cuerpo de Palau. Se trataba de un hombre importante, un tipo de buena familia, un diputado nada menos.

Quizá se debiera a las circunstancias de su muerte; en ocasiones, a los suicidas —no hay pecado mayor a los ojos ciegos de Dios— se les dispensaba el mismo trato que a maleantes, vagabundos y ajusticiados: una tumba sin nombre en una tierra sin consagrar. De ser así, su asesino le había condenado de todos los modos posibles.

Mata le solicitó que descubriera el cuerpo. La imagen era aterradora. El pobre tenía media cabeza reventada y parte de los sesos se le habían derramado sobre la tabla, empapándola por completo. Tuve que apartar la vista para no venirme abajo. El doctor, en cambio, se inclinó sobre la masa informe y la estudió con detenimiento.

—El proyectil entró por aquí y salió por aquí —señaló como si impartiera una de sus lecciones—. Compatible con un suicidio.

—Estoy de acuerdo —confirmó don Pedro.

Una vez inspeccionado el cráneo, su interés pasó a otra cosa. Recorrió el resto de aquella malograda anatomía, el torso, los brazos y las piernas y se detuvo en las manos. Las elevó, las observó, las palpó y las devolvió a su sitio, no sin antes pegar su nariz a aquella piel ya surcada por decenas de filamentos secos y vacíos. Después asió lo que quedaba de la cabeza y la observó con algo más de detenimiento.

—Muchas gracias. Hemos terminado —dijo al fin.

—¿Han traído algún otro cuerpo? —me apresuré a preguntar.

El encargado negó con la cabeza. Después se frotó las manos para hacerlas entrar en calor. Seguía prefiriendo la compañía de los muertos al extraño comportamiento de los vivos, cuyas razones, lo supe por cómo nos miraba, se le escapaban. «Los muertos, muertos están: ¿qué importa cómo hayan llegado hasta aquí?», me pareció descifrar en su mirada.

El vehículo de Monlau nos esperaba frente a la puerta. En cuanto hube cerrado la portezuela y los caballos se pusieron en marcha, Mata me miró con aire de suficiencia:

—Una vez más, se ha equivocado, Expósito: la muerte de Palau es obra de nuestro asesino.

El rostro de don Pedro evidenció la misma sorpresa que el mío; nada de lo que habíamos visto parecía corroborar aquella afirmación.

—Pero no tenía la marca —señalé—. Ni le ha abierto como a los otros.

—Esta vez la ocultó en la nuca —respondió—. Determinados asesinos no pueden evitar dejar su firma en todo lo que hacen. Lo del disparo fue para proporcionar una explicación fácil. No se trata de un muerto cualquiera, y estoy convencido de que quien ordenó su óbito no quería arriesgarse a una investigación. De haberlo diseccionado, todo se hubiera perdido. La policía, sin embargo, pasó por alto un detalle.

—Además de la marca.

—Sus manos —indicó—. De haberse disparado él mismo, habría residuos de pólvora en una de ellas.

Recordé el rato que había dedicado a inspeccionarlas y cómo las había olfateado. Debía reconocer que aquel hombre sabía lo que se hacía. Mi repentino sentimiento de admiración, sin embargo, se vio pronto ensombrecido.

—¿Está usted seguro de que el cuerpo de Andreu no presentaba la señal? —me cuestionó.

—Aún respiraba cuando llegué. De haberlo matado con eso, no hubiera agonizado como lo hizo —repliqué—. A Andreu lo mató otro hombre. Estoy seguro.

—Parece estar usted seguro de muchas cosas —contestó afanándose por tener la última palabra—. Pero no todo es siempre lo que parece.

Aquellas palabras me hicieron recordar las pronunciadas por Ciscu hacía unos días.

«La doblez de los hombres parece no tener fin», pronuncié para mí.

—Llámelo usted como quiera —intervino Monlau, que no parecía haber prestado atención a nuestro pequeño duelo, o precisamente por eso—, pero este hombre es un maldito loco.

—Lo importante no es quien le mató, no obstante —prosiguió Mata como si tal cosa—, sino que, antes de hacerlo, le torturaron.

Sentí una oleada de espanto: ¿hasta qué extremos podía llegar un ser humano a ejercer la crueldad sobre otro de sus semejantes? Por mucho que Mata dijera lo contrario —su tono indicaba que aquel comportamiento parecía incluso fascinarle—, estaba de acuerdo con don Pedro: Alberto Fosc no estaba en sus cabales.

—¿Cómo lo sabe? —deslicé aun a riesgo de ganarme otra reprimenda.

—Porque antes de dispararle, le rompieron los dedos uno a uno y después se los volvieron a colocar. Nuestro hombre quería saber algo, y fuera lo que fuese, estoy seguro de que Palau se lo dijo.

Dejé a los doctores en la casa de la calle Ancha y me adentré en mi antiguo territorio.

No es que las cosas cambien de un día para el otro; lo hacen, pero con el paso de los años y el sacrificio de muchos. Tampoco era la primera vez que retornaba al barrio tras mi sentencia. Las calles seguían siendo las mismas, con su plaza, sus porterías y sus bajos llenos de comercios y puestos que las achicaban hasta convertirlas en garlitos. También las gentes que habitaban sus viviendas frías e insalubres, la resignación de sus rostros, el dolor de sus huesos y la fragilidad de su esperanza eran las mismas. Su miseria. Pero todo era distinto. Ni siquiera la imperturbable mole de Santa María era ya igual. Había vivido muchas cosas como miembro de la Tinya, pero ninguna de ellas podía compararse con lo acontecido a lo largo de aquellos días. La muerte, la rabia, el odio, la tristeza y la soledad cambian a los hombres, alteran sus prioridades y modifican sus humores y deseos, también la percepción de su mundo, por completo. Lo que antes era arriba, ahora es abajo; lo que antes era verdad, ahora es mentira; lo que antes era amor se ha tornado odio de repente.

En cuanto entré en la cueva, me pareció que había menguado. La habitación del hostal que ahora me daba cobijo era mucho más pequeña, pero la luz que entraba por su ventana la convertía en un habitáculo mucho más diáfano y, por supuesto, salubre. Algo a lo que un hombre podía llamar hogar. Aunque el verdadero hogar

—entonces aún no lo sabía—, lo constituyen las personas que nos rodean, no las paredes que nos guardan.

Todos estaban fuera ejerciendo sus labores, de modo que me senté a esperar. Sabía que Salvador no tardaría en presentarse: había vuelto a anunciar mi presencia con el descaro suficiente. Solo deseaba que esta vez no se presentara con el acero ya desnudo.

—Te dije que no volvieras.

—¿Por qué?

—Ya lo sabes. Elegiste.

—Sé lo de Ciscu. Te lo pregunto otra vez: ¿por qué?

Salvador exhaló hasta vaciarse del aire que, estaba seguro, había almacenado para enfriar su sangre al constatar mi regreso. Se acercó despacio, puso en pie una caja y se sentó.

—Veo que las cosas te van bien.

—No me quejo.

—Supe lo de Andreu. Lo siento. —Era sincero.

—No me has respondido.

Alzó el rostro y me observó de un modo en el que no lo había hecho jamás. Por primera vez desde que le conocía, vi cierta vulnerabilidad en sus ojos. Salvador había sido siempre nuestro sargento, un tipo indestructible, pero ahora, allí sentado, se me antojó frágil. Parecía cansado, cercano a la derrota, aunque estaba seguro de que, de ser necesario, derramaría hasta la última gota de vida que le quedaba por cada uno de sus compañeros.

—Apenas recuerdo nada de cuando era crío, los ojos negros de mi padre, los dedos largos de mi madre, su tos insistente al final. Ahora ya no son más que dos sombras que se confunden. Dos espectros. Solo he querido de verdad a dos personas en este mundo: a Víctor y a ti. La Tinya me ofreció un refugio tras su muerte, me dio un techo y un cometido, pero Víctor y tú erais distintos. Crees que su muerte no me afectó como a ti, pero estás muy equivocado. Siempre quise lo mejor para vosotros. Mi único futuro, el de cualquiera de nosotros, es morir en estas calles o en custodia. Al principio, cuando supe que querías marcharte, me sentí traicionado. Te aferraste a un muerto y te olvidaste de los vivos. Yo no era como Víctor. Yo no era suficiente para ti. Y sentí odio. Pero entonces comprendí algo: que lo que en realidad tenía era miedo a quedarme solo. Y también entendí que no tenías ningún futuro en estas calles, solo pasar hambre, sentir dolor y frío, padecer enfermedad y muerte. Yo ya no puedo cambiar, pero tú sí. Te conozco, Miquel, y sabía que no lo ibas a dejar estar. Lo intenté, pero fue inútil, de modo que le pedí a Ciscu que te vigilara. Es un buen tío.

No pude contener una lágrima.

—¿Y por qué no me dijiste nada?

—Todo el mundo sabe que Víctor y tú erais mis favoritos. Debía mostrarme implacable. Pero nadie sospecharía de un sargento de otro distrito. Ni siquiera tú.

Me senté y dejé que el llanto fluyera sin restricción. Salvador permaneció inmóvil; no sabía si sostenerme entre sus brazos o dejar que mi congoja manara sola. Nadie nos había enseñado a comportarnos en aquella situación, y la vergüenza es a veces demasiado poderosa entre dos hombres.

En cuanto me hube serenado, atajé una última lágrima con la manga de la chaqueta.

—¿Cuánto sabes?

—Lo suficiente para ser consciente de que es una mala idea —señaló—. Te lo dije, Miquel: con un muerto es suficiente, y esto va camino de convertirse en una epidemia.

—Precisamente por eso —repliqué—. Los muertos son demasiados como para no escuchar su clamor. Esto ya no es solo por Víctor. Es por ti, por mí, por todos nosotros.

—Nosotros no valemos un real, Miquel.

—Somos tan hijos de esta ciudad como cualquiera.

—Te equivocas. Solo somos chusma, mano de obra barata a lo sumo. ¿Cuántos mueren cada semana sin que pase nada? Enseguida llegan otros que ocupan su lugar. La muerte de Víctor, la tuya, la mía no le importan a nadie, porque eso es lo que somos: nadie.

Tenía razón. Yo no era el único que estaba muerto. Todos lo estábamos. Éramos cadáveres esperando el juicio final, la prometida resurrección de una carne que solo alcanzaría para aquellos que, al igual que en vida, pudieran pagársela.

—Asesinar a un capitán de la guarnición es una locura —añadió.

Comprendí que Ciscu había deducido cuáles eran mis intenciones y le había informado.

—No estoy solo.

—¿Hablas de esos dos señores? Ninguno te ayudará cuando las cosas se pongan feas. Y menos con esto.

No sabía lo peliagudas que estaban ya.

—Andreu tenía un hermano. También busca venganza.

—Lo único que cambiará eso es que encontrarán otro cuerpo junto al tuyo. ¿Aún no lo entiendes? Todo esto nos viene grande. ¿Qué crees que podemos hacer?

—Nosotros somos la calle —contesté—. Dime, ¿puedo contar contigo?

Su mirada fue lo único que necesité para saberlo.

XIX

La providencia —uno nunca sabe si el destino actúa para bien o para mal— quiso que aquel jueves fuera una noche sin luna. Sucede que, en esos días, los sonidos parecen agudizarse, y lo que no puede ver el ojo, lo capta el oído, afilado al máximo. También sucede que aquellos que se adentran en la oscuridad para atender determinados asuntos suelen callejear más prevenidos. Por eso, unos y otros, cazadores y presas, afinan las precauciones y tensan los músculos: íbamos a asaltar a un capitán del regimiento de la Ciudadela y cualquier caución era poca, así que habíamos decidido que Salvador y Ciscu se apostaran en la esquina de la calle Ancha con Escudillers, mientras que Enric y yo lo haríamos en la de Carbassa con el de Arenas. Una vez en nuestros puestos, divisaríamos también desde allí el extremo de la calle Avinyó, de modo que, entre los cuatro, cubriríamos todas las posibles entradas y salidas, no fuera el caso que Bejarano —que a buen seguro se las había visto de todos los colores— se nos escurriera entre los dedos.

El prostíbulo quedaba a mitad de la calle —una casa de postín a la que acudía lo más granado del ejército y el clero—, cerca del cruce con el *carrer* de la Rosa. En cuanto nuestro objetivo asomara la cabeza, tendría que pasar por delante de alguno de nosotros. Ese sería el momento.

Las manos me sudaban a pesar del frío, pero tenía los pies helados.

—Tranquilo, chaval. Es solo un hombre: sangrará como todos —dijo Enric para tranquilizarme.

El sonido de unos pasos acercándose nos puso alerta. Una figura embozada en una capa sobre un redingote[7] avanzaba hacia nosotros con paso decidido. Llevaba el cuello subido para protegerse del frío y, de paso, ocultar su identidad. Aunque las calles estaban vacías, uno siempre corría el riesgo de un encuentro no deseado.

Salvador negó con la cabeza desde la distancia.

Había sido él quien había resuelto el problema de cómo identificar a Bejarano. Según había podido saber —no quise preguntar cómo—, el capitán arrastraba una pierna, la izquierda, debido a una vieja herida. La tara, sin embargo, no le impedía para el servicio, pero sí le daba cierto donaire al andar, por eso algunos miembros de la tropa le llamaban la Serral[8] a sus espaldas.

Cuando las campanas anunciaron las diez, Bejarano seguía sin aparecer.

—Quizá no venga.

—Vendrá.

En esas estábamos cuando el eco de unos nuevos pasos captó nuestra atención. No fue tanto el sonido como su particular cadencia lo que nos puso en guardia. Tenía que ser él.

—Prepárate —me azuzó Enric.

La nueva silueta dobló la esquina y se mostró al fin. Era mucho

---

[7] El redingote era una prenda de origen inglés que se puso de moda en España en aquella época. A medio camino entre la capa y el abrigo, se abrochaba por delante y quedaba abierto por la parte inferior. A partir de 1860 fue paulatinamente sustituido por la americana.

[8] Dolores Serral fue una conocida bailarina catalana de bolero. Formaba pareja con Mariano Camprubí, Francisco Font y Manuela Dubinón en el *ballet* Fernando Cortés. Ella y Camprubí se hicieron muy famosos en París y Copenhague a principios de la década de los años treinta del siglo XIX gracias al bolero denominado *La cachucha*.

más alto de lo que me esperaba. También me fijé en el bastón negro con empuñadura de plata que acompañaba su andar con rigurosa exactitud, domesticado, supuse, por su uso a lo largo de los años. Bejarano era un militar curtido, y aunque le superábamos en número y la calle nos había enseñado a valernos, debíamos tener cuidado.

Le corté el paso en cuanto llegó a nuestra altura.

—Buenas noches.

Yo debía ser el elemento sorpresa, desconcertarle para que Enric se abalanzara sobre él y le noqueara por detrás. Pero el tipo nos había calado nada más vernos, y en cuanto sintió su sombra, dio la vuelta y le alcanzó con el bastón en la sien.

El golpe, rápido y preciso, me dejó perplejo.

Enric se trastabilló —algo se había apagado en sus ojos—, momento que Bejarano aprovechó para lanzarme una estocada al pecho. Tras esquivarla, agarré el bastón con las dos manos. Fue un movimiento instintivo del que me sentí orgulloso, hasta que, apenas un instante después, comprendí mi error, porque en cuanto notó que lo sujetaba —era posible que hasta lo hubiera previsto así—, tiró de él hasta desnudar el estoque que se refugiaba en su interior.

Me quedé paralizado, todo lo contrario que el capitán, que me tiró una nueva estocada.

El aceró se clavó justo debajo de mi ombligo.

No sentí ningún dolor. Quizá la muerte me había alcanzado con tanta rotundidad que mi carne había dejado ya de sufrir. Pero el desconcierto en su rostro me dijo que no. El ataque había sido certero, pero la punta de la espada había encontrado un obstáculo inesperado: la empuñadura de mi faca.

Ese instante de duda fue su perdición.

Salvador nos había procurado un sótano en la calle Gignàs. No era más que una boca abierta en la tierra cuyas paredes, veteadas por el salitre, se deshacían al mínimo contacto, pero serviría con creces al propósito que nos había reunido allí. Uno tenía la sensación de haber iniciado el descenso al mismísimo infierno allí dentro; nadie, ni siquiera el oído de Nuestro Señor, sería capaz de escuchar las súplicas emitidas por ningún hombre desde aquella angosta catacumba. En cuanto a que lo hiciera el diablo, poco importaba, pues nuestra intención era entregarle el alma de aquel miserable en cuanto hubiéramos acabado con él.

Enric, con la marca del bastonazo cada vez más encarnada, le abofeteó para que volviera en sí. Bejarano abandonó su letargo y echó un vistazo a su alrededor. No dejaba de ser un soldado, y calibraba la situación.

—¡Catalanes de mierda! —gruñó—. Soy un capitán del regimiento de la Ciudadela. Esto os va a costar muy caro.

Aún creía que había sido la víctima aleatoria de un intento de robo.

—Lo sabemos —respondió Enric. Su voz encerraba un odio contenido—, capitán Bejarano.

La expresión del militar cambió al escuchar su nombre. Sabíamos quién era y le habíamos emboscado con algún propósito, de modo que entendió que su condición y grado no iban a servirle de nada en aquellas circunstancias.

—¿Qué queréis?

—Alberto Fosc.

Bejarano se echó a reír.

La cosa empezó por una mueca torcida que, al poco, se transformó en carcajada para, acto seguido, dar paso a un ataque de hilaridad que me descolocó. El resto de los presentes se sintieron igualmente incómodos: ¿qué era tan gracioso? ¿Acaso no comprendía la gravedad de su situación? Estaba maniatado y a nuestra merced; le habíamos abordado en la calle, le habíamos golpeado la cabeza, le habíamos atado a una silla y... ¡se reía!

Por muy distintos que sean dos hombres, el miedo a perder la vida suele hacerles reaccionar de un modo parejo, pero Bejarano parecía hecho de otra pasta. La guerra cambia a las personas: a algunas les añade miedos, a otras, en cambio, las desposee por completo de ellos.

Enric le cortó el ataque de hilaridad de una nueva bofetada.

—Muy bien —dijo mientras sacaba el cuchillo del cinto—. No te voy a mentir: a estas alturas, ambos sabemos que no vas a salir de aquí con vida. Tu única elección es cómo quieres morir, si deprisa o tras experimentar un dolor inimaginable.

Bejarano le plantó cara:

—Conozco bien el dolor. No le tengo miedo.

Esta vez fue Enric quien sonrió.

—Eso es lo que crees, pero no es así. Existen dos tipos de dolor: el que, llegado a un punto, termina para siempre, y el que perdura más allá de la muerte —pronunció—. Mi hermano fue a ver a uno de tus hombres para obtener cierta información y está muerto. Quiero saber por qué. También quiero saber quién es Alberto Fosc, a quién sirve y dónde podemos encontrarlo.

Bejarano le obsequió con un escupitajo.

—Muy bien —dijo Enric limpiándose el rostro.

Lo que sucedió a continuación me hizo devolver hasta el primer alimento que había recibido en la Misericordia. El hermano de Andreu le abrió la camisa e introdujo la punta del cuchillo en la parte baja del vientre. Bejarano aguantó el pinchazo sin decir palabra. Hasta que Enric le practicó un corte del tamaño de un puño.

Esta vez, el grito rebotó en las paredes, que se lo tragaron hasta acallarlo.

—¡Hijo de puta!

—De ti depende.

No sé de dónde sacó las fuerzas —de la rabia seguramente—, pero el capitán le volvió a escupir. Esta vez, sin embargo, el hermano de Andreu ni se molestó en limpiarse, sino que separó los extremos de la herida recién abierta con los dedos —por un momento me recordó a Mata inspeccionando el interior de Víctor— e introdujo el cuchillo en la cavidad. Una vez deslizada la punta, me pareció que se conducía con el sosiego del cirujano atento que trata de dañar lo menos posible a su paciente durante la intervención. Pronto hube de darme cuenta, sin embargo, de que su empeño no era el de evitarle el sufrimiento, sino el de prolongárselo hasta extremos difíciles de soportar por cualquier hombre.

Al rato, las tripas del capitán asomaron prendidas del extremo ganchudo del arma.

—Quimet reposa en el fondo del mar, pero a ti te encontrarán —dijo—. Y antes de que tus amigos clamen venganza, cierto rumor se extenderá por las calles y los salones: al parecer, el recto capitán tenía unos apetitos muy particulares; le gustaban los críos, maltratarlos, torturarlos, follárselos y después asesinarlos para contemplar su agonía. Algunos hasta aseguran que satisfacía sus más bajos apetitos una vez los pobres desgraciados estaban fríos… Hasta que la calle se cansó. Desaparecen los suficientes niños en esta ciudad como para que todo el mundo lo crea. Estoy seguro de que tus superiores querrán tapar el asunto lo más deprisa posible; nadie investigará tu muerte y, de aquí en adelante, serás un innombrable. Un proscrito. También tu familia, tu estirpe, del primero al último, quedarán marcados. Nada de lo que hayas hecho hasta ahora perdurará; todo desaparecerá contigo, tu historia, tus méritos y logros quedarán enterrados en un agujero sin nombre en algún lugar de las afueras, lejos de tierra consagrada, donde tu cuerpo se pudrirá sin remedio mientras tu alma arde para siempre en el infierno. Habla y te doy mi palabra de que eso no sucederá.

El rostro de Bejarano mudaba de expresión a medida que le escuchaba. No era solo un dolor físico lo que ahora le destrozaba por dentro, sino algo mucho más profundo. Las palabras de Enric habían logrado provocarle algo que un pedazo de acero inanimado jamás podría conseguir: el miedo a que toda su existencia fuera borrada por completo de la faz de la tierra.

—¡Basta! —gritó al fin con la voz quebrada.

Acababa de aceptar su derrota.

—Da igual lo que os diga: ese hombre os matará a todos.

Enric retorció el cuchillo provocando que el pobre desdichado —a estas alturas estaba dispuesto a concederle cierta piedad— volviera a aullar. Los ojos empezaban a ponérsele vidriosos, no nos quedaba mucho tiempo.

—A tu hermano lo mató uno de los hombres de Tarrés. No sé cuál. Quizá hasta lo hizo él mismo.

—¿Y Fosc? —intervine. No quería que expirara antes de contárnoslo todo.

El capitán tosió sangre. Después me dedicó una sonrisa.

—Prepara tu alma.

—¡Habla!

Bejarano se humedeció los labios.

—Alberto Fosc era un prometedor estudiante del Colegio de Cirugía, hasta que alguien descubrió sus macabras aficiones... —Hasta allí, su relato coincidía con lo que nos había contado el conserje—. Tras su expulsión, su conducta desviada llegó a oídos del conde de España, que enseguida le tomó bajo su protección. Si algún prisionero se resistía más de la cuenta, le mandaba llamar. Nadie sabe exactamente lo que hacía dentro de aquel sótano, pero los gritos de los prisioneros eran desgarradores —relató—. Según dicen, algunos de los cuerpos que sacaban de las celdas...

Sus pulmones, casi vacíos ya, le obligaron a detener el relato. La vida se le escapaba por momentos.

—¡Sigue! —le apremié.

—Presentaban mutilaciones horribles.

—¿Dónde podemos encontrarle?

—No lo sé.

—Mientes.

—Solo sé que el general Seoane decidió prescindir de sus servicios —dijo finalmente—. Y ahora, acabad lo que habéis empezado de una maldita vez.

Era su último suspiro, y su última voluntad.

Enric alzó el cuchillo dispuesto a concedérsela.

—¡Espera! —Aquel hombre era mi última esperanza de dar con Fosc—. ¡Él sabe dónde está!

Todo rastro de piedad desapareció en cuanto intuí el final. Quería respuestas y, una vez más, me eran negadas. Busqué el apoyo de Ciscu y de Salvador, pero ambos bajaron la cabeza: habían tenido bastante. Por lo que a ellos respectaba, Bejarano había dicho todo lo que sabía. Prolongar aquella agonía no tenía sentido.

Quizá tuvieran razón.

Quizá se hubiera limitado a hacer lo mismo que había hecho su subordinado, elevar el asunto a un despacho superior. Alguien, no obstante, debía de saber para quién trabajaba Fosc ahora, quién estaba realmente detrás de aquella serie de atroces crímenes. Pero no podíamos torturar al mundo entero.

Alcé la cabeza y miré a Enric.

El hermano de Andreu dejó caer la hoja y acabó de una vez con el sufrimiento del capitán.

XX

Ni la muerte de Quim ni la de Bejarano habían servido de nada, tan solo para aplacar apenas por un instante mi sed de venganza. El único que había obtenido lo que quería había sido el hermano de Andreu —no tuve ninguna duda de que daría caza a Tarrés y a sus hombres de uno en uno—; yo, en cambio, seguía igual de lejos de mi objetivo que al principio.

Me reuní con Mata y don Pedro y les conté lo que había averiguado. Ninguno de los dos me preguntó cómo. Salvador tenía razón: solo podría seguir contando con ellos mientras sus levitas y su reputación permanecieran inmaculados, de modo que opté por mantenerlos al margen de ciertos detalles. Tampoco me sentía orgulloso de mi proceder. Mi alma se oscurecía un poco más a cada minuto que pasaba, a cada acto que acometía, como si una capa de hollín se hubiera ido depositando sobre ella a medida que mis decisiones me abrían las puertas del averno.

—A uno le basta con un carnicero para ciertos cometidos, pero otros requieren de un cirujano —dijo Mata retorciéndose el bigote. Aquel se había convertido en un gesto nervioso sobre el que no tenía ya ningún control.

Todo el mundo sabía que quien se encargaba de amedrentar a los obreros que promovían las sociedades de resistencia era la Ronda de

Tarrés: amenazas, palizas, incluso alguna que otra desaparición si el precio era el adecuado. Lo único necesario para llevar a cabo esa labor eran músculos; Fosc, en cambio, era alguien a quien encargar asuntos de otra índole.

—Seguimos sin saber cómo dar con él ni qué se trae entre manos.

—Quizá lo hemos enfocado mal desde el principio —intervino don Pedro.

—¿A qué te refieres? —quiso saber Mata.

—A los registros oficiales: partida de nacimiento, bautismo, padrón... ¿Cómo no me he dado cuenta? Ese hombre tiene que figurar en alguna parte. Además, si ahora está al servicio de algún industrial, quizá hasta le tenga en nómina.

—Hay ciertas cosas de las que uno prefiere no dejar constancia, mi querido amigo.

—No perdemos nada por intentarlo.

—No soy ninguna rata de biblioteca —protesté.

La idea de encerrarme en un archivo durante horas me producía un rechazo difícil de explicar, además de parecerme una pérdida de tiempo: ¿qué iba a descubrirnos un pedazo de papel que no pudiera proveernos la calle?

—Dejadlo en mis manos —contestó don Pedro, que, de pronto, había encontrado el modo de ser útil.

—Como quiera —señalé.

Decidí regresar al hostal dando un paseo. Necesitaba aclarar las ideas y el viento frío era un buen modo de mantenerme despierto —también de castigarme—. Apenas había dormido un par de horas la noche anterior; el vientre abierto de Bejarano, su rostro desencajado y su agonía no habían dejado de retumbar en mi cabeza, y me pregunté si, a base de presenciarla, un hombre podía acostumbrarse a la violencia más extrema, a la misma muerte, hasta no sentir nada frente a ella.

Enric se había encargado de envolver el cuerpo y colocarlo sobre una carretilla. El viaje hasta la Barceloneta fue eterno. Para evitar la zona expuesta del Plano de Palacio, recorrimos las callejas más oscuras hasta el Rec —por un instante, el cadáver de Bejarano estuvo tan cerca de la Ciudadela que temí que fuera a resucitar—, descendimos hasta dar con la muralla en la calle de la Marquesa y nos dirigimos al puerto; una vez allí, no éramos más que otro grupo con una estiba y nadie se fijó en nosotros.

No dejaba de pensar en lo inútil que había sido todo. No es que sintiera ninguna pena por el capitán, tampoco por el amigo de infancia de Andreu —sabiéndolo o no, ambos habían propiciado su muerte—, pero empezaba a darme cuenta —incluso de un modo físico, un malestar en el vientre, un peso difícil de soportar en el pecho— de lo poco que valía la vida, de lo fácil que era quitarla, con motivo o sin él, sin que nada alterara en lo más mínimo el curso de las cosas.

La certeza de saberme prescindible me sacudió de repente.

No es que a esas alturas de la vida no fuera consciente de quién era, de cuál era mi posición y la de buena parte de quienes me rodeaban. Salvador estaba en lo cierto: no éramos más que brazos y piernas y torsos que se desmembraban en las fábricas —en las viejas textiles, en las nuevas metalúrgicas— y que, poco a poco, comenzarían a ser sustituidos por máquinas.

¿Qué nos quedaría entonces?

¿Qué éramos en realidad?

Almas que pasaban por el mundo sin haber conocido otra cosa que el hambre, la miseria y el dolor. Pero no fue hasta ese momento cuando sentí mi propia fragilidad de un modo tan lacerante; ni siquiera la visión de la carne profanada de Víctor lo había logrado de forma tan diáfana.

Cuando llegué al hostal, la señora Amàlia me esperaba junto a la entrada. Iba vestida de calle —era la primera vez que la veía sin el uniforme, como llamaba a su ropa de casa, siempre la misma, marrón, gris, negra, anodina— y tenía un cesto de mimbre a sus pies.

—Nos vamos —dijo.

Y antes de que mis labios pudieran despegarse para protestar, se puso en pie, cruzó frente a mí con aire resuelto y salió a la calle. Una vez en ella, me ofrecí a cargar con el cesto. La galantería le hizo gracia, pero no soltó la carga; aquella mujer no necesitaba la ayuda de nadie, y mucho menos la mía.

Al llegar a las inmediaciones de la Puerta del Ángel, comencé a adivinar sus intenciones. De ahí partían las tartanas, carruajes y galeras rumbo a San Gervasi, Pedralbes, Sarrià, El Putxet o Gràcia hacia la montaña; Hostafranchs, Sants y Bordeta dirección Llobregat, o el Camp de l'Arpa, el Clot, La Llacuna e Icària hacia al Besós. También las diligencias hacia el resto de pueblos y ciudades de Cataluña, así como la línea que unía Barcelona con Madrid desde hacía varios años.

Sentí un pequeño ataque de vértigo. Allí estaba, al borde de la muralla, con los pies asomados al vacío. Jamás había traspasado los muros de la ciudad por aquel extremo —hacerlo por la Puerta de Mar era distinto, allí existía otra muralla más vasta e infranqueable, el mar—. Barcelona, sus plazas, calles, pasadizos y sótanos eran lo único que conocía.

Suponían mi mundo.

Mi hogar.

Mi cárcel.

Y me encontraba a punto de abandonarla, aunque solo fuera —eso esperaba— por unas horas.

El lugar estaba abarrotado de caballerizas, coches, carretas y viajeros cargados con todo tipo de enseres. Unos hacían cola para abonar al *burot*[9] el derecho de entrada, mientras que otros se preparaban para abandonar la ciudad camino de cualquiera de las villas que la rodeaban. Había quien hacía aquel trayecto a diario, ya fuera camino de alguna de las fábricas situadas a las afueras o de una vivienda en la que fregar, lo que convertía aquel paso en un constante ir y venir

---

[9] Los *burots* era los puestos de entrada —generalmente una simple caseta de madera— a una población en los que todos aquellos que quisieran ingresar mercancías para venderlas en los mercados debían pagar su respectivo impuesto. También se llamaba así a los funcionarios municipales que se encargaban de cobrar dicho impuesto.

de personas y animales desde que asomaba el sol hasta que, llegadas las siete de la tarde, Barcelona cerraba sus puertas.

El clamor popular a favor de que se abrieran nuevos accesos —cuando no el derribo total de las murallas— de entrada y salida para evitar aquellas aglomeraciones era cada vez más estruendoso, pero los militares no estaban por la labor; mientras todo siguiera así, la plaza sería mucho más fácil de contener en caso de revuelta.

En Barcelona, lo sabían bien, el enemigo estaba dentro, no fuera.

Subimos a una galera y nos acomodamos entre el resto de los viajeros y los bultos, maletas y fardos que no habían cabido en las cestas que colgaban a ambos lados del vehículo. Una vez apretujados, el cochero arrancó con destino incierto, al menos para mí, porque todos los allí presentes parecían saber perfectamente adónde se dirigían.

En cuanto dejamos atrás las murallas, acerqué un ojo a un roto de la lona que nos guardaba de la intemperie y fijé la vista en el paisaje. Aún no habíamos abandonado la zona de exclusión, y todo lo que veía a mi alrededor era tierra yerma.

Pero algo había cambiado.

La luz.

El olor.

La quietud.

A pesar de los resoplidos del sufrido animal —un percherón famélico cuyo pelaje era indistinguible bajo la gran capa de barro que lo cubría— y del traqueteo del propio furgón, a punto de desarmarse a cada vaivén —el estado de la vía, llena de roderas, baches y socavones cuya profundidad era imposible de determinar, era muy precario—, me pareció que el silencio que nos rodeaba era casi absoluto, de modo que me recliné, cerré los ojos y disfruté de la fragancia a tierra mojada que había empezado a envolvernos. Nunca había olido nada igual; era húmedo y dulce a la vez, como si la lluvia hubiera perfumado el suelo.

Mis fosas nasales no tardaron en acostumbrarse a aquel aroma, tan opuesto al tufo habitual de la ciudad. De hecho, algunas calles habían alcanzado tal grado de pestilencia que era difícil de soportar incluso para un barcelonés acostumbrado. Ninguna de las plagas que habíamos sufrido en el pasado había cambiado nada, para desesperación de Monlau y sus colegas higienistas, que seguían predicando en tierra tan baldía como la que nos rodeaba.

Al rato —no sabría precisar cuánto—, la señora Amàlia me despertó de un codazo.

Di un respingo.

—Hemos llegado —fue su única justificación.

La galera se había detenido a un lado del camino. Mientras avanzaba entre piernas y bultos tratando de no perder el equilibrio —cosa nada sencilla—, sentí la mirada reprobatoria del resto de viajeros. Deseaban llegar a su quehacer cuanto antes y mi torpeza los apartaba de su objetivo. Alguno hizo amago de protestar, pero pensó que la trifulca le retrasaría aún más, de modo que optó por morderse la lengua.

En cuanto puse pie a tierra, el cochero hizo sonar el látigo y el vehículo se alejó dando saltos como una liebre. Tal era su tembleque que, por un momento, temí que, esta vez sí, fuera a descoyuntarse del todo.

—¿Dónde estamos?

—En el cruce de Coll Blanch.

—¿Y qué hacemos aquí?

—Aún debemos andar un poco.

Salvo por un grupo de cabañas que se vislumbraban a lo lejos, el paisaje era desolador y la soledad, completa. Aquello era un páramo en toda regla, pero me abstuve de preguntar, menos aún cuando la señora Amàlia puso pies en polvorosa —era increíble la velocidad a la que podía andar aquella mujer— en dirección a una de aquellas construcciones.

El paseo nos llevó un buen rato, pero alcanzamos nuestro destino sin mojarnos. Eso sí, los pies me pesaban varias libras por culpa del barro. Toda la tierra del mundo parecía haberse aglomerado en mis suelas, haciendo que mi peso hubiera ido aumentando hasta casi la extenuación.

—Es aquí —anunció al llegar frente a una de las cabañas.

El espacio se limitaba a una sola estancia, con la cocina —una estufa de hierro cuya chimenea parecía a punto de desplomarse— en un rincón, una mesa con un par de sillas de anea en el centro y un camastro a un lado. Las paredes estaban hechas de adobe y el tejado era de carrizo, por lo que supuse que habría algún curso de agua no muy lejos de allí. A juzgar por el polvo acumulado sobre cada superficie y la cantidad de telas de araña tejidas con esmero aquí y allá, la casa llevaba tiempo deshabitada.

—Era de mi marido. Le gustaba el campo. Detrás hay un pequeño huerto.

En cuanto asomé la cabeza para echarle un vistazo, experimenté de nuevo aquella calma, solo rota por el murmullo de un arroyo y el trino de un jilguero. Me recosté en la pared y dejé que el sol me acariciara el rostro. Todo parecía muy lejano allí, la ciudad, mis problemas, don Pedro, el doctor Mata; incluso el recuerdo de Víctor y mi odio hacia Fosc parecían haberse desdibujado.

¿Qué extraño poder tenía aquel lugar?

La señora Amàlia reclamó mi presencia con una voz. Al ingresar en la casa descubrí que había dispuesto el contenido de la cesta sobre la mesa. Había traído de todo: pan, embutidos, fruta y hasta una botella de vino.

—¿Qué celebramos?

Algo parecía haber cambiado en su forma de mirarme. Era como si, de repente, pudiera verme, lo que provocó que me sintiera expuesto más allá de cualquier desnudez.

—¿Es necesario tener que celebrar algo para disfrutar de un día de campo?

No respondí.

—No vienen huéspedes hasta mañana, así que pensé que era una buena idea —dijo mientras se acercaba para acariciarme el rostro. Sus yemas recorrieron mi piel con una suavidad a la que no estaba acostumbrado.

Di medio paso atrás.

—¿Ahora me tienes miedo? ¿O es otra cosa?

No entendí a qué se refería —solo tiempo después llegué a comprenderlo—, pero en cuanto sus labios me besaron, mi cabeza dejó de darle vueltas. Uno debe tomar determinadas situaciones como vienen; pensar demasiado en ellas las malogra.

—No tengas miedo, no pienso pedirte en matrimonio. —Sonrió al despegarlos—. Ya estuve casada una vez y no pienso volver a estarlo. A mis años, lo único que se busca es aliviar la soledad y sentir un poco de calor de vez en cuando.

Aquella mujer no se parecía a ninguna de las que había conocido. Bien es cierto que mis interacciones se habían limitado a las monjas de la Misericordia y de la Caridad, a alguna que otra alma descarriada que proveía otro tipo de servicios —menos farisaicos, todo hay que decirlo— y a las criadas, lavanderas, planchadoras y esposas e hijas de los comerciantes del barrio. Todas ellas estaban sometidas a los dictados de sus señores —fueran aristócratas, industriales, burgueses o el mismísimo Dios—, de sus maridos o de gentes como Tarrés, que se encargaba de explotarlas en esquinas, sótanos, porterías, almacenes y minúsculas porterías. La señora Amàlia, en cambio, poseía una cualidad con la que ninguna de ellas podía soñar siquiera: libertad. Había pagado el precio del sometimiento durante años y estaba seguro de que jamás volvería a renunciar a ella.

—No era un mal hombre —dijo como si me leyera el pensamiento—. Ya era un poco flojo de pequeño, pero me dejaba hacer y, con el tiempo, llegué a apreciarle.

No había reproche en su voz, solo el relato de un hecho común a tantas otras niñas y mujeres entregadas en matrimonios pactados por sus padres.

—No hay muchos hombres buenos en este mundo, Miquel.

Tenía razón.

—¿Y tú?

—Yo, ¿qué? —me puse a la defensiva.

—¿Has amado a alguien alguna vez?

La pregunta me generó un extraño malestar. ¿Acaso era libre de amar? Jamás me lo había planteado. Como si la mera posibilidad de enamorarme, de casarme y formar una familia estuviera fuera de mi alcance, no ya solo como miembro de la Tinya —aunque ahora fuera un muerto—, sino porque no me creía merecedor de ello. No era más que un desgraciado, un pobre huérfano sin futuro. Uno de tantos. Y aunque la miseria iguala a todos los de mi condición, cada uno la vivimos a nuestra manera. A veces, sin embargo, uno es capaz de escapar de ella, aunque solo sea por una mañana, una tarde o una noche, y yo, aquel día —hasta que el sol comenzó a caer y emprendimos el regreso—, rocé lo más parecido a la felicidad que había experimentado jamás en los brazos de aquella mujer.

Pero todo tiene su final.

XXI

Los salones y cafés eran un hervidero. La noticia estaba en boca de todos. Según el periódico, los dueños de varios ingenios en Cuba habían denunciado una conspiración de esclavos dispuestos a sublevarse; no solo advertían del peligro inminente del alzamiento, sino que acusaban —veladamente, eso sí— al mismísimo cónsul británico en La Habana de instigar la revuelta. Al parecer, el ministro en persona había solicitado una serie de informes al gobernador y capitán general de la isla, el excelentísimo Sr. don Gerónimo Valdés, al que esas mismas voces acusaban —de nuevo veladamente— de pasividad cómplice.

En cuanto me enteré, supe que, de un modo u otro, el asunto estaba relacionado con nuestra investigación. Y entendí —creí entender, desconocedor aún de la magnitud de lo que estaba por venir— que tanto Alberto Guiteras como el diputado Palau estaban detrás de la asonada. Los abolicionistas habían tratado de asestar un golpe definitivo a los intereses de determinados sectores y habían fracasado; Guiteras y Palau habían pagado la osadía con la muerte, y un mal azar había hecho que arrastraran a Víctor y al Velázquez consigo. No cabía ya ninguna duda: Alberto Fosc había actuado a las órdenes de alguien muy poderoso y con fuertes intereses en las Antillas, y había hecho un trabajo impecable.

Acudí a casa de Monlau a la carrera.

Mata estaba allí.

Habían pasado varios días desde nuestra última reunión, días tranquilos en los que me había dedicado a tareas domésticas —algunas puramente terrenales, otras más elevadas, ya me entendéis— y a alguna que otra pesquisa infructuosa mientras esperaba noticias que nunca llegaban.

El doctor permanecía atrapado en su ensimismamiento. Sujetaba la punta engominada del bigote entre el pulgar y el índice mientras simulaba observar el ir y venir de viandantes y coches a través de uno de los ventanales. Don Pedro, en cambio, centraba toda su atención en la copa que sostenía entre los dedos cuando, al balancearla en un descuido, provocó que un reflejo tostado comenzara a danzar anárquico por el techo. Hasta yo mismo quedé embelesado por las evoluciones de aquel arabesco, pero el tiempo apremiaba.

—¿Entonces, se trataba solo de eso? ¿De una conspiración antiesclavista? —Traté de confirmar mis sospechas y, de paso, sacarlos de su trance.

Estaba furioso. Las cuitas políticas de unos y de otros me traían sin cuidado. Ninguno de los míos, de los que formábamos la *pobresalla*, la sangre y el sudor de aquella ciudad, habíamos obtenido nunca nada de los hombres como Mata o Palau ni de los señores a los que también ellos obedecían y que regían nuestro destino con desprecio e indolencia.

Pero éramos quienes sufríamos sus consecuencias.

Víctor.

El Velázquez.

Andreu.

Yo.

Mata regresó en sí.

—Está claro que Palau les contó todo lo que sabía.

—La esclavitud es un anacronismo —arengó don Pedro poniendo fin al baile de luz que recorría ahora uno de los paneles de seda—. Una maldita aberración. Pero su Gobierno mira hacia otro lado.

Mata permaneció hierático. Sabía que enzarzarse en una discusión no nos llevaría a ningún lado.

—¿Y qué pasa con Valdés? —quise saber.

—Digamos que no goza de la simpatía de ciertos sectores —señaló Mata. Los tres sabíamos a quiénes se refería—. No deja de ser un *esparterista*, y su Reglamento de Esclavos le ha granjeado numerosos enemigos.

—Un parche para aliviar conciencias —cargó de nuevo Monlau—. La suya y la de su jefe.

Mata le perforó con la mirada. Su paciencia se agotaba.

—Gobernar exige un delicado equilibrio. Uno no lo hace solo para los suyos, sino que debe tener en cuenta los intereses de todo el país.

Don Pedro soltó tal carcajada que casi se le desencaja la mandíbula.

—Y resulta que esos intereses son siempre los mismos.

La cosa se estaba calentando y, de no mediar, podía acabar en un incendio que lo calcinara todo. Debía mantenerlos centrados.

—¿Y usted, don Pedro? ¿Ha descubierto algo?

—Nada —pronunció con hastío. Estaba tan molesto por mi interrupción como por su fracaso—. Alberto Fosc no figura en ninguno de los registros habituales, y les aseguro que he sido de lo más exhaustivo —puntualizó—. Simplemente, ese hombre no existe.

Sus palabras hicieron que me viniera de nuevo abajo. Por mucho que hubiéramos descubierto el secreto que compartían Guiteras y Palau, seguíamos sin tener nada que me acercara a mi objetivo. Y, de repente, me sentí culpable por flaquear. Culpable por haberme permitido olvidarlo todo durante aquellos días, por haber experimentado un sentimiento ilegítimo de cierta felicidad: ¿cómo podía haber traicionado la memoria de Víctor de aquel modo?

Salí del salón hecho una furia. Las voces de ambos, sorprendidos por mi estampida, me siguieron hasta la escalera. No lo entendían. No comprendían que mi ira no iba dirigida hacia ellos, sino hacia mí mismo. Había roto un juramento, el segundo que desatendía en mi vida.

«La peor de las traiciones es la que cometemos contra nosotros mismos», me había dicho Víctor en una ocasión.

Estaba en lo cierto.

Corrí hasta desembocar en la plaza de San Francisco y, una vez allí, alejado de cualquier mirada que pudiera constatar mi flaqueza, busque la soledad de la muralla y dejé que mi cuerpo se desplomara vencido. ¿Cómo podía haber sido tan necio? No tenía ninguna posibilidad, no ya solo de dar con Fosc, sino de poder vencer a un enemigo que, cada vez era más consciente, no se limitaba a un solo hombre, sino a algo mucho más grande. Alberto Fosc era un simple peón; un asesino a sueldo; el monstruo que había ejecutado las órdenes de alguien —así lo confirmaban los últimos acontecimientos— fuera de mi alcance.

Recuperé el aliento y, sin darme cuenta, mis pasos se dirigieron —fue un caminar inconsciente— hacia el único sitio que podía darme algo de paz. Iba a renovar un voto. Al llegar a la Rambla, apreté el paso. De repente, tenía prisa; necesitaba correr hasta que las piernas me dolieran, castigarme por mi indolencia. Pero algo me detuvo frente a la fachada del Principal. Allí, en un panel junto a la puerta, un cartel anunciaba el inminente estreno de una ópera: *Oberto, conde de San Bonifacio*, de un tal Verdi.

¡Eso era!

Quizá incluso funcionara, y tampoco era capaz de pensar en nada mejor.

A pesar de que sentía los pulmones inflamados y las piernas acalambradas, corrí hasta el plano, tiré por Boquería hasta Baños Nuevos y recorrí la bajada de Santa Eulalia y San Severo con el corazón en un puño y el ánimo renacido. Había vuelto a perder el resuello, pero una vez frente al promontorio sin nombre bajo el que reposaba Víctor, me arrodillé, tomé aire y juré de nuevo.

Juré de nuevo matar a su asesino.

Juré dar con su señor y dedicar hasta la última gota de mi sangre a destruirle.

Mis lágrimas fueron los únicos testigos.

XXII

—¿Dónde vas tan elegante? —quiso saber la señora Amàlia.

Don Pedro, que era más o menos de mi altura, me había hecho llegar uno de sus trajes de noche, y aunque no acababa de rellenar ciertas partes —otras me apretaban en lugares que no me apetece mencionar—, daba el pego. Parecía todo un señor, al menos en lo tocante al vestir.

—A la ópera.

—¿Desde cuándo?

—Desde hoy.

—Anda, ven aquí —dijo tirando de mi brazo.

Al notar mi oposición —por un momento pensé que, con lo que me había costado ponerme aquello, tendría que volver a hacerlo—, se detuvo y me miró con lo que interpreté una expresión de infinita paciencia, así que me dejé conducir hasta el comedor y me senté en una silla. Acto seguido, sacó un mantel y me lo puso sobre los hombros.

—No basta con llevar un traje de señor para parecerlo.

Tenía razón.

Eché un vistazo al reloj de la pared. Eran ya las cinco y media.

—Llegaré tarde.

—Supongo que no querrás ser el centro de atención, ¿me equivoco?

La señora Amàlia entró en su cuarto y regresó con unas tijeras, una jofaina y un aguamanil, tras lo que volvió a ausentarse para regresar con los enseres de baño de Andreu. Primero me lavó el pelo, después me lo arregló y, finalmente, me afeitó hasta dejarme la cara como la de un crío. Aquella mujer era una caja de sorpresas.

Al terminar su gran obra, me miró con expresión satisfecha.

—Ahora sí.

Algo refulgía en sus ojos.

—Estás muy guapo.

Salí a la calle con el tiempo justo.

Había comenzado a anochecer. Los zapatos, unos botines de *glacé* con botonadura lateral —la única prenda nueva, cortesía también de Monlau, cuyo pie excesivamente pequeño no encajaba con el mío— me hacían daño: ¿cómo podía alguien andar con aquello?

El coche estaba aparcado frente a la casa, que, a estas alturas —y a pesar de la terca hostilidad de su mayordomo—, empezaba a sentir un poco como mía. Esta vez, sin embargo, no tuve la necesidad de entrar. Ambos doctores me esperaban dentro del vehículo.

Nada más subir, me miraron de arriba abajo. El escrutinio fue quirúrgico.

—No está mal —dijo Monlau.

—No está mal —refrendó Mata.

Al fin parecían de acuerdo en algo.

Era la primera vez que iba en un vehículo tan lujoso —por mucho que tuviera el suyo, don Pedro había decidido alquilar otro para la velada; al parecer, un señor que se precie no se presenta en la ópera con su coche de diario—. Nada tenía que ver con la galera en la que la señora Amàlia y yo habíamos viajado al campo hacía unos días. Este era todo pompa: cuero, paneles de maderas nobles, terciopelo rojo y una serie de remates dorados en forma de cabezas de animales que no reconocí en los pomos. Lo que más destacaba, sin embargo, era el olor. Las colonias y lociones para cabello, bigotes y barbas con las que se habían rociado ambos se mezclaban con los propios del vehículo creando una fragancia tan exquisita que solo se me ocurrió una comparación: aquel habitáculo olía a riqueza.

A la altura de la Pagaduría, el atasco era ya monumental. Decenas de coches —el catálogo era infinito: berlinas, landós, cupés y hasta alguna carroza— con sus animales se agolpaban a la espera de dejar a sus ocupantes lo más cerca posible de la puerta.

La pugna entre los cocheros era feroz.

Mientras esperábamos a que llegara nuestro turno, observé a varios chavales de la Tinya pasear entre aquellos que ya se habían apeado o que, por carecer de vehículo o del dinero suficiente para alquilar uno que no los avergonzara, se habían acercado a pie. De entre todos ellos, me fijé en uno en especial.

Cualquiera hubiera dicho que el color de su pelo, naranja como la carne de una calabaza, era un impedimento para su invisibilidad, pero el chaval había logrado sacar buen partido a la desdichada circunstancia. De hecho, la había convertido en su seña de identidad, harto de nadar contra corriente, así que se acercaba a las parejas, se quitaba la gorra a modo de saludo —había depurado la técnica hasta convertirla en un gesto de lo más encantador— y cuando la señora no podía evitar revolverle el pelo, le limpiaba el bolso con una sonrisa.

Empecé a ponerme nervioso conforme entramos en el ambigú. Ni siquiera sabía si mi idea funcionaría. El estreno de una ópera era un reclamo para los más pudientes. Barcelona contaba con numerosas distracciones, pero en pocas como aquella podían alternar y dar buena muestra de su posición. Lo más granado de la ciudad estaría allí: nobles, terratenientes, industriales, políticos y burgueses que habían escalado en la pirámide social desde la última representación y deseaban mostrar su progreso. Algo en mi interior me decía —nada concreto de nuevo, una vocecilla, cierta sensación, una simple e inútil esperanza quizá— que el hombre que había ordenado asesinar a Guiteras y Palau estaría allí. Y esperaba que su brazo ejecutor hubiera decidido acompañarle. Los doctores —conscientes de que ambos espectáculos, el de la carne y el de la música, nada tenían que ver entre sí— no tenían mucha fe en ello, pero no había cejado en mi empeño hasta convencerlos.

Necesitábamos un golpe de suerte.

La familia de don Pedro poseía un palco en uno de los laterales. Nada más sentarme, entendí que su ubicación estaba más ideada para observar al resto de balcones que al propio escenario, ya que, si querías ver lo que sucedía sobre las tablas, tenías que permanecer con el cuello torcido durante toda la representación. Mata me tendió unos binoculares que había alquilado para mí; tanto él como Monlau habían traído los suyos —herramienta indispensable en el arte de fisgar—, por lo que nadie se sorprendería de vernos con ellos todo el rato.

No éramos los únicos.

Aquello era un hervidero de espías.

Desplegué el dibujo del Velázquez y lo dejé sobre el pasamanos, de modo que todos pudiéramos echarle un ojo en cualquier momento. La intensidad de las luces descendió hasta dejar la sala en penumbra. Me maldije por no haber previsto aquel contratiempo. Aun así, decidí ceñirme al plan. El reparto por zonas que habíamos acordado durante el trayecto había quedado así: Mata se encargaría de recorrer los anfiteatros y el gallinero, mientras que Monlau sería el responsable de no perder detalle de los palcos que nos rodeaban; yo, por mi parte, debía vigilar la platea.

Las primeras notas escaparon de los instrumentos ocultos en el foso y el telón se abrió con pesada —calculada, imaginé— lentitud. En cuanto la luz proveniente del escenario iluminó las primeras filas, empecé la búsqueda. Las voces de los cantantes, unas más graves, otras más suaves, me acompañaban a medida que me aventuraba por aquel mar de rostros. Los había de todo tipo: delgados, mofletudos, triangulares, incluso alguno que otro cuadrado. Durante la hora siguiente, no vi más que ojos, narices, cejas, bocas, patillas, bigotes, barbas y maquillajes que trataban de ocultar pieles envejecidas, otros que resaltaban la belleza de los ojos y encarnaban con delicadeza las mejillas.

La vastedad en matices del rostro humano es casi infinita —puede ir desde la belleza más absoluta a la fealdad más rotunda— e incapaz, por lo general, de esconder la verdad. Algunos espectadores se habían quedado dormidos, mientras que otros reflejaban aburrimiento, hastío, felicidad, sufrimiento o alegría, alguno incluso deleite. Cada una de aquellas expresiones era una respuesta distinta a la melodía que se derramaba sobre ellos.

Al rato, empecé a pensar que los doctores tenían razón y todo había sido una pérdida de tiempo. Dejé los binoculares sobre el regazo y me froté los ojos, doloridos por el esfuerzo. Una voz de mujer sufría sobre el escenario —solo el desamor es capaz de semejante pena, intuí—, y, sin saber por qué, me dejé transportar hacia un estado de tristeza que hizo que me brotara una lágrima inesperada. ¿Qué extraño poder tenía aquel canto, todo aquel espectáculo?

No me hizo falta comprender lo que decían. La melodía y el temblor de aquella garganta fueron suficientes para acongojarme y hundirme en aquel océano de matices. De hecho, de no ser porque Mata me arrancó de las profundidades justo a tiempo, me hubiera visto fatalmente arrastrado hasta su paraje más recóndito.

Sus ojos brillaban.

Aguardé un instante —necesitaba despertar del todo— antes de recuperar mis lentes para mirar en la dirección que me indicaba. No podía creerlo. Allí estaba, sentado en la soledad de uno de los palcos superiores: Alberto Fosc.

El corazón me dio un vuelco. Y tuve una idea. Tomé el retrato de la baranda, me excusé como pude y salí a toda prisa. Una vez en la calle, busqué a mi objetivo. Allí estaba, acodado en una esquina a la espera de que las bolsas volvieran a estar al alcance de sus dedos.

—¿Quieres ganarte un real?

El chaval me miró con precaución.

—Te conozco.

—Pues entonces ya sabes quién soy —le dije extrayendo una moneda.

—No hablo con muertos.

—Muy bien.

En cuanto me di la vuelta, su voz aguda me detuvo:

—Pero puedo hacer una excepción, ¿eh? —dijo con la palma tendida.

Deposité encima el real prometido —una pequeña fortuna para

alguien como él, también para mí—, pero el chaval permaneció inmóvil. Una de las primeras cosas que había aprendido de Víctor había sido a leer los rostros ajenos para descifrar sus deseos y ocultar los míos, pero a pesar de mis esfuerzos, aquel crío de pelo chillón me había descubierto la necesidad nada más verme; al parecer, no solo se daba una maña increíble con los dedos, sino que era listo como el hambre, cualidades ambas que podían llevarle tanto al cielo como a la tumba.

—Es todo lo que tengo, y la tarea es sencilla. Lo tomas o lo dejas —traté de invertir al situación.

Yo también conservaba buena parte de mi adiestramiento, y otra de sus máximas era saber hasta dónde podía uno tensar la cuerda en una negociación.

—Si lo consigues, habrá medio más —añadí para acabar de cerrar el trato.

—Muy bien. ¿Y la faena?

Extraje el retrato de Fosc y se lo mostré.

—Solo quiero echar un vistazo a su cartera. El dinero que lleve, para ti. —El asunto era redondo; solo esperé que fuera todo lo espabilado que parecía para saber ocultar parte de las ganancias a su sargento.

Regresé a tiempo de ver concluir la obra. Mata y don Pedro me interrogaron con la mirada, pero me limité a girar el cuello en dirección al escenario. En cuanto la última nota se hubo consumido, el público empezó a aplaudir con entusiasmo comedido. La cosa parecía haber gustado, pero no en exceso; o quizá era yo, que, más acostumbrado a la algarabía de voces y silbidos que se formaba en otro tipo de espectáculos, desconocía los códigos que regían en aquel.

La gente comenzó a desfilar de un modo paciente y ordenado, momento que aproveché para echar un último vistazo al palco de Fosc, pero nuestro hombre ya no estaba.

—Debemos darnos prisa —apremió don Pedro, a quien Mata debía de haber informado de su ubicación en mi ausencia—. O le volveremos a perder.

—Esta vez no —contesté.

No acababan de comprender mi aparente tranquilidad. Era yo quien había insistido en acudir a la ópera, y ahora que habíamos dado con nuestro objetivo, me mostraba dispuesto a dejarle escapar. Cuando alcanzamos la calle, el tumulto formado hacía del todo imposible localizar a nadie. A punto estuve de acabar marcado por el látigo de un cochero que amenazaba con iniciar una trifulca. Monlau se mostró igual de airado que el conductor al enfrentarme:

—¡Espero que nos lo explique!

Pero justo en el instante en el que culminaba su reproche, mi pequeño cómplice se plantó frente a nosotros.

—¿Tienen un real?

Don Pedro extrajo una moneda del bolsillo y la depositó, no sin cierto reparo, sobre aquella palma que demandaba su pago. Solo cuando se hubo asegurado de que era buena, el chico se quitó la gorra, rebuscó en uno de sus laterales y me entregó el botín.

—No llevaba ni bolsa ni cartera. Solo esto —dijo entregándome un papel doblado, tras lo que se cubrió de nuevo y emprendió la huida, no fuera a cambiar de opinión ante tan poca cosa.

Al desplegarlo, mi decepción fue indescriptible: lo habíamos tenido a nuestro alcance y habíamos fracasado otra vez por culpa de mi soberbia.

—¿Qué es? —preguntó Mata.

—Nada —respondí, abatido.

Aun así, el doctor me reclamó el documento.

—¡Bien hecho, Expósito! —exclamó dándome una palmada en el hombro.

No comprendía nada: ¿cómo podía ayudarnos en algo aquel trozo insignificante de papel?

—Es el carné de un gabinete de lectura a nombre de Alberto Fosc —se apresuró a aclarar—. Le tenemos.

XXIII

Los gabinetes de lectura se habían convertido en un negocio creciente en varias ciudades y, según me contó Monlau, bastante rentable. Se trataba de una moda importada del extranjero. Por una cuota, uno podía acudir a leer no solo la prensa local, sino distintos periódicos y revistas publicadas en otros países, además de un buen número de libros de las temáticas más variadas, traducciones de grandes éxitos procedentes de Francia e Inglaterra sobre todo. Cada local ofrecía a sus socios un catálogo propio y solían estar dirigidos por editores y libreros, que buscaban colocar su producto al mayor número posible de clientes. También me contó que algunos periódicos habían abierto los suyos, el Brusi entre ellos.

Las novelas por entregas habían adquirido una gran popularidad desde hacía algunos años, hasta el punto de rivalizar con el éxito de los relatos de cordel. Incluso la señora Amàlia, que decía huir de los libros, era una devota seguidora del folletín del *Diario*. En su descargo —como si tuviera que defenderse de alguna oscura acusación—, argüía que lo que a ella le gustaba en realidad eran las ilustraciones, que se afanaba en colgar en las paredes del comedor y la salita para darle a la casa un aire más sofisticado. «Unas paredes bien vestidas siempre son más acogedoras», repetía como si con ello pudiera cobrar un real más a los inquilinos. No pude evitar pensar en Andreu: de haber estado allí, aquel giro de los acontecimientos le hubiera parecido de lo más novelesco.

El gabinete del que Fosc era socio estaba situado en el primer piso del edificio que acogía los recién inaugurados almacenes Santa Eulàlia, en el plano de la Boquería, y su cuota era de doce reales —una pequeña fortuna—. De ese modo, sus propietarios se aseguraban de que la clientela fuera lo más selecta posible.

La idea era esperar a que nuestro objetivo acudiera a su cita y seguirle, para lo que solicité la ayuda de Salvador y de Ciscu —en esta fase del plan, preferí dejar a Enric al margen—. En caso de que Fosc se desplazara hacia mi antiguo distrito, el encargado de ir tras él sería Salvador; si lo hacía hacia el de Ciscu, sería cosa suya. Yo me encargaría del resto. No quería que ninguno de los dos pudiera tener algún encontronazo por ayudarme. Aunque la guerra entre las facciones de la Tinya parecía haber llegado a un punto muerto —nadie había consignado ningún incidente reseñable más allá de un par de amenazas—, bastaba con que cualquiera de ellos se topara con alguien de sangre caliente para que todo se echara a perder.

Vigilamos la entrada durante días, pero Fosc no apareció. ¿Acaso se había olido algo? Quizá había echado en falta el carné, había recordado al mocoso del pelo chillón pasando a su lado y había atado cabos.

Decidimos esperar un día más.

El sábado amaneció lluvioso, y aunque las gotas eran escuálidas, al rato me habían calado la ropa y se abrían paso hacia mi piel.

En el preciso instante en el que las campanas de la parroquia de Belén terminaban de dar las nueve, le vi aparecer proveniente de la calle Santa Ana. Vestía de negro, con el abrigo cerrado para protegerse de la lluvia, guantes de cuero bueno —uno aprende a distinguir esas cosas con los años— y un sombrero de corona redonda y ala estrecha. Al llegar al portal, se quitó el gabán, lo sacudió y cubrió el suelo de lágrimas.

No sabíamos el tiempo que iba a permanecer en el interior, de modo que nos preparamos por si la espera era larga. No pensaba dejarle escapar esta vez.

Un par de horas después, Alberto Fosc surgió de la oscuridad, se ajustó el sombrero y echó a andar calle arriba. Dirigí un vistazo a Salvador y Ciscu. Ambos asintieron. La responsabilidad de seguirle recaía sobre mí.

El hombre caminaba con paso decidido pero pausado; sabía adónde iba, pero no tenía prisa por llegar. Su prestancia —quizá fuera su mirada de ojos muertos— hacía que todo aquel con el que se cruzaba, fuera de la clase que fuese, hombre o mujer, joven o mayor, agachara la cabeza y rehuyera su camino.

Mientras trataba de mantener la distancia, acomodé la cadencia de mis pasos a su compás y, por un instante, sentí como si, por algún extraño sortilegio, me convirtiera en él: cabeza alta, seguridad en mí mismo y un sentir que todo lo que me rodeaba estaba a mi servicio. El mundo me pertenecía y nada ni nadie podían dañarme. ¿Quién era aquel hombre y qué extraña turbación proyectaba en todo aquel con el que se cruzaba?

En cuanto llegamos a la esquina de Santa Ana, tomó la dirección de la Puerta del Ángel. No tardé mucho en darme cuenta de que se disponía a abandonar la ciudad. Justo en ese instante comprendí también por qué Alberto Fosc no constaba en ninguno de los registros consultados por Monlau: sencillamente, no residía en Barcelona, sino en alguna de las villas de las afueras.

Era la segunda vez que atravesaba aquella puerta en pocos días. En esta ocasión, sin embargo, dejamos la carretera de Sarrià a un lado y tomamos la dirección del antiguo camino de Jesús. Y lo que allí descubrí me dejó boquiabierto. Había oído hablar del paseo de Gracia en varias ocasiones. Algunos lo comparaban con el más selecto de los bulevares europeos —el de París, nada menos—, pero debo confesar que creía que se trataba de una de esas exageraciones típicas de barcelonés. No fue hasta poner un pie en él cuando me di cuenta de su magnificencia. Ni siquiera la Rambla podía competir con su anchura, que, entre la calzada central y sus dos calles colindantes, destinadas a los carruajes, debía de superar las treinta varas. Tan solo el paseo de la Explanada, con sus siete calles y sus hileras de plátanos, podía hacerle algo de sombra.

Su transformación de simple camino rural en suntuosa avenida había comenzado unos años antes de que me abandonaran en el torno de huérfanos, y, con el tiempo, se había convertido en otro de los lugares preferidos por aristócratas, señores y burgueses para mostrar sus últimas adquisiciones en lo que a coches y caballos se refería. También en lugar de asueto de muchos otros debido a la proliferación de cafés, restaurantes, salas de baile y pequeños teatros de madera improvisados ante el pavor de que los militares los echaran abajo en cualquier momento.

Fosc se detuvo frente a los jardines del Criadero. El miedo a que me hubiera descubierto hizo que simulara ser un paseante más que, al igual que él, se tomaba un pequeño descanso. La alameda, distribuida en tres grandes tramos, discurría cuesta arriba, por lo que un alto para observar algo más detenidamente las distracciones que se amontonaban a lo largo de su recorrido era de agradecer.

Un guarda-paseos que fumaba en su caseta me caló enseguida. Mi actitud le había parecido sospechosa, de modo que, para afianzar mi papel de transeúnte cansado, decidí sentarme en uno de los bancos de mampostería distribuidos a lo largo del recorrido, momento que Fosc aprovechó para reemprender la marcha.

Esta vez esperé que se alejara un poco más, eché un vistazo al guarda y, justo en el momento en el que arrojaba la colilla al suelo, me puse en pie y me desplacé hacia un lateral para dificultar su escrutinio.

El resto del camino transcurrió sin sobresaltos. Una a una, dejamos atrás las plazas que separaban cada tramo y enfilamos el trecho final que nos separaba de la entrada de Gracia, cuyo tamaño me sorprendió. Su situación privilegiada —no solo estaba a mitad de camino de Collserola, sino también de Sarrià y Sant Andreu de Palomar— había hecho de su mercado parada obligatoria para buena parte de las mercancías que se movían por el llano, en especial las que recorrían el camino de la Travessera, que unía las poblaciones de Les Corts, El Clot y Cassoles.

Nada más entrar en la villa, Alberto Fosc se detuvo frente a una de las casas —una construcción pequeña con ínfulas de palacete—que se agrupaban a la izquierda del llamado *carrer* Gran, abrió la verja y subió los dos escalones que le separaban de la puerta.

Al fin había dado con su escondite.

El alma reacciona de modos enigmáticos a veces, como si algo en tu interior —recóndito, oscuro y ajeno a tu propia voluntad— se rebelara contra los dictados de la cabeza. Aunque al fin había dado con la casa de Alberto Fosc, la morada de mi enemigo mortal, no me sentía lleno.

La duda empezó a corroerme. Nunca hasta ese instante me había planteado qué pasaría después, qué sería de mi vida una vez que culminara mi venganza. Y sentí un vértigo difícil de definir. Mi objetivo estaba por primera vez al alcance de mi navaja: ¿por qué me asaltaban aquellas dudas? ¿Acaso era un cobarde?

Don Pedro debió de verme la sombra en el rostro, porque enseguida preguntó:

—¿No es lo que querías?

Sus palabras abrieron una brecha mayor en mi ánimo. En aquellos últimos días había comenzado a sentir que, de algún modo, todo lo que me rodeaba se esfumaría una vez que Fosc estuviera muerto. ¿Qué me quedaría entonces? Don Pedro, el doctor Mata, la señora Amàlia… Todos eran como una de esas criaturas extrañas que los marineros juran haber visto en una noche de niebla, sirenas que me habían seducido con sus cantos. Pero ninguno era real. Nada de lo que me rodeaba lo era: ni el hostal, ni mi habitación, ni aquella casa llena de estancias suntuosas en la que me encontraba de nuevo.

—¿Y qué hacemos ahora?

Mata se atusaba el bigote junto la ventana; aquel rincón y ese gesto se habían convertido en una rutina tan necesaria para él como respirar.

—He tenido tiempo para pensar en los últimos días, y aún hay algo que no encaja —salió de su mutismo—. Quizá nos hemos equivocado.

—¿En qué? —replicó don Pedro.

—Hasta ahora creíamos que las muerte de Guiteras y de Palau estaban relacionadas con el levantamiento de esclavos en Cuba, pero ¿y si se tratara de otra cosa?

—¿De qué estás hablando?

—Aún no lo sé. Pero tú mismo lo dijiste: no es la primera vez que se produce un levantamiento de este tipo en las Antillas, y siempre han sido sofocados sin problemas. Creo que detrás de todo esto se esconde algo más. Algo por lo que merece la pena arriesgarse a matar a un miembro de las Cortes —expuso—. Creo que, a estas alturas, todos sabemos que Alberto Fosc no es más que el brazo ejecutor de otro. Debemos tener paciencia y esperar a que nos lleve hasta él. Solo así comprenderemos su verdadera intención.

Aquel giro de los acontecimientos me turbó.

—Ese hombre destripó a mi amigo y ha asesinado a otras dos personas que sepamos —salté como un resorte. No quería reconocer que, a pesar de todo, sus palabras me proporcionaban cierto alivio. Aún me debatía, así que todo lo que supusiera retrasar el fin era bienvenido. Pero no estaba dispuesto a que ninguno de los dos se percatara de ello.

—Y pagará por lo que ha hecho. Lo único que pido es un poco más de tiempo —insistió.

Monlau hizo entonces algo insólito: se puso en pie y se enfrentó a su viejo amigo. Todo rastro de amabilidad y paciencia parecían haber desaparecido de su rostro. De hecho, era la primera vez que le veía con una expresión tan grave.

—Te conozco bien, y sé que lo único que te importa en esta historia son tus propios intereses. ¿Qué es lo que escondes?

—No sé de qué me hablas —se revolvió Mata.

—De que las casualidades te rodean. De que llegaste a Barcelona a la vez que el propio Guiteras. De que apareciste en el cementerio a tiempo para echar un ojo a su cadáver. De que fuiste tú quien organizó la entrevista con Palau. De que nos has estado dirigiendo hacia donde querías desde el principio. Por no hablar de tus ausencias —enumeró—. Han pasado muchos años, es cierto, pero hay ciertas cosas que uno sigue atesorando. Por eso sé que escondes la verdad, que llevas haciéndolo desde el día en el que reapareciste. Lo único que desconozco es el motivo.

Las insinuaciones de Monlau sembraron en mí una nueva inquietud: ¿a qué intereses se refería?, ¿acaso los conocía? Yo mismo había dudado —dudaba aún— de los verdaderos propósitos del doctor, pero desconocía cuáles pudieran ser; él, en cambio, parecía vislumbrarlos cada vez con mayor claridad. ¿Qué era lo que no nos contaba?

Y entonces recordé la advertencia de Andreu una vez más: «No te fíes de nadie».

La desconfianza lo gangrena todo. Es la carcoma que pudre la madera, la gota que horada la roca hasta abrirle una herida. Por si no tenía bastante con Alberto Fosc, el doctor Mata, el hombre en quien había confiado desde el inicio de esta aventura, acababa de convertirse en otro posible enemigo.

De repente, todo eran sombras y espectros ocultos en ellas.

XXIV

Nadie entró ni salió de la casa en todo el día, pero todo cambió al caer el sol. Un recadero acudió con un sobre y esperó junto a la entrada. Fue el mismo Fosc quien lo recibió en mano y le despachó con una moneda. Una hora más tarde, un coche se detuvo frente a la casa. Alberto Fosc salió enfundado en una capa catalana y un sombrero hongo y, tras dar una serie de indicaciones al cochero, se subió al habitáculo, momento que aproveché para acercarme por detrás, instalarme en el portaequipajes y rezar para que el trayecto fuera corto.

Me equivoqué por completo.

El coche descendió hasta el tramo final del paseo de Gracia y tomó el camino de Sarrià. Una vez en la carretera, el chofer hizo restañar el látigo y los caballos comenzaron a adquirir velocidad; las últimas galeras, carros y simones de plaza que hacían aquella ruta dormían en sus refugios desde hacía rato, por lo que el camino estaba despejado. Mi posición, sin embargo, no podía ser más precaria. Las dos grandes ruedas traseras giraban como guadañas junto a mis extremidades, y sus radios, rojos como el infierno, parecían dispuestos a devorarme al menor descuido. Y entonces, por un instante que duró apenas lo que tardé en enderezarme, mi cabeza quedó a la altura de la tronera posterior del vehículo, lo justo para poder ver con claridad parte del sombrero y la nuca de Fosc.

Jamás habíamos estado tan cerca. Casi podía escuchar su respiración. El sabor de la bilis, que todo lo complica, me trepó hasta la garganta y, por un momento, sopesé la idea de acabar con todo allí mismo, sacar mi navaja y apuñalar una y otra vez el delgado paramento de madera y cuero que nos separaba hasta hacerlo sangrar. Pero aquello hubiera supuesto mi propio fin, algo para lo que aún —debo reconocerlo— no estaba preparado.

No habríamos recorrido ni doscientas varas más cuando, superada mi magra guarnición de piel y carne, el frío comenzó a alcanzarme los huesos, hasta el punto de que mis extremidades comenzaron a dormirse.

Y sucedió.

Un repentino socavón hizo que mi pierna izquierda quedara a merced de aquellos discos encarnados que tan pronto parecían girar en un sentido como en el otro. Había visto el cuerpo de un atropellado tiempo atrás, y no me apetecía convertirme en aquel guiñapo, un muñeco desvencijado al que cascos y ruedas habían pasado por encima sin remordimiento. Así que, con tal de evitar el mismo desenlace, me así a una de las ballestas y me gané un nuevo enemigo.

El terreno, cada vez más arisco, provocaba que sus láminas se abrieran y cerraran como una tijera. Alcé la pierna para posarla sobre aquella lonja herrumbrosa y el extremo se me hincó en el muslo clavándome uno de sus bornes. El dolor hizo que todo se nublara, y solo el oportuno relincho de uno de los caballos encubrió mi grito. La sangre comenzó a manar cada vez más generosa: debía detener la hemorragia o no duraría mucho, así que deshice el nudo del cinto que me sujetaba el pantalón, lo pasé alrededor del muslo, apreté la mandíbula y tiré de él con la ayuda de dedos y dientes.

Esta vez, el aullido murió en mi interior. De haber creído en Dios, le hubiera rezado todo lo aprendido en mis años de castigos, pero ni aun en el momento de mi muerte estaba dispuesto a congraciarme con quien jamás había hecho nada por mí ni por ninguno de los míos; las muertes de Víctor y de Andreu pesaban sobre su conciencia, si es que, en la comodidad de sus alturas, había tenido jamás alguna.

El coche se detuvo al fin frente a un muro flanqueado por una hilera de cipreses, centinelas mudos de todo lo que se tratase en el interior de sus muros. Escuché el gemido de unos goznes: alguien abría una cancela. En cuanto el coche sorteara la entrada, quien nos hubiera franqueado el paso —un vigía de carne y hueso y dotado de lengua, supuse— descubriría mi escondite y alertaría al cochero de mi presencia, por lo que opté por apearme y tratar de correr tan deprisa como pude, pero la pierna me flaqueó justo en el instante en el que la berlina reanudaba la marcha. Ahogué un nuevo grito con la mano, apreté los dientes y me aupé buscando el resguardo que me ofrecía el revés del muro. Había faltado muy poco.

Nada más alcanzar la construcción principal —el recinto albergaba otras cuatro: un establo con cochera, un almacén, una construcción anexa destinada a los invitados, supuse, y un granero—, descubrí algo que me dejó atónito: Alberto Fosc no era el único visitante aquella noche. Otros seis coches —a cada cual más lujoso— se agolpaban alrededor de una glorieta en cuyo centro mozos de cuadra y conductores trataban de ahuyentar el frío junto a una hoguera. No había ninguna duda: se trataba de una reunión de señores, pero ¿qué hacía Fosc allí?

Rodeé la casa buscando el modo de colarme. Hasta que di con mi objetivo: un ventanuco a ras de suelo cuyos marcos y cierre había vivido días mejores. Las paredes y el techo del sótano rezumaban tanta agua que, por un instante, creí que había empezado a llover en su interior. El suelo era arcilloso y las paredes rugosas, por lo que mantener el equilibrio era todo un reto, más en mi estado. El torniquete se me había aflojado y la sangre manaba de nuevo dadivosa, de modo que decidí que lo más prudente sería improvisar un vendaje con una de mis mangas; de lo contrario, además de vaciarme, dejaría tras de mí un rastro delator.

Una vez remendado, di con las escaleras que subían a la planta noble. Los primeros sonidos me llegaron en forma de nervios y prisas; debía de hallarme en algún punto cercano a la cocina, en la que el trajín era mayúsculo. Por la hora, supuse que los invitados estarían cenando y que el verdadero objeto del encuentro quedaría pospuesto hasta después del postre, entre el humo de los cigarros y el aroma del licor, así que aún disponía de algo de tiempo para encontrar una posición desde la que poder fisgar todo lo que allí aconteciera.

Las puertas que separaban el pasillo de servicio del resto de la casa provocaban que las voces me alcanzaran atemperadas, hasta que un nuevo camarero las abría y el jolgorio se derramaba por todos los rincones. La velada parecía de lo más animada y el vaivén de sirvientes era constante, lo cual suponía un gran problema. Desplazarme sin ser descubierto era del todo imposible, así que decidí que lo mejor sería ocultarme a plena vista.

Al igual que en otras residencias como aquella, supuse que el cuarto de la lencería no andaría muy lejos, así que, entre idas y venidas de camareros y criadas, exploré cada una de las puertas que encontré a mi paso. Hasta que di con él. Allí, entre un montón de ropa de cama, manteles y otras prendas, encontré un uniforme. Por suerte, tanto los pantalones como la torera, la camisa y la chaqueta me estaban grandes, por lo que pude ponérmelos encima de mis ropas. De haberme visto profanar los sagrados hábitos de su profesión, el mayordomo de don Pedro hubiera montado en cólera y quién sabe si algo más.

Un nuevo batir de la puerta de la cocina al cerrarse marcó mi salida. Crucé el pasillo todo lo deprisa que me permitió la pierna, traspasé el telón que separaba aquellos dos mundos y eché un vistazo. El alicatado de viejos azulejos rozados había dado paso a un mundo de paredes de piedra rematadas con paneles y cortinajes; hasta el salón de la casa de Monlau palidecía ante aquella opulencia: caobas, nogales, robles, cueros repujados, terciopelos, sedas…

Mi objetivo se me reveló casi al instante. Se trataba de una balconada que recorría la planta superior. La sobriedad de la baranda y su más que visible estrechez me indicaron que se trataba de una galería de servicio, por lo que nadie me importunaría a aquellas horas.

En cuanto puse un pie en la escalera, un camarero se materializó de la nada. Me quedé paralizado. Por suerte, cargaba con una gran bandeja —en la que un ave dormía el sueño de los justos— sobre uno de los hombros. De haberse detenido y mirado en mi dirección, hubiera visto mi cara de espanto entre los muslos aún humeantes del animal; por suerte, la providencia quiso que la voracidad de los invitados y su impaciencia jugara a mi favor.

La galería, en la que apenas cabía un alma famélica, daba, en efecto, al gran comedor. Me tumbé en el suelo y me arrastré hasta colocarme en posición. Siete hombres se disponían a lo largo de una gran mesa, incluido Fosc, relegado a uno de sus extremos. Ni siquiera hacía por participar en la conversación de su comensal más cercano, cosa que, todo sea dicho, este parecía agradecer. Mientras recorría las facciones de todos ellos, pensé en lo bien que me hubiera venido la ayuda de Monlau. Estaba seguro de que, nada más verlos, habría asignado un nombre y una historia a cada uno de ellos. Debía ser sus ojos y sus oídos, así que me afané en la tarea de retener cualquier detalle: la forma de sus rostros, de sus bocas, narices y ojos; el corte de sus patillas, bigotes y barbas; el estilo de sus ropas; la opulencia de sus joyas y, por supuesto, sus gestos. Cualquier detalle podía ser determinante.

Acabada la cena, se pusieron en pie y se trasladaron al salón contiguo. Mientras cada uno de los invitados ocupaba su asiento —parecían tenerlos asignados—, Fosc permaneció de pie en una esquina. Su actitud —además de su vestuario— evidenciaba que, aunque había sido convocado, no pertenecía a aquel círculo. No dejaba de ser un empleado —por mucho que su cometido fuera de vital importancia—, y aunque un perro y su amo puedan compartir plato en alguna ocasión, jamás deben mezclarse más allá de lo estrictamente necesario.

Uno de los hombres, el único que, junto a Fosc, había decidido permanecer de pie, tomó la palabra. Por su forma de conducirse, supuse que se trataba del anfitrión.

—Todo marcha según lo previsto, señores. Si nada lo impide, nuestro amigo partirá hacia su destino dentro de tres días.

El resto torció el cuello en dirección a Fosc; alguno incluso levantó la copa en señal de admiración, pero a pesar del ambiente distendido estaba claro que su presencia los incomodaba.

Él, en cambio, ni se inmutó.

Acabado el breve agasajo, el anfitrión carraspeó para recuperar el interés de sus invitados. Era el único a quien aquella figura no parecía importunar. Debía de conocerle bien, su historia y sus habilidades, en especial las que le habían llevado a contratarle. Los hombres poderosos jamás se ocupan de determinados asuntos con sus propias manos: su crueldad es de otro tipo.

—El otro día me abordó una mujer en la calle para leerme el futuro. Tomó mi mano y, tras un rato, me dijo: «Vivirás muchos años, la fortuna te sonreirá, los hombres te envidiarán y las mujeres te amarán».

Hizo una pausa para mojarse los labios:

—No necesito deciros que su augurio me pareció excelente, por supuesto...

Todos prorrumpieron en carcajadas. Todos menos Fosc, que ni siquiera insinuó una sonrisa.

—Pero la mujer se equivocaba en una cosa —continuó—: el futuro no está escrito. Cada hombre forja el suyo a diario, con sus decisiones y sus actos. Por eso estamos hoy aquí. Para construir el nuestro. A estas alturas de mi vida, ya estoy mayor para amoríos, y hace tiempo que los hombres me envidian; en cuanto a lo de vivir muchos años, es lo poco que todavía no está en nuestras manos controlar. Lo que sí lo está, mis queridos amigos, es que la fortuna nos sonría.

—¡Por la fortuna! —exclamó un tipo de mofletes sofocados y los botones del chaleco a punto de sucumbir.

Mientras la algarabía iba en aumento, el dueño de la casa dirigió una mirada a Fosc, que venció los párpados de un modo apenas perceptible. Nadie excepto él y yo, para mi estupor, nos dimos cuenta de que mi transporte abandonaba la estancia.

Dudé acerca de la conveniencia de permanecer escondido el resto de la velada —por si el alcohol soltaba más de la cuenta la lengua de alguno de los presentes— o aprovechar su marcha para regresar. Algo me decía, no obstante, que el asunto que les había reunido allí aquella noche acababa de ser despachado; tampoco estaba seguro del destino final de cada uno de aquellos hombres una vez terminada la noche. Más de uno contaría con una residencia en alguna de las villas alrededor de la ciudad y no me apetecía acabar en Pedralbes, el Putxet o San Gervasi, de modo que decidí abandonar mi puesto.

Bajé por las escaleras, atravesé la puerta de servicio y regresé al sótano por el que me había colado tan deprisa como pude. Por suerte, la mayoría del servicio se había retirado ya. Tan solo permanecerían despiertos un mayordomo, un camarero y una cocinera, dispuestos a atender cualquier capricho que tanto su señor como alguno de sus invitados pudiera solicitar a partir de entonces. La pierna, sin embargo, agarrotada por el rato pasado en mala posición, me retrasó más de lo debido y, en cuanto al fin alcancé el exterior, solo pude certificar mi fracaso: la berlina que transportaba a Alberto Fosc de vuelta a casa se perdía a lo lejos, con sus fanales danzando en la oscuridad como dos luciérnagas. Regresar al interior no era una opción, tampoco aguardar a la intemperie a que alguien abandonara la fiesta antes de tiempo, así que decidí que lo mejor sería volver a pie. Me esperaba un camino largo, por lo que, para mitigar el frío —el viento que descendía del Tibidabo helaba la sangre— y, dicho sea de paso, conjurar el miedo, traté de rememorar todo lo sucedido. Pero si hubo algo que procuré guardar en mi cabeza con especial esmero fueron dos cosas: la cara del anfitrión, que era quien, sin lugar a dudas, regía el futuro de todos los presentes —incluido el de Alberto Fosc— y aquel plazo fatídico.

Tres días.

Eran los que tenía para averiguar su identidad y el destino secreto al que había enviado a su asesino. Estaba seguro de que si lograba resolver ambas cuestiones, todo adquiriría sentido al fin.

XXV

Llegué a la pensión al alba, tiritando y con la pierna dolorida. La señora Amàlia, que acababa de despertarse para preparar el desayuno a un nuevo huésped, me condujo hasta su habitación, me desnudó, me metió en la cama y me cubrió con un par de mantas.

La fiebre no tardó en aparecer, provocando que las imágenes más grotescas se sucedieran en mi cabeza. Primero fue Andreu, con sus heridas cada vez más abiertas, quien acudió al pie de la cama, aquel lecho en el que había pasado tantas noches.

«Ellos tienen sus intereses».

Después fue Víctor, cuyo cuerpo estaba ya tan descompuesto que extremidades y vísceras parecían a punto de desprendérsele.

«No puedes ganar, Miquel».

La mujer velaba mis restos mortales cuando desperté. Sus ojos me reconfortaron, aunque su cara de angustia me acongojó. Me había colocado una cataplasma en la frente y me hacía la cura. Nada más llegar, me había limpiado, cosido y vendado la herida con esmero. Estaba llena de sorpresas.

—Delirabas.

Tenía la garganta seca y los labios cuarteados.

—¿Qué hora es?

—Anochece ya.

Cerré los ojos y regresé a la quietud oscura de la que acababa de surgir. Por un momento, pensé en quedarme para siempre en aquella noche dócil, pero algo me sobresaltó. Un azote en la espina acompañado de un súbito destello en los ojos y las sienes. Mi mente trataba de decirme algo.

Abrí de nuevo los ojos, sobresaltado e incapaz de decir si había dormido una hora o una eternidad.

—¿Cuánto hace que duermo?

—Casi dos días.

De nuevo el azote, el latigazo en la espalda, el fogonazo que hizo que me incorporara con las pocas fuerzas que me quedaban.

—¿Adónde vas?

—Debo hablar con ellos antes de que sea tarde.

La señora Amália dejó caer la cabeza, vencida. Sabía a quién me refería. No hubo reproche en el gesto, solo aceptación. Había curado mi cuerpo y velado mi alma para entregarme de nuevo a la muerte; no había nada más que pudiera hacer, tan solo arrojarme el reproche final.

—Tu sacrificio será inútil. Tanto como mi dolor después.

Acabado el epitafio, se puso en pie, alcanzó la puerta y se marchó sin mirar atrás. Subí a mi habitación para asearme y descubrí mis viejas ropas dobladas sobre la silla. Las había lavado y remendado hasta tal punto que apenas las reconocí. Enfundarme en ellas fue como echarme encima una piel en la que ya no me reconocía; no dejaban de ser los viejos retales de una vida cada vez más lejana, por mucho que aquella mujer los hubiera arrancado de entre los muertos.

«Este eres tú —susurró finalmente la voz de Víctor—. Nunca lo olvides».

El portero me miró como el que ve a un resucitado, y hasta el mayordomo pareció sobrecogerse por la visión de mi rostro febril, de modo que, esta vez, se limitó a precederme hasta el salón sin dejar de comprobar cada cierto tiempo que le seguía. En uno de aquellos vistazos me pareció percibir incluso un leve rastro de compasión que, por supuesto, replegó nada más verse descubierto.

—¡Ah!, Expósito, ¡al fin! —me recibió don Pedro—. ¡Esa mujer es todo un carácter!

No hizo falta que la nombrara para saber a quién se refería. Durante mi convalecencia, él y Mata habían acudido al hostal en mi busca —no tan preocupados por mi estado como por la falta de información sobre el caso, supuse—, y la señora Amàlia los había echado a patadas. Me la imaginé desplegando las uñas y retirando los belfos para mostrar los colmillos.

—No tiene usted buena cara —se preocupó Mata.

—Estoy bien.

Mata asintió. Sabía que mentía, tanto como que era inútil insistir. Ninguno de los dos mencionó el regreso a mi vieja indumentaria; tanto él como Monlau entendían que aquel y no otro era el hábito que me correspondía por cuna, supuse.

Les relaté mi periplo con pelos y señales: la nota recibida por Fosc, el viaje en la parte trasera de la berlina, cómo me colé en la mansión, la presencia de varios invitados, la cena, la charla posterior y mi penoso regreso.

—¡Estás mal de la cabeza! —exclamó don Pedro. Su preocupación tenía poco que ver con mi seguridad, como enseguida ratificó—. De haberte descubierto, todo se hubiera ido al traste.

—De no haberme subido a ese vehículo, ahora no tendríamos nada.

—¿Qué sabemos del destino de Fosc? —inquirió Mata.

—Tengo a dos personas en ello —indiqué, y antes de que sintieran la tentación de indagar más, añadí—: No se preocupen, son de total confianza.

—Háblame de la casa y de los invitados —solicitó don Pedro.

—Era una vieja masía convertida en palacio. El jardín era enorme y estaba rodeado por un muro de piedra rematado por una hilera de cipreses.

—¿Y estaba antes de llegar a Sarrià, dices?

—A unas cien varas de las primeras casas.

Don Pedro guardó silencio mientras parecía buscar en algún rincón de su memoria.

—Y los hombres, ¿cuántos eran?

—Seis.

—Todos señores.

Esta vez no se trataba de ninguna pregunta, sino de una afirmación. Mata se agitó, pero logró mantener la compostura; ahora era él quien empezaba a impacientarse.

—¿Sabes de quiénes se trata o no? —dejó caer al fin.

Don Pedro, que seguía enfrascado —quizá hasta fatalmente enredado— en sus pensamientos, pareció no escucharle, cosa que le soliviantó aún más, tanto que, por un momento, estuvo a punto de arrancarse la punta del bigote.

—Los tres lo sabemos —se limitó a contestar—. Pero antes quiero saber qué tramas.

Era consciente de que, por primera vez desde hacía días, controlaba la situación, y no estaba dispuesto a dejar escapar aquel dulce. Mata había estado jugando con nosotros, y había llegado el momento de dejar atrás su cobardía frente a aquel hombre y convertirse en cazador.

El doctor nos dio la espalda y se refugió en la seguridad de su rincón. Sus ojos parecieron seguir un vehículo que circulaba por la calle. Permaneció de esa guisa unos minutos, al cabo de los cuales me di cuenta de que había dejado de tocarse el bigote.

—Está bien —dijo presa de una repentina calma. Había tomado una decisión—. Palau no era el cabecilla de ninguna insurrección de esclavos de las Antillas, sino un informante. Hará un mes, solicitó reunirse con el ministro de la Gobernación para tratar un asunto de la mayor gravedad: al parecer, tenía conocimiento de un complot para asesinar al gobernador de Cuba.

Nos quedamos perplejos.

—¿Valdés? —saltó Monlau.

Mata asintió.

—Su contacto iba a proporcionarnos pruebas de la identidad de los conspiradores.

—Alberto Guiteras, por supuesto —sentenció don Pedro—. ¡Lo hemos tenido todo delante de las narices desde el principio!

Acto seguido, se levantó y alcanzó un pequeño secreter junto a la puerta. Una vez allí, extrajo una llave de su chaleco, abrió uno de los cajones y sacó la lista que Andreu había encontrado oculta en la chaqueta de Guiteras.

—Lo único que ni Guiteras ni Palau debían de saber con certeza era la identidad del asesino, el nombre del barco en el que debía viajar a La Habana y el día que zarparía. Por eso apuntó tres posibles nombres —dijo posando el índice sobre la columna central: Albatros, Bella Lola y Aguamarina—. Y esta es la lista de los conspiradores, los hombres que viste reunidos en la casa de don Ferran Mercader, el presidente de la Comisión de Fábricas de Barcelona.

Serra
Xifré
Biada
Güell
Mercader
Torrents

A eso se reducía todo, a un simple asesinato por dinero, por los intereses de unos pocos dispuestos a todo por mantener su bienestar. La postura poco firme de Valdés a favor de la esclavitud suponía una amenaza, de modo que habían decidido eliminarle para colocar en su lugar a alguien más afín a sus intereses.

Con el tiempo he acabado por comprender que el dinero ha sido siempre una de las mayores motivaciones para asesinar a lo largo de la historia, pero por aquel entonces —quizá por saber que, por muy mala suerte que hubiera tenido, la muerte de Víctor había sido fruto de la simple avaricia— hizo que sintiera una rabia indescriptible.

Don Pedro interrumpió mis cavilaciones:

—Muy bien. Ahora que ya lo sabemos todo, quedan dos cosas por tratar.

Sus ojos interpelaron a Mata con el mismo grado de decepción que de resquemor. El doctor asintió. Ya no tenía sentido ocultarnos nada.

—El ministro me pidió que me trasladara a Barcelona para entrevistarme con Palau y su hombre. Debían entregarme las pruebas en persona. Pero llegué tarde. Alberto Guiteras había muerto y el asesino se había llevado sus papeles, de modo que acordamos mantener el asunto en secreto, desviar la atención si era preciso, mientras tratábamos de recuperarlos o de encontrar nuevas pruebas que nos permitieran conocer el plan exacto. Pero no sabíamos de quién podíamos fiarnos. Si Palau estaba en lo cierto, nos enfrentábamos a algunos de los hombres más poderosos no solo de Barcelona, sino del país —relató. Y anticipándose a la más que segura befa de Monlau, añadió—: Y uno no puede acusar a determinada gente sin pruebas fehacientes.

—¿Y qué pruebas son esas, si puede saberse?

—Guiteras aseguraba haberse hecho con parte de la correspondencia de dos de los conspiradores, misivas escritas y firmadas de su puño y letra que nuestro asesino se llevó consigo. Por suerte, era un hombre precavido y escondió la lista en otro lado, aunque de nada nos sirva a efectos probatorios. Lo que sí denota es que, nada más llegar, sabía que le seguían.

El salón quedó sumido en un silencio penoso. Ni siquiera la madera de las paredes y el suelo, tan propensa a chascar cada cierto tiempo, se atrevió a importunarlo. Sentí un mareo repentino. Quizá fuera la fiebre, aún prendida en algún rincón de mi cuerpo, o quizá el vértigo causado por conocer al fin la verdad y lo que podía suponer para mí. Enric y yo habíamos asesinado a dos militares para obtener la información que nos había llevado hasta Fosc; de saberse, estaba seguro de que el propio Mata ordenaría nuestra detención, por mucho que tanto él como el Ministerio se hubieran beneficiado de ella. Nadie mostraría clemencia por dos tipos como nosotros, y no pensaba acabar mis días en el garrote. No al menos hasta haber culminado mi venganza.

—¡Un espía! —exclamó don Pedro desbaratando la quietud—. ¿Acaso sospechabas de alguno de nosotros?

—Ambos sabemos que, en lo tocante a determinadas cuestiones, uno no puede fiarse de nadie.

—Entonces, ¿la entrevista con Palau fue puro teatro?

—Acordamos que era lo más prudente. De haber un traidor en nuestro círculo, debíamos hacerle creer que nuestras suposiciones se alejaban de sus verdaderos intereses —expuso con aparente frialdad, más de la que en realidad sentía—. Al igual que tú has acabado sospechando de mi presencia en Neri, yo también desconfié de la vuestra.

—Extraño trabajo el tuyo, viejo amigo —pronunció Monlau con un deje de tristeza.

—¿A qué te refieres?

—A la falta de confianza a la que te aboca.

Una sombra cubrió el rostro de Mata, el espectro de la cautela y la suspicacia, de la conjetura y el temor constantes, de la soledad y el dolor que conllevan.

«¿Cómo puede alguien vivir en semejante estado de tormento?», pensé.

A pesar de que el ánimo se le había templado —más bien había entrado en un estado de cierta aflicción—, Monlau no había concluido aún con su interrogatorio:

—¿Por qué tú? Estoy seguro de que el Ministerio cuenta con hombres cuyas habilidades son más preciadas para este tipo de tareas.

—Precisamente —asintió Mata—. Este asunto implica a gente con ojos y oídos en todas partes. Si queríamos mantenerlo en secreto, debíamos emplear recursos menos... ortodoxos.

El silencio se apoderó de nuevo de la habitación, aunque esta vez se debiera solo a la pausa acordada por los contendientes para tomar aliento tras cada asalto. Hasta que el doctor, al que algo le rondaba todavía por la cabeza, volvió a hablar:

—Y ¿cuál es ese segundo asunto por tratar al que te referías?

Monlau esbozó una sonrisa cansada. Había buscado refugio en uno de los sillones del salón y yacía exhausto sobre su tapizado.

—¿Qué vamos a hacer al respecto?

Mata contrajo los hombros y frunció los labios; se hallaba en una encrucijada, y ninguno de los caminos que nacían frente a él conducían del todo al destino que anhelaba.

—Creo que lo más sensato sería acudir a las autoridades.

—¿Y qué les dirás?

Seguíamos sin tener ninguna prueba —mi testimonio de la reunión en Sarrià no valía nada— contra Mercader y el resto de los miembros de la Comisión de Fábricas, por lo que eran intocables. Tanto como Fosc, al menos mientras siguiera bajo su protección. Los tres sabíamos que era el elegido para asesinar a Valdés, pero ni la policía ni los militares se expondrían a detenerle sin un buen motivo.

La única razón a favor de dar ese paso era ganar tiempo para poder poner sobre aviso a Valdés. Pero ese no era mi problema.

—Usted es como el perro ese, que ni come ni deja comer —le espeté.

Mata tomó aire, se asió las solapas de la chaqueta y contraatacó. Sus palabras brotaron acompañadas de un siseo venenoso:

—Se lo dije hace unos días, Expósito: no es usted el centro del mundo.

—¿Y usted? —repliqué sin amedrentarme.

El doctor volvió a inhalar; esta vez, sin embargo, lo hizo con tanto nervio que hasta las patillas y el bigote le temblaron.

—No solo está en juego una vida, sino la estabilidad de toda una región. No podemos permitir que los intereses de unos estén por encima del orden establecido. ¡Y usted solo piensa en su venganza! —estalló—. ¡Es igual que ellos!

Era la primera vez que lo veía tan soliviantado. A pesar de ello, se las arregló para mantener las formas.

—Sabe tan bien como yo que si mañana da orden de detener a Alberto Fosc, enviarán a otro en su lugar y habrá expuesto su jugada en vano. Porque le aseguro que, a partir de ese mismo instante, serán más precavidos. —Y entonces decidí lanzarle un guante que sabía que no querría recoger—. El único modo de acabar con un animal salvaje es matándole: ¿está usted dispuesto a eso?

Mata fajó el golpe. Quizá le había subestimado, después de todo.

—¿Y qué le hace suponer que, como bien dice, no harán precisamente eso cuando lo mate? Suponiendo, por supuesto, que lo consiga.

Don Pedro asistía al combate desde la distancia. Era consciente de que, por mucho que sus arengas contra el Gobierno se hubieran hecho famosas, jamás se enfrentaría a Mata ni al poder que representaba. No dejaba de ser un revolucionario de salón, un perro que se había quedado sin colmillos hacía tiempo. Su enojo no había pasado de ser una descarga de lo más exigua, uno de esos buscapiés que son todo ruido, humo, simple parafernalia.

—Usted encárguese de Mercader. Alberto Fosc es cosa mía —sentencié.

En aquel instante, sentí su turbación. Y su malestar. Fui capaz de verlos, de olerlos incluso. Le brotaban de la carne como sudor. La idea de dejar la vida de Valdés en mis manos le horripilaba, pero nada podía compararse con su impotencia y su frustración. Porque el doctor Mata era tan consciente como yo de que, en cuanto pusiera el caso en conocimiento de las autoridades, ya fueran civiles o militares, Mercader sería el primero en tener noticia del auto.

Su mundo estaba corrompido, y lo sabía.

—No hay tiempo —le acabé de acorralar—. Alberto Fosc zarpará mañana para Cuba en uno de esos barcos. Debe tomar la decisión ahora.

—Está bien —claudicó al fin.

XXVI

El vehículo llegó al tocar las doce.

El cochero se apeó e hizo sonar la campana, tal como había hecho su compañero días atrás. Alberto Fosc surgió por la puerta casi al instante. Viajaba ligero —no se necesita mucho equipaje para ir a matar a un hombre—, un pequeño bolso de piel con armazón de madera que el conductor colocó sobre el pescante. Esta vez no hubo intercambio de palabras; ambos, cochero y pasajero, conocían su destino de antemano.

También nosotros.

Antes de acudir a casa de Monlau la tarde anterior, había enviado recado al hermano de Andreu para que averiguara si alguno de los barcos de la lista de Guiteras había atracado ya en el puerto o se esperaba que fuera a hacerlo en breve. Enric me confirmó que el Bella Lola había llegado aquella misma mañana procedente de Puerto Rico, y que en cuanto descargara el algodón en crudo y volviera a llenar sus bodegas, partiría rumbo a La Habana con la primera corriente favorable. En cuanto al Albatros y el Aguamarina, nadie parecía saber nada.

Eso nos daba poco tiempo —algo menos de un día—, pero el suficiente para poner en marcha mi plan. De haberle dicho a Mata que la estratagema había acudido a mí en sueños —más bien en uno de mis delirios febriles—, los militares ya estarían allí para apresar a Fosc. Tampoco estaba del todo seguro de que el doctor fuera a cumplir con su palabra. Quizá una mirada reposada durante la noche le hubiera persuadido de que dejarlo todo en mis manos era una temeridad. Yo mismo dudaba de mi competencia, pero la venganza nos convierte en locos incapaces de prever la calamidad que nos sigue.

La mañana era clara y el sol brillaba descarado. Poco podía hacer la escuálida nube suspendida sobre nuestras cabezas para arruinarla.

En cuanto el vehículo atravesó la Puerta del Ángel, Salvador y yo atajamos a pie por las calles del centro. Para evitar las vías más estrechas —las más peligrosas—, los cocheros elegían siempre la misma ruta: descendían por la Rambla hasta el fuerte de Atarazanas, giraban por Dormitorio de San Francisco hasta la calle Ancha y de ahí seguían hasta la plaza de San Sebastián y el Plano de Palacio. En cuanto el vehículo rebasara la Puerta de Mar, lo abordaríamos por sorpresa y reduciríamos a Fosc a punta de navaja. Después lo llevaríamos a casa de Enric, donde al fin podría dar buena cuenta de él. Y para asegurarnos la total colaboración del cochero, habíamos decidido que fuera el propio Ciscu quien ocupara su lugar.

Aunque tenía la boca árida por el miedo, la compañía de Salvador me hacía sentirme seguro, no solo porque era mucho más hábil que yo con el cuchillo, sino porque también tenía una cuenta pendiente con aquel hombre, por mucho que hubiera tratado de ocultarla: Fosc había asesinado a su protegido y debía pagarlo, ya fuera por mi mano o por la suya.

Nada más rebasar la arcada, Ciscu tiró de las riendas y el vehículo se detuvo, momento que aprovechamos para saltar al interior y sorprender a Fosc.

—¡No te muevas, hijo de puta! —dije masticando cada una de las palabras.

Pero todo se vino abajo en lo que un gorrión emprende el vuelo.

El hombre que se escondía bajo aquel sombrero de hongo —el mismo que le había visto llevar la noche en la que había acudido a la cena en casa de Mercader— no era Alberto Fosc. ¿Cómo era posible? ¡Le habíamos visto salir de la casa con nuestros propios ojos! ¿Acaso había adivinado nuestro plan y se había apeado en algún punto del trayecto sin que Ciscu se diera cuenta? De ser así, ¿cómo había acabado aquel pobre desgraciado a merced de nuestros puñales?

—¿Quiénes sois? —dijo, entre la indignación y el miedo.

Acerqué la hoja a su cuello y bufé:

—¿¡Dónde está!?

—No sé de quién me hablas.

En ocasiones, las palabras nos traicionan con la sutileza de un soplo de brisa; es entonces cuando un «quién» en lugar de un «qué» desbarata nuestra coartada.

—No te hagas el listo —mascullé. Y para mostrarle que iba en serio, comencé a deslizar el filo por la piel de su garganta—. ¡De Fosc!

—¡No conozco a nadie que se llame así!

Su ímpetu me hizo dudar: o no sabía nada o parecía dispuesto a morir por proteger el secreto, tal era el miedo que sentía. Recordé la expresión de pánico del conserje del Colegio de Cirugía: solo el diablo o la muerte son capaces de provocar semejante pavor.

—Habla o la respiración que acabas de hacer será la última —presioné. Yo también estaba dispuesto a todo para sacarle la verdad.

—¡Basta! —gritó al ver que su vida corría peligro—. ¡Soy un actor! ¡Trabajo en uno de los teatros del paseo, os lo juro! Alguien me envió una nota acompañada de una cantidad de dinero para que fuera a su casa, me pusiera sus ropas y me subiera a este coche esta mañana. ¡No sé nada más!

Me fijé en que se había orinado encima, quizá hasta algo más, la marca indiscutible del miedo. Aquel hombre decía la verdad. Esta vez no fue su expresión, sino las palabras del conserje del Colegio las que atronaron en mi cabeza:

«El diablo lo sabe todo».

Una vez más, Alberto Fosc se había burlado de mí.

Ciscu echó la vista atrás al intuir que algo no iba bien.

—¿Qué pasa?

Y entonces supe lo que debía hacer.

—¡Al puerto!

El Bella Lola permanecía amarrado mientras los estibadores terminaban de cebar su bodega. Aún quedaba tiempo, pero necesitaba la ayuda de Enric para abordarlo; no quería arriesgarme a que alguien me tomara por un polizón y la cosa acabara mal.

—¿Qué pasa? ¿Dónde está ese malnacido? —dijo al vernos con las manos vacías.

—Se ha reído de nosotros —le confesé con las muelas a punto de partirse—. Tenemos que subir a ese barco.

—Te has vuelto loco. —Era la segunda vez en pocos días que alguien me decía lo mismo.

—Fosc está a bordo, estoy seguro. Si no logro subir, todo habrá sido inútil.

—Quizá ese doctor tuyo tuviera razón —intervino Ciscu, que veía que la cosa tomaba peor cariz a cada minuto—. Aún estamos a tiempo de darle aviso. Deja que él se ocupe de esto.

Sus palabras me hirieron hasta la sinrazón. A nadie más que a mí parecía importarle ya mi propósito.

—¡No! ¡Debo matarlo yo!

—Está bien —claudicó Enric ante la desesperación de Salvador y de Ciscu, cuyo único propósito era velar por mí—. Espérame aquí. Y vosotros dos deshaceos del coche. Lo más probable es que alguien lo haya echado en falta ya.

El hermano de Andreu se encaminó hacia el grupo de estibadores, cuyos músculos habían decidido tomarse un descanso. Tras intercambiar unas palabras y ofrecerles un par de monedas, me hizo un gesto para que me acercara.

—Tienes cinco minutos. Después darán la voz.

Me disponía a encaminarme hacia la pasarela cuando Enric me retuvo.

—Espera —dijo mientras seleccionaba un fardo, el que le pareció menos pesado—. Cinco minutos y bajas.

Por un momento, creí que las piernas se me iban a partir; a estas alturas, no era más que una osamenta cubierta de piel y ropa vieja bajo aquel enorme bulto que me doblaba en peso. Me alegré de librarme de él en cuanto alcancé la bodega. Localicé la escalera que daba acceso a la cubierta y esperé a que un par de marineros pasaran de largo. El castillo de proa —en el que estaban situados los camarotes— no quedaba lejos, pero tenía que moverme deprisa si no quería ser descubierto. Fosc debía de haberse instalado ya en alguna de las cabinas, de modo que extremé el cuidado, extraje la navaja y respiré hondo. Me daba igual si la primera puñalada era por la espalda; ya me aseguraría de que me viera el rostro antes de morir... Pero tras abrir la última puerta, no tuve más remedio que aceptar mi derrota.

Todas estaban vacías.

Descendí del barco con andar trompicado. Enric recogió mis despojos en cuanto puse un pie en el muelle.

—Pobre nena —se mofó uno de los estibadores mientras el resto le reían la gracia—. ¡Este es un trabajo para hombres, chaval!

El hermano de Andreu me condujo hasta un noray y me depositó encima. Debió de pensar que Fosc me había herido, porque buscó la puñalada oculta en mi carne, algo que le diera alguna pista del motivo de mi estado. La fiebre había vuelto y la frente no me dejaba de sudar.

—¿Qué pasa?

—No está.

—¿Qué quieres decir?

—Víctor jamás descansará en paz.

—Víctor está muerto. Eres tú el que no vives en paz.

—Creí que tú me entenderías.

Mis palabras removieron algo en su interior, una lucha encarnizada entre lo que le dictaba la prudencia y lo que le pedía el vientre. No tardé demasiado en saber quién había vencido.

—Espera aquí —me indicó.

Durante el tiempo que duró su ausencia, sentí que desfallecía. Apenas era capaz de mantenerme erguido sobre aquel asiento de metal negro y frío; todo me daba vueltas, y la pierna había comenzado a incordiarme de nuevo. ¿Cómo podía haber cometido semejante error?

Imaginé la ira desatada de Mata en cuanto se enterara. Lo había echado todo a perder por mi maldito orgullo.

¿Dónde se había metido Fosc?

Maldito nombre.

Maldito hombre.

Mil veces maldito.

Enric regresó con noticias, y comprendí que mi enemigo había ido siempre un paso por delante, quizá incluso desde que habíamos descubierto nuestro juego durante la lección de anatomía en el Colegio: era tan frío y despiadado como inteligente.

—Hoy partía otro barco con destino a La Habana —me informó con la voz quebrada—. Ha zarpado desde Tortosa al amanecer...

—¿Cómo se llamaba?

Su mirada me indicó que se sentía culpable. El encargo de averiguar los mercantes que partían a las Antillas había recaído en él, y había fallado.

—Albatros —susurró como el que pronuncia un pecado en confesión.

—Debo hablar con el capitán del Bella Lola. ¡Ahora!

—¿Para qué? Fosc ya está fuera de tu alcance.

—Debo ir allí.

—¿Adónde? ¿A Cuba?

Al ver mi resolución, entendió que lo decía en serio.

—No eres rival para él. Ninguno lo somos. Te matará.

—Yo ya estoy muerto.

—Lo que estás es loco.

—Me lo debes —le herí aposta.

—Está bien.

Le seguí hasta una taberna en la que oficiales y marineros se reunían para pedir a la Virgen del Rosario que les deparara una buena travesía y, de paso, entrar en calor mientras le dedicaban sus devotos rezos. Todos —creyentes y no creyentes— habían experimentado la fragilidad de la madera, de la vela y el mástil en algún momento, y todos habían perdido a algún compañero entre las olas. Así es la ley del mar.

—Debo hablar con usted, capitán.

El tipo me escudriñó con descaro. No sé qué me impresionó más, si su enorme nariz, que le sobresalía del rostro como un pico, o sus ojos, grises y apagados como un lastre de plomo viejo.

—¿Y tú quién eres?

—Me llamo Miquel Expósito.

—Y..., ¡no me lo digas: quieres embarcarte para hacer fortuna en las Antillas! —dijo acompañándose de una carcajada. Pero al regresarme la vista, debió de ver algo que le hizo cambiar el humor—. No es eso. Es otra cosa...

—El hombre que asesinó a mi mejor amigo ha partido hacia Cuba esta mañana. Debo ir allí para matarle —expuse mi causa.

Todos cargamos con una venganza, acometida o por acometer y, para mi fortuna, el capitán del Bella Lola no era una excepción. Son el odio, la rabia y la ira las que de verdad gobiernan este mundo.

—Bienvenido a bordo, chaval.

TERCERA PARTE

La Habana, abril de 1843

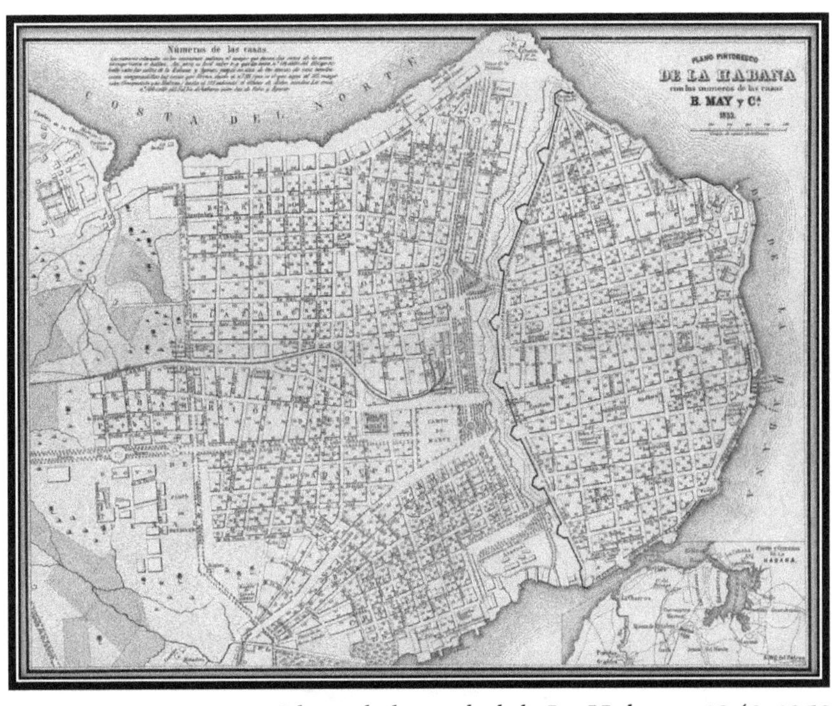

Plano de la ciudad de La Habana, 1840-1853

XXVII

El mar es de lo más extraño. Si uno mira hacia la lejanía, donde agua y cielo confluyen, se muestra de lo más sólido; de cerca, sin embargo, es un ser vivo en constante movimiento. Nunca hasta entonces, en la cubierta del Bella Lola, me había sentido tan insignificante, rodeado de azul y sin porción de tierra u otro bajel a la vista, tan solo nosotros, el cielo y la mar.

En los días más difíciles, las olas nos zarandeaban como a una cáscara de avellana, y por mucho que el tajamar abriera sin cesar las aguas como el mismísimo Moisés, su labor parecía inútil; en aquellos en los que el viento decidía amainar, en cambio, todo pasaba a transcurrir con una lentitud exasperante.

Tardé unos días en acostumbrarme al vaivén, durante los cuales fui incapaz de retener nada en el estómago, lo que provocaba las risas del resto de la tripulación. También tuve que aprender un idioma nuevo para poder llevar a cabo mis nuevas encomiendas. Palabras como foque, sobremesana, gavia, juanete de proa o verga de cebadera pasaron a formar parte de mi día a día, además de aprender a interpretar los crujidos y restallidos de las maderas de pino, roble, haya y acebuche que armaban el barco y cuyas inflexiones iban desde el lamento más silente al chasquido más airado.

El capitán me había aceptado a bordo con la condición de que fuera su ayuda de cámara y, además, trabajara en el resto de las labores en las que fuera requerido. Había despertado su curiosidad y quería saber más sobre mi historia, de modo que, cada noche tras la cena, le servía una copa de licor —un ron que había adquirido en algún puerto cuyo nombre no recuerdo— y le relataba una entrega.

—El viaje es largo —me interrumpía a su antojo—. Guárdalo para mañana.

Fue así como se me ocurrió empezar a escribir este relato —su germen—, de modo que, al acabar la actuación, me refugiaba en mi camastro y trataba de anotar lo referido. El trabajo fue penoso, no solo por la dificultad que suponía trazar cada letra con semejante balanceo, sino por mi falta de habilidad en su manejo. Hasta aquel preciso instante no comprendí la importancia de dejar testimonio de las cosas; las palabras dichas son arrastradas por el viento, pero las trazadas pueden llegar a permanecer generaciones. Andreu tenía razón: si no escribimos nuestra propia historia, nadie lo hará por nosotros.

Una noche despejada, el capitán, que se llamaba Rigalt, decidió subir a cubierta a estirar las piernas. Jamás había visto tantas estrellas juntas, como si aquel cielo y el de Barcelona no pertenecieran al mismo mundo.

—Aquella de allí es la estrella polar. Indica el norte. Forma parte de la Osa Menor. Y allí, un poco más abajo, está el Carro. Aquella es Casiopea, y justo en la dirección opuesta están Perseo y Andrómeda —me explicó—. Durante siglos, el hombre ha buscado su camino en ellas; para unos, se trata de una senda real que cruza océanos y desiertos, montañas y valles; para otros, en cambio, la ruta que marcan es un viaje, digamos, más espiritual.

Le miré a la espera de alguna revelación. Su rostro atesoraba un secreto por cada arañazo, herida y arruga que lo marcaba; era un hombre de mundo, de eso no cabía ninguna duda. Pero eran sobre todo sus ojos, de un marrón oscuro como el de la madera buena, los que parecían capaces de ver más allá de cielos, mares y carnes.

—Tras años navegando, solo puedo decirte una cosa —añadió—:

el destino de un hombre no está escrito allí arriba, sino que lo decide por sí mismo cada día que pasa aquí abajo.

Permanecimos en silencio un buen rato, durante el que el silbido del viento murmuró palabras herméticas que solo Rigalt parecía comprender. El cielo y la mar están llenos de misterios solo destinados a unos pocos, y yo no era uno de ellos.

—¿Y aquella gran mancha blanca?

—Es la leche derramada por Hera. La Vía Láctea.

—Parece la estela de un barco.

Rigalt sonrió.

—El cielo es como un gran océano sin costa ni puertos; quizá algún día naveguemos por él junto a dioses y héroes... Pero date prisa en acabar tu historia: en dos días llegaremos a La Habana y quiero saber cómo termina.

Asentí, y aquel día le relaté mi peripecia escondido en la parte trasera del carruaje de Fosc. Debo decir que, por mi propia seguridad, omití el nombre de los señores allí reunidos —también había construido una nueva identidad para Monlau, Mata y Andreu—, aunque creo que en ningún momento llegó a creer una sola palabra de lo que le contaba. Era una mera distracción para él, un modo diferente de matar el tiempo en aquella travesía que había hecho decenas de veces, aunque en el mar no existen ni el pasado ni el futuro, solo el presente; no hay un delante ni un detrás, solo un alrededor, un aquí y ahora constante y opresor.

Pensé que la relación que habíamos establecido a lo largo de aquellas noches —de día me trataba con la misma rudeza que al resto— era lo suficientemente estrecha como para hacerle una pregunta que llevaba tiempo rondándome la cabeza:

—¿Ha estado alguna vez en África?

Asintió.

—¿Y es cierto lo que cuentan?

—Sobre qué.

—Sobre el comercio de ébano.

La poca amabilidad que solía mostrar su rostro desapareció de golpe. Había interpretado mi pregunta como una insinuación, y no le había gustado un pelo.

—¿Qué sabes tú de nada, chaval?

—He oído historias.

—Mentiras como las que cuentas tú.

Por mucho que creyera que habíamos congeniado, no era más que un desconocido, un extraño que hacía preguntas que no debía, que no me había ganado hacer.

Me enfrentó.

—Has estado en la bodega: ¿has visto algún negro allí?

Negué con la cabeza, avergonzado.

—Hay hombres que comercian con otros hombres, pero yo no soy uno de ellos. La libertad es el tesoro más preciado que existe; algunos la usan bien, mientras que otros no saben qué hacer con ella, pero pertenece solo a su dueño.

Acto seguido, me dio la espalda y regresó a su camarote. La conversación había terminado, y con ella mi papel como narrador de un relato que aún no tenía final.

Por fin llegó el día.

Estaba previsto que entráramos a puerto a media mañana, pero todo el barco se encontraba en estado de máxima excitación desde que había estallado el alba.

La escala iba a ser breve: descargar el vino, los licores y otras mercancías manufacturadas que llenaban la bodega, subir el algodón almacenado en el Depósito Comercial y regresar. No había tiempo para más.

El comercio se basaba en un constante ir y venir y eran los hombres como Rigalt quienes lo hacían posible arriesgando sus vidas. No por ello dejaban de ser tan prescindibles como yo. Los puertos estaban llenos de capitanes huérfanos de barco dispuestos a hacer lo que fuera para reunirse de nuevo con su amada —quien más les había dado, quien un día se lo arrebataría todo—, desde traficar con carne humana a convertirse en piratas o corsarios al servicio de los intereses más oscuros, ya fueran propios o ajenos.

Durante la travesía, el capitán me había explicado que todo el algodón de procedencia extranjera —brasileño y norteamericano en su mayoría— se almacenaba en los depósitos antillanos, desde donde era embarcado rumbo a Barcelona en naves españolas. Algodón para alimentar al leviatán, a las fábricas de los Muntaner, de los Samà, de los Xifé, los Güell, los Badía, los hombres que habían enviado a un asesino para matar al más alto representante de la metrópoli en aquella tierra.

También me había contado algunas cosas de la vida en La Habana.

—La luz. No tiene nada que ver. Tampoco sus gentes. Aquello es una ciudad moderna. ¡Hasta tiene transporte urbano! Por no hablar de otros placeres... Cuando deje esto, a mí que no me esperen en Barcelona —señaló—. Aunque en todas partes cuecen habas.

—¿Qué quiere decir?

—Ricos y pobres. Eso no cambia.

Me contó que la ciudad estaba partida en dos por la muralla: una parte intramuros, en la que residían los ricos, y la de extramuros, donde se hacinaban los pobres y los esclavos.

—Solo debes evitar dos sitios: el palacio de los Capitanes y la cárcel de Tacón: ahí uno sabe cuándo entra, pero nunca cuándo saldrá —me advirtió.

Nuestro barco debió de esperar turno entre un sinfín de bergantines, un par de fragatas y algún que otro vapor —seguía sin entender cómo semejante pedazo de metal podía mantenerse a flote— que no dejaban de entrar y salir por el estrecho que conducía a la bahía, siempre bajo la atenta mirada de los castillos de la Punta y el Morro. Pero no eran aquellas las únicas fortificaciones que vigilaban el paso. En la orilla izquierda, la enfrentada a la ciudad —me recordó a la amenaza constante que el castillo de Montjuic constituía para los barceloneses—, se alzaba la fortaleza de La Cabaña, y, justo al final de la bocana, la de La Fuerza. Nada ni nadie entraba o salía de La Habana sin sentir el escrutinio de sus cañones.

Para cuando el Bella Lola estuvo amarrado, el sol ya castigaba la nuca. El capitán me había dispensado de mis labores con la carga, de modo que me dispuse a desembarcar. Pero antes de iniciar el descenso, me recordó el plazo y me regaló una última advertencia:

—No espero a nadie.

Tres jornadas: ese era el tiempo del que disponía para localizar a Fosc, matarle y regresar a bordo, o me quedaría allí atrapado.

Decidí reconocer la ciudad antes de que anocheciera. Lo primero era procurarme un sitio donde dormir, así que pensé que lo más prudente sería buscar refugio en los arrabales. Allí nadie se fijaría en mí y podría descansar y trazar un plan. Para ello, dejé atrás el muelle de Caballería, situado frente al Depósito de San Francisco, y me adentré en aquel entramado desconocido de calles.

La Habana era una ciudad alegre y ruidosa en la que la variedad de colores de piel, clases sociales, lenguas y acentos estaba a la orden del día. Uno podía encontrarse a todo tipo de personas por las calles, desde hacendados franceses y colonos norteamericanos —el negocio del azúcar era la principal fuente de ingresos de la isla— a miembros de la llamada aristocracia criolla, comerciantes catalanes, jóvenes españoles en busca de fortuna y un buen número de refugiados de las colonias independizadas del sur. Y, por supuesto, soldados encargados de recordar a todo el mundo quién estaba al mando allí.

Aunque uno podía ver extranjeros y a algún que otro negro por las calles de Barcelona, aquella ciudad era un crisol en el que se mezclaban gentes tan dispares que provocó en mí una enorme curiosidad, además de cierto desconcierto. Lo franco sería decir que sentí miedo, ese miedo a lo desconocido que te hace recelar de todo y de todos y que provoca que quienes han llegado antes que tú desconfíen pensando que vienes a arrebatarles su miseria.

Pregunté por la dirección de las puertas extramuros a un tipo que, no sin antes darme un buen repaso, me indicó que siguiera derecho.

Tras cruzar la de Monserrate, me encontré frente a una alameda por la que discurrían decenas de vehículos en procesión. A diferencia de los que uno podía ver por Barcelona —más en aquella época del año—, allí eran todos descubiertos. Distinguí varias volantas y algún que otro cabriolé, pero el modelo preferido parecía ser una variedad colonial a la que, luego supe, llamaban quitrín. Se trataba de una carroza descubierta tirada por un solo caballo sobre el que iba un criado negro vestido con casaca, botas de charol y chistera. Las había de todos los colores —azul celeste, blancas, verdes, incluso rosas—, la mayoría forradas en seda, otras con tafilete y alguna, algo más rústica, con cordobán. Todo aquel que fuera alguien en La Habana debía de estar allí. La aristocracia intramuros, sin embargo, no debía de tener bastante con aquel imponente paseo al que llamaban del Prado, porque varias partidas de obreros se afanaban en adecuar una nueva avenida que lo enlazara con el Campo de Marte, que conectaba el teatro Tacón con los almacenes y depósitos del ferrocarril. Los ricos deseaban tener más espacios de recreo y, sencillamente, habían comenzado a tomarlos.

Las calles que conformaban los barrios de Jesús María y Chávez eran otro cantar. La urbe que se alzaba a este lado no tenía nada que ver con la que acababa de dejar atrás. Lo que hasta ahora habían sido vías pavimentadas y un muestrario de mansiones, palacios y edificios públicos imponentes se habían convertido en un desorden de construcciones de madera que parecían a punto de desplomarse en el mejor de los casos. Pero lo que más llamó mi atención fue que me había convertido en el único ser humano con la piel blanca que deambulaba por aquellos dominios. Y, de repente, me vi sumergido en el caos, una locura de voces y olores —dulces, salados, acres, frutales y otros que no acerté a clasificar— que coloreaban el aire llenándolo de matices.

Nadie se fijó en mí, pero sabía que todos me observaban.

Fue allí, en el esqueleto de una chabola sin techo, donde pasé mi primera noche en La Habana.

XXVIII

Me desperté rodeado de un fuerte tufo a huevos podridos. Aunque tampoco es que hubiera dormido mucho por culpa del calor. Había pasado del invierno de Barcelona a aquel verano perpetuo sin apenas solución de continuidad, y el bochorno, húmedo y opresivo, me había desleído el cuerpo. Pero como no hay mal que por bien no venga, la vigilia me había permitido trazar un plan. No sabía cómo localizar a Fosc, pero sí conocía su objetivo. Debía anticiparme. Estaba seguro de que Valdés seguía con vida; de haber sido asesinado, la noticia hubiera corrido como un reguero de pólvora encendida y, a buen seguro, los militares habrían tomado las calles. Debía darme prisa. Estaba seguro de que Fosc contaría con algún tipo de apoyo en la isla, lo que, aunque pueda parecer chocante, constituía la primera de mis dos únicas ventajas. La segunda era que, ahora, se sentía seguro. Había burlado a sus enemigos: quizá eso le volviera un poco descuidado.

Abandoné mi refugio y me dirigí hacia el mar, cuyo runrún me había acompañado de luna a sol. Al llegar al muelle que llamaban de Talla Piedras, descubrí el origen de aquella peste: el depósito de la fábrica de gas que abastecía la ciudad tenía una fuga y varios operarios se afanaban en sellarla antes de que todos voláramos por los aires. Justo al lado había una playa partida en dos por la desembocadura de un riachuelo desde cuya orilla se divisaba la punta de Atares, con su fuerte adentrándose en la bahía.

Me quité la camisa y me refresqué la cara, los sobacos y el pecho. No podía presentarme de esa guisa en el palacio de Gobierno y solicitar una audiencia con Valdés. Mi intención era colarme antes en el Hospital Militar, una antigua factoría reconvertida en sanatorio situada junto al depósito, para sustraer un uniforme que me ayudara en mi propósito. Ciertas puertas solo se abren si uno llama con la vestimenta adecuada, ya sea casaca o levita.

Regresé al oasis de intramuros por la Puerta del Arsenal. El calor era ya cruel a aquella hora de la mañana. Poco importaba que los edificios hubieran comenzado a derramar su sombra sobre el pavimento. La temperatura era la misma al sol que al abrigo de su penumbra. Mientras avanzaba me di cuenta de que, en buena medida, uno es como le perciben los demás, y enfundado en mi nuevo atuendo me había convertido en alguien a quien admirar y respetar, en unos casos, a quien temer, en otros. El hábito castrense suele producir ese efecto.

El trazado regular de las calles intramuros —no pude evitar pensar en la Barceloneta— me ayudó a localizar el palacio sin problema. Se alzaba a pocas varas del depósito, frente al que aún permanecía amarrado el Bella Lola, por lo que solo tuve que recorrer el frente de mar hasta dar con él. A su espalda se ubicaban la lonja y el Liceo, que servía de cierre a la plaza donde estaba situada la catedral.

Los soldados apostados a la entrada me saludaron con cierta desgana. Debieron de pensar que era un señorito metido en un uniforme cuyas bocamangas mostraban un grado que no me correspondía por mérito, sino por clase o fortuna, pero por mucho odio y resentimiento que uno pueda albergar hacia determinados estamentos, siempre acaba cuadrándose frente al dinero y al poder, desprecie o no a su portador.

Me dirigí al ordenanza situado en el zaguán:

—Soy el teniente Guiteras. Tengo un despacho importante para el capitán general Valdés: debo entregárselo en persona de inmediato.

El tipo levantó la cabeza con apatía —como si aquel simple gesto le costara un esfuerzo sobrehumano— y me observó desde detrás de su escritorio. Más bien me escudriñó con fastidio, el justo para mostrarme su desagrado sin caer en la insubordinación. En seguida supe que pensaba lo mismo que los guardias que acababa de dejar atrás, pero un vistazo más detenido a mis ropas me hizo comprender al fin el verdadero motivo: no se trataba tanto de mi mocedad o del blanco de mi piel —señales inequívocas de que bien era un recién llegado, bien mis quehaceres diarios distaban mucho de largas marchas y trabajos al sol—, sino de que, por mucho que mi uniforme de coleta azul fuera el propio del ejército de Indias, mis galones pertenecían a un cuerpo facultativo, lo que confirmaba que su portador era un privilegiado.

—¡De inmediato, sargento! —añadí para reforzar mi autoridad.

Mi voz pareció espabilarle, porque hizo una seña a un cabo mayor, que se presentó a la carrera.

—El teniente —había olvidado mi nombre— debe entregar un mensaje arriba. Acompáñalo.

—Guiteras. Alberto Guiteras —repetí.

Había decidido usar aquel nombre —un elemento más de mi plan— por ver si alguien reaccionaba al escucharlo. Alberto Guiteras era el contacto del diputado Palau en La Habana, de modo que quizá tuviera algún aliado entre la tropa o entre algunos de los que ostentaban el poder. Nadie más allí excepto yo sabía que había muerto, de modo que, si alguien lo conocía, sabría que algo había ido mal nada más verme. Claro que semejante decisión también me exponía frente a mis enemigos, pero aquel era un riesgo que estaba dispuesto a asumir: a todos los efectos, Alberto Guiteras seguía vivo.

Bordeamos el patio hasta dar con una escalera. Traté de atajar los nervios y mostrar prestancia, pero el sudor comenzó a empaparme las manos a medida que ascendíamos. Ni siquiera había pensado en qué iba a decir; tan solo me había aplicado en encontrar un modo de cruzar aquellas puertas, después ya se vería.

Al llegar frente al despacho de Valdés, el vello de la nuca se me erizó como si mi cerebro anticipara la desgracia por venir antes de que mis ojos la observaran en toda su plenitud.

—Teniente Alberto Guiteras. Traigo un mensaje para el capitán general.

—Un momento —me indicó el secretario mientras acababa de despachar un documento.

Una vez concluida su labor, se puso en pie y llamó a la puerta.

—Adelante.

En cuanto la gran hoja de madera se abrió, supe que había llegado mi fin.

Sentado frente a Valdés, había un hombre.

Era Alberto Fosc.

Mi primera reacción fue la de arremeter contra él, pero un par de soldados me prendieron y desposeyeron de la navaja que ya estrangulaba con fuerza. El cuchillo que había comprado tras la muerte de Víctor para vengarle, la hoja que debía darnos paz a ambos, aquel trozo de metal que había viajado conmigo cientos de millas había acabado por convertirse en una herramienta inútil, tanto como yo mismo.

Mi sensación de fracaso y desnudez fue completa.

—¡Asesino! —grité, más por liberar mi congoja que esperando obtener otro resultado.

Los ojos de Fosc permanecieron muertos, ni un deje de victoria, ni un atisbo de satisfacción frente al enemigo caído en ellos. Era incapaz de expresar sentimiento alguno, del mismo modo que la muerte siega cada una de las vidas que se lleva sin inmutarse.

—¡Este hombre ha venido a matarle! —me dirigí a Valdés en un último intento.

El capitán general torció el cuello en dirección a Fosc. Ambos se miraron durante lo que me pareció una eternidad, hasta que el militar soltó una carcajada.

—Conozco bien a este hombre. Sirvió a mis órdenes en Cataluña, que es mucho más de lo que puedo decir de usted —enunció con la seriedad recuperada. De hecho, su rostro se mostraba ahora de lo más áspero—. Lo que sí sé es que lleva un uniforme que no le pertenece

—continuó—, de modo que, o es un espía o el asesino es usted, y le aseguro que ninguna de esas posiciones le es ventajosa.

Sus palabras se derramaron sobre mí como agua helada. ¿Cómo habíamos podido ser tan estúpidos? Alberto Fosc había iniciado su formación en el Colegio de Cirugía, una institución militar, bajo el mandato del conde de España; de hecho, había sido él quien le había reclutado para los menesteres más oscuros tras su expulsión y, uno tras otro, el resto de capitanes generales que habían servido en Cataluña había echado mano de sus servicios, incluido Valdés, cuya estancia en Cataluña había sido tan breve que nos había pasado desapercibida a todos. Aquel hombre era un mal necesario, el monstruo al que recurrían cuando algún detenido tardaba demasiado en capitular su certidumbre. Así fue, tal como había dicho el capitán Bejarano, hasta la llegada de Seoane, momento en el que debía de haber entrado al servicio de Mercader, quizá porque el sevillano fuera un hombre con ciertos escrúpulos, quizá porque el propio Fosc había decidido que la soldada era poca y la deuda contraída con d'Espagnac había quedado al fin satisfecha.

Admiré la inteligencia de Mercader: había elegido a aquel hombre sabedor de que, gracias al pasado que los unía, podría acceder a Valdés sin problemas. Sin saberlo, el militar había abierto la puerta a su asesino.

—¡Hay un complot para acabar con su vida y ese hombre es el elegido para matarle! —grité mientras me sacaban a rastras.

Antes de que uno de los hombres que me había prendido me dejara inconsciente, observé cómo Valdés se despedía de Fosc a toda prisa y abandonaba la estancia tras recibir un despacho urgente de manos de su secretario. Aún no lo sabía, pero aquella decisión le acababa de salvar la vida. Al menos de momento. Quizá ambos tuviéramos aún una oportunidad.

En cuanto me arrojaron al interior de la celda, recordé las palabras del capitán Rigalt —al parecer, el hombre tenía dotes proféticas—:

«Solo debes evitar dos sitios: el palacio de los Capitanes y la cárcel de Tacón. Ahí uno sabe cuándo entra, pero nunca cuándo saldrá».

Y ahí estaba, atrapado en uno de ellos.

Jamás se me ha dado bien hacer caso a los demás.

La celda no superaba los dos pasos por muro, y el olor, exacerbado por la calorina, era nauseabundo. Aquel espacio —toda la prisión— había sido ideado para doblegar a los hombres más tenaces, para quebrar su voluntad y arrebatarles cualquier atisbo de orgullo y resistencia. Por suerte para mí, estaba acostumbrado a aquellos lujos y la insalubridad de mi nuevo hogar no distaba mucho de la de la celda que había ocupado en Corrección —tampoco del sótano en el que había pasado buena parte de las noches de mi vida, a decir verdad—. Aunque todo ser humano tiene un límite.

Me puse de puntillas para alcanzar el único ventanuco, una tronera por la que se colaba un magro rayo de luz. La vista no podía ser más desoladora. Frente a mí se extendía un páramo en el que se alzaban un par de cadalsos. Me encontraba en una de las celdas destinadas a los condenados a muerte, orientadas hacia el campo de ejecuciones para que los reos fueran conscientes en todo momento de su destino. Estaba seguro de que desde allí uno podía escuchar la voz de mando al dar la orden postrera, el sonido de la trampilla al abrirse y los estertores del cuerpo luchando contra lo inevitable.

No fue hasta regresar la vista al interior y acostumbrarla de nuevo a la penumbra cuando descubrí los arañazos en la pared. Había decenas, algunos hechos con las uñas, otros con pedacitos de mortero y piedra desprendidos de las juntas. Nombres, fechas, súplicas, rezos y maldiciones. Todos pertenecían a hombres muertos que habían querido dejar un último testimonio de su paso por este mundo, por mucho que los únicos destinados a verlos fueran, a su vez, a llevárselos consigo.

Me senté en el suelo, me abracé las piernas y posé la frente sobre mis rodillas. Aún no estaba dispuesto a doblegarme, por muy consciente que fuera de que mi destino había quedado sellado.

***

La caída del sol trajo de nuevo los fantasmas.

El primero en acudir fue el de Víctor.

El pobre era ya más esqueleto que otra cosa, las cuencas vacías, al igual que su abdomen y su pecho, que ni siquiera albergaba el corazón. Sabía que se trataba de un alucinamiento, pero la mente es capaz de recrear sus tormentos de un modo tan nítido que no pude evitar esconder el rostro tras las manos.

No sirvió de nada.

Después le llegó el turno al de Andreu.

El gacetillero se señaló las úlceras abiertas con cara de espanto; por ellas rezumaban lágrimas de pus del color del marfil. Quiso decirme algo, pero su mandíbula, del todo rígida, se lo impidió. Trató entonces de desencajársela, hasta que el hueso crujió y la boca se le vino abajo. Él, que había usado la palabra como herramienta toda la vida, se veía privado de ella en el más allá.

La última en acudir fue la señora Amàlia.

Sentí un repentino nudo en el estómago: ¿acaso había muerto en mi ausencia? No podía ser. Ni siquiera había podido despedirme de ella, aunque en mi delirio se me ocurrió pensar que quizá la viva fuera ella y yo ya el espectro.

Eso era.

Estaba muerto al fin.

La imaginé sobre la cama figurándose mi cuerpo pudriéndose en alguna acequia. O quizá no. Tal vez pensaba que la había abandonado y no había tenido el valor de decírselo a la cara; me había subido a aquel barco sin pensar en lo que dejaba atrás, en que nadie pudiera llegar a preocuparse por mi destino.

La venganza solo deja espacio para el egoísmo.

Una punzada de remordimiento y una sensación nueva —algo que había comenzado a germinar el día que pasamos juntos en la vieja caseta camino de Sarrià— me golpearon sin piedad. La echaba de menos, y lo hacía de un modo físico. Mis ojos, mis oídos, mis labios, mis brazos con sus manos y sus dedos, mis piernas con sus pies, mi sexo. Cada parte de mí, cada recodo sentía su ausencia. Fue mi último pensamiento, sin embargo, el que me desarboló. ¿Y si no era así? ¿Y si Mata, creyéndome responsable de la fuga de Fosc, la había detenido como represalia? ¿Y si la señora Amàlia, Ciscu, Salvador y Enric habían sido ajusticiados por culpa de mi soberbia?

Cuando la cuarta silueta cruzó el umbral de las sombras que me cercaban y se materializó frente a mí, el rostro oculto bajo el ala de un sombrero de jipijapa, supe que no se trataba de ningún espíritu, sino del mismísimo Alberto Fosc.

—Te esperaba.

—Esperabas a la muerte. —Nuestras miradas se enfrentaron—. Y no es ella quien ha vendido.

—¿Por qué estás aquí, entonces? —pronuncié con todo el desprecio que pude reunir—. ¿Qué es lo que quieres?

Fosc me miró con cierta curiosidad. Era la primera vez que veía algo que no fuera el vacío en sus ojos.

—¿Qué quieres tú, Miquel Expósito?

—¿Yo? —dije sorprendido—. Ya lo sabes.

El hombre que tenía enfrente, mi enemigo mortal, negó con la cabeza. Lo hizo como si conociera mis afanes mejor que yo mismo.

—No. Quieres respuestas. El deseo de matarme es solo una consecuencia de desconocerlas. De no entender su importancia y su significado. De modo que adelante, hazlas.

El corazón me latía trastornado, y los dedos se me crisparon hasta conformar dos puños. Mis nudillos se blanquearon y los huesos me chascaron como maderas secas: ¿qué quería aquel hombre de mí? Había venido a hacer lo que mejor se le daba: torturarme. No hace falta sajar la piel y hendir la carne para martirizar a otro ser humano; en ocasiones, son las palabras las que provocan las mutilaciones más espantosas.

—¿Por qué? —brotó de mis labios.

—Una cuestión demasiado genérica —se limitó a contestar.

—¿Por qué Víctor?

—El azar. Ninguno de nosotros tiene control sobre dicha eventualidad. Ambos, el pintor y él, vieron lo que no debían. Pero su muerte no fue inútil, sino que acabó sirviendo a un propósito.

—¿A qué propósito sirve alguien como tú si no es a su propia locura y al interés de sus amos? No eres más que el esclavo de la voluntad de otros.

—D'Espagnac, Espoz i Mina, De Meer, Valdés, Van Halen, Mercader... Ellos son los instrumentos. Yo poseo algo que quieren y, a cambio, obtengo lo que deseo.

—Asesinar.

—Te equivocas. Mi propósito es la vida. La muerte no es más que su parte más indeclinable.

Sus palabras me dejaron perplejo. Quizá Mata se equivocaba. Quizá aquel hombre estaba loco al fin y al cabo, solo que ni él mismo lo sabía. Un nuevo pensamiento comenzó a abrirse paso en mi cabeza: la posibilidad de que fuera diferente al resto; de que su capacidad de sentir emociones como la culpa o el remordimiento se le hubiera secado, o de que —no sabía hasta qué punto algo así era posible— hubiera nacido sin ella.

Recordé la historia que Mata nos había contado acerca de ese asesino francés. Era consciente —lo había visto con mis propios ojos— de que Dios, en su infinita crueldad, permitía el engendro de criaturas deformes condenadas al escarnio desde su mismo nacimiento, pero ¿era posible que su iniquidad llegara al extremo de posibilitar el alumbramiento de aberraciones como Fosc? Lo que en realidad me causaba verdadero estupor, sin embargo, era otra pregunta: ¿con qué fin?

Sentí cómo el aire de la celda menguaba poco a poco. Cada vez me costaba más respirar en presencia de aquel hombre. Era como una bomba de achique que succionaba todo lo que tenía a su alrededor: el aire, la luz, la vida. Y supe que ya no era solo por Víctor por quien debía cumplir aquella venganza. Alberto Fosc suponía una amenaza para la humanidad: debía morir.

—«Desnudo salí del vientre de mi madre y desnudo retornaré a él. Apenas un instante de luz en la más absoluta oscuridad, la vida» —pronunció—. Las únicas cosas indefectibles que compartimos todos los seres humanos son nuestro nacimiento y nuestra muerte, y en ninguno de esos casos tenemos control sobre ellos —continuó ajeno a mis tribulaciones, quizá intuyéndolas, incluso disfrutando de ellas—. Somos arrojados a este mundo sin permiso, solo por la voluntad egoísta de nuestros padres. Pero ¿cuántos hombres, pasados unos años, decidirían no haber nacido si hubieran tenido elección? ¿Cuántos de entre los abocados a una vida de miseria, dolor y sufrimiento preferirían no haber visto jamás la luz? Del mismo modo, si tuviéramos poder sobre la propia muerte, ¿no harían muchos otro tanto? Negar su inapelable autoridad y esquivarla —asintió—. La he visto cara a cara muchas veces, y si algo he podido constatar es cómo hasta los más desgraciados de entre los míseros, los mismos que, de haber tenido potestad, hubieran preferido no haber nacido, se aferran a la vida como animales llegado el momento postrero. Está en nuestra naturaleza. Pero ¿y si pudiéramos esquivarla?

Su exposición, fría y carente de afecto, me heló la sangre. Por un instante, me recordó al tono de Mata durante su lección de anatomía. A diferencia del doctor, sin embargo, Fosc se mostraba desapasionado. Estaba en lo cierto: lo único que poblaba a aquel hombre era una monotonía indiferente.

—El hígado. Ahí reside todo —continuó—. Está situado en la parte superior derecha de la cavidad abdominal, justo sobre el estómago. —Y para asegurarse de que comprendía sus palabras, me dio un golpe seco en el punto adecuado. El dolor fue tan intenso que casi perdí el sentido. De hecho, deseé hacerlo, que todo acabara de una vez, que mi cuerpo dejara al fin de ser sustancia sólida—. Algunos consideran que los órganos más importantes son el cerebro y el corazón, que son ellos quienes sostienen la vida. Quítale a un hombre su corazón, y morirá; dáñale el cerebro, y dejará de ser quién es. Pero se equivocan. ¿Sabes cómo llaman los ingleses y los germanos al hígado? *Liver*. El que vive. El que da vida, ya que es en él donde se genera la sangre que alimenta el corazón, el cerebro, los pulmones y los músculos. De hecho, los antiguos mesopotámicos creían que el alma residía en su interior. También los griegos y romanos lo tenían en gran estima, fisiológica y gastronómica.

La bilis me alcanzó el paladar.

—Debo confesar que yo mismo comparto esa delectación, pero mi interés se limita a lo puramente anatómico. —Parecía divertirse—. Fruto de mis investigaciones he podido confirmar, tal y como sospechaban algunas mentes condenadas al ostracismo tiempo antes que yo, un hecho asombroso: esa, y no otra, es la única de entre las vísceras que se regenera por sí misma. Aunque se le extirpe una parte, vuelve a crecer sin otra intervención que la propia voluntad del cuerpo.

La exposición pareció dejarle exhausto.

—¿Conoces la historia de Prometeo? —Mi expresión de hastío fue todo lo que necesitó—. Fue un Titán. Zeus le ordenó que colmara de habilidades a los hombres. Tan solo debía respetar una norma: no entregarles el fuego. Pero Prometeo, enamorado de nuestra raza, desobedeció el dictado de su señor y fue condenado. Un águila acudiría a devorar su hígado todos los días, pero siendo Prometeo inmortal, la víscera volvía a crecerle, de modo que, al acabar la nueva jornada, el águila regresaba y se la devoraba de nuevo, ¿comprendes?

—¿Así que es eso? No eres más que un loco que juega a ser Dios. Un estúpido que cree que alcanzará lo que otros mejores antes que él jamás lograron —pronuncié con una sonrisa, quizá la última—. En el fondo eres como yo: un pobre desgraciado que tiene miedo a morir. Pues deja que este ignorante te dé una última lección: nadie puede vencer a la muerte. Y la tuya está cercana, créeme.

Un repentino ataque de hilaridad se apoderó de mí. Un gemido perturbado que me generó convulsiones. Mi enemigo era humano. Tenía miedo. Bajo esa máscara de desafecto se escondía una voluntad débil que había disfrazado su único anhelo de falso rigor científico. Porque lo único que satisfacía a aquel demente era arrancar la vida de otros para sentir que tenía cierto control sobre algo del todo inasible: su propia finitud.

Fosc se puso en pie y se cubrió. La quietud había regresado a su rostro, tanto como el desafecto a sus ojos. Tan solo conservaba un resto de desencanto que quedó rápidamente oculto bajo el ala de paja toquilla de su sombrero.

Se había equivocado.
Yo no era digno de él.

El primer rayo de sol vino acompañado de la visita del carcelero. A medida que sus pasos se acercaban por el pasillo, pensé en el redoble con cajas tan destempladas como mi ánimo que me iba a acompañar hasta el patíbulo. Iba a morir, y la cercanía de ese destino cierto hizo que todo se ralentizara. Menos mis sentidos, que se agudizaron hasta el paroxismo. El crujir de la soga en el patio, la gota de agua destilándose a lo lejos, la brisa lijando los muros exteriores, el olor del mar y de la tierra, el rumor de las olas acompasado al hálito de quien iba a conducirme hasta la muerte.

Lo que estaba por venir, lo que iba a dejar atrás.

Las bisagras gañeron junto al resto de placas que acorazaban la puerta. La sombra, tocada con un canotier, se detuvo bajo el dintel, me observó con cierta curiosidad —quizá fuera delectación— y, al rato, dejó que una voz rezumara de su boca negra.

—¿Alberto Guiteras?

Esta vez sí: la muerte acudía en mi busca, pero ¿acaso no conocía mi verdadera identidad?

—Tengo un amigo que responde al mismo nombre. ¿Sabes qué ha sido de él?

El tiempo regresó a su pasar monótono y los sentidos se me atemperaron. ¿A quién pertenecía aquella silueta y qué quería de mí?

—Le mató el mismo hombre que asesinó a mi amigo —contesté.

—Entonces, es cierto.

El desconocido se quitó el sombrero y avanzó hasta desvelar sus facciones. Tenía el rostro cubierto de pecas. Un segundo vistazo, sin embargo, hizo que descubriera que lo que en realidad moteaba su cara no era el fruto de una piel expuesta al sol durante años, sino decenas de minúsculas heridas cicatrizadas hacía tiempo.

—Me llamo Isidro Larrea. Si quieres vivir, sígueme.

XXIX

La tormenta nos alcanzó de improviso, descargó sobre nuestras cabezas y nos dejó atrás con la misma presteza con la que había llegado. El aguacero, sin embargo, apenas logró aliviar el calor —de hecho, lo espesó hasta convertirlo en melaza—, pero nos dio la oportunidad de recorrer unas calles prácticamente vacías. Todo el mundo se había resguardado a la espera de que aquella pequeña incomodidad que, como más tarde pude comprobar, sabían pasajera, pasara de largo.

No conocía al hombre que caminaba delante de mí, tan solo que decía ser amigo de Alberto Guiteras —hasta aquel momento no me había importado que pudiera ser mentira— y que me había arrancado de las entrañas del infierno. Lo único que tenía claro era que conocía bien la prisión, sus celdas, corredores y pasillos y la ubicación de cada una de las salas de guardia: o había estado preso allí o era uno de sus carceleros. En ese caso, ¿por qué no había acabado conmigo allí?

Fue mientras nos adentrábamos por las callejas del barrio de Colón cuando el recuerdo me alcanzó como una de las lenguas de fuego bajadas del cielo para iluminar a los apóstoles por Pentecostés.

Larrea.

Yo conocía aquel nombre.

—Alto —supliqué.

Los pulmones me abrasaban y sentía las piernas cada vez más rígidas. Larrea echó la vista atrás, contrariado.

—No es seguro detenerse aquí. A estas alturas, ya te estarán buscando.

Pero mis pies habían arraigado en la tierra que los sostenía; necesitaba un descanso y no pensaba moverme hasta zanjar aquel asunto.

—¿Quién eres?

—Un amigo —contestó—. Ahora tendrás que elegir: o confías en mí o puedes jugártela solo.

Mi rescatador vivía en un pequeño chamizo situado frente al edificio de la Beneficencia, a pocas varas del cementerio. Era poco más grande que en el que había pasado mi primera noche, pero, a diferencia de aquel, este sí estaba techado por una cubierta de paja de lo más sólida.

—Prepararé algo de comer.

Me senté sobre la esterilla que cubría el suelo y traté de desentumecer las piernas. Los músculos se me contraían y dilataban a su antojo mientras Larrea trasteaba junto a un pequeño fuego. También el eco del lejano malestar de la herida de mi muslo había regresado para atormentarme. Por suerte, el olor que comenzó a invadirlo todo apartó de mí viejos fantasmas.

—¿Qué es?

—Quimbombó.

Era la primera vez que escuchaba aquel nombre, pero nada en este mundo iba a impedir que, fuera lo que fuese, lo devorara. Larrea me tendió una escudilla llena de un vegetal verde acompañado de cebolla y tomate junto a unas porciones de casabe, que consistía en una torta plana hecha con la harina de una planta que, según me dijo, llamaban yuca.

Me llevé una cucharada a la boca no sin cierta aprensión —el miedo y la prudencia son capaces de aplacar hasta el hambre más feroz—. No se parecía a nada de lo que hubiera probado, ni su textura, ni su sabor, pero acabé con mi ración en apenas dos minutos.

—Hay más.

Le tendí el recipiente y lo rellenó con los restos del puchero.

—¿Dónde aprendiste a cocinar?

—En el ejército.

No sé si su respuesta me inquietó más que sorprendió. Larrea debió de verme el apunte de miedo en el rostro, porque, casi al instante, añadió:

—Fue hace mucho tiempo.

—¿Cuándo? —traté de sonsacarle.

Mi anfitrión dejó la cucharilla en el cuenco y lo depositó a un lado. Sabía que, tarde o temprano, tendría que contarme quién era y qué quería de mí, y aquel era tan buen momento como otro.

—Serví con Espartero en las campañas del norte.

De modo que era un veterano; aunque la pregunta importante era otra: ¿qué papel jugaba en todo esto?

—¿Allí te hiciste eso? —dije refiriéndome a su rostro.

—Son granos de pólvora.

—¿Te dispararon?

—Una granada defectuosa.

—¿Y Guiteras sirvió contigo?

Asintió. Ahora era él quien se mostraba esquivo. Estaba claro que no le apetecía recordar. La muerte se había cebado con sus ojos glaucos y los había consumido hasta dejarle una mirada flemática. Pensé en cómo sería la guerra, ver morir a los amigos; contemplarlos caer fruto de una bala caprichosa que elige su carne en lugar de la tuya; descubrir sus vientres abiertos por la punta de una bayoneta; sus rostros lacerados por el filo de un sable; sus brazos y piernas arrancados por el proyectil cobarde escupido por un lejano cañón. Mi vida no había sido fácil; había conocido la miseria, el hambre, el abandono, la malicia y la crueldad, pero estaba seguro de que nada de aquello podía compararse con la brutalidad de la guerra.

—Haces muchas preguntas —soltó de repente.

La hoja de su cuchillo, afilada como uno de los bisturíes del doctor Mata, me hizo brotar una gota de sangre. Recordé mi encuentro con Salvador. Al igual que entonces, ni siquiera me había percatado del momento en el que había extraído y colocado el arma sobre mi garganta. ¿Por qué molestarse en librarme de la horca si pensaba asesinarme?

—¿Quién eres?

A veces, la distancia entre las palabras de un hombre y sus actos es tan vasta como el océano. ¿Acaso me había equivocado tanto confiando en él?

—Habla. O ese aliento será el último.

—Me llamo Miquel Expósito. Llegué hace dos días en el Bella Lola persiguiendo al asesino de mi mejor amigo. Se llamaba Víctor, y, al igual que yo, no era más que un huérfano a ojos de todo el mundo. Para mí, sin embargo, era mucho más. Era un hermano. El único que he conocido.

—¿Y qué tiene eso que ver con Alberto?

—Ya te lo he dicho. —Tragué saliva—. Los asesinó el mismo hombre en una calle de Barcelona.

—¿Cómo fue?

—Los mató por la espalda y después profanó sus cuerpos.

—¿A qué te refieres?

—Les abrió el vientre.

—¿Con qué propósito? —Larrea no salía de su asombro.

—Ese hombre es un monstruo, y los monstruos solo conocen un deseo.

—¿Y qué fue de su cuerpo?

—Descansa para siempre junto al de Víctor. Pero ninguno de los dos está en paz.

—Al menos no están solos.

Larrea relajó la presión. Sus ojos, sin embargo, seguían fijos en mí.

—Dime, ¿por qué me has salvado si desconfiabas de mí?

—Debía asegurarme.

—¿De qué?

—De si eras uno de ellos —dijo retirando el arma.

La vida le había hecho desconfiado. Quizá por eso seguía vivo. Yo no era más que un extraño, alguien que había usurpado la identidad de su amigo y decía atesorar cierta información acerca de quién le había quitado la vida, un bagaje demasiado pobre. Pero si había corrido aquel riesgo era porque necesitaba algo importante de mí.

—¿Qué es lo que quieres realmente? —pregunté.

—Que le identifiques.

De eso se trataba. Aquel hombre ansiaba lo mismo que yo: venganza. Mi ánimo se tambaleó entre la comprensión y el egoísmo. Fosc era solo mío, y nadie más que yo podía matarle. Larrea guardó el cuchillo y descansó su espalda contra la pared. Su mirada, tan feroz hasta aquel instante, se perdió en el muro de madera, barro y paja que tenía enfrente. Además de con las de su rostro, aquel hombre cargaba con muchas otras heridas. El asesinato de su amigo solo había sido la estocada final.

—¿Por qué escribió tu nombre en una lista?

—¿Qué lista?

Su desconcierto me pareció sincero.

—Tu amigo viajó a Barcelona para entregar unos documentos. Quien le mató se hizo con ellos, pero llevaba una lista oculta que su asesino pasó por alto. En ella había apuntado el nombre de una serie de barcos, el de varios industriales catalanes y el de un diputado a Cortes, además del tuyo. Esos documentos probaban una conspiración —desgrané—. Pero algo me dice que eso ya lo sabes.

Larrea se puso en pie y, al acercarse, pude asomarme a su oscuridad por un instante. Mi cuerpo se puso tenso de nuevo; fue una reacción instintiva, por mucho que, de haber querido mandarme al infierno, pudiera haberlo hecho ya en varias ocasiones. No dejaba de pensar en que sus ojos estaban tan muertos como los de Fosc. ¿Qué lleva a apagar así la mirada de un hombre? Conocía la respuesta. Pero aunque el resultado final era el mismo, ambas habían recorrido caminos distintos.

—Levántate.

Obedecí, y en cuanto me hube incorporado, levantó la estera y sacó un portapliegos de cuero.

—¿Qué es eso?

—Tus pruebas.

Extraje el contenido con cuidado.

Eran cartas.

Me entregué a la lectura, sediento de detalles. Se trataba de una correspondencia fluida entre dos hombres. A uno ya lo conocía: Ferran Mercader. El otro, un tal Francisco Beltrán de Santa Cruz, no me sonaba de nada. Las cartas abarcaban varios años y estaban fechadas en Barcelona, La Habana, Matanzas y París. Al principio se ceñían casi en exclusiva a dos asuntos, negocios y política, pero a partir de 1840 habían derivado hacia otro tema: el nombramiento de Jerónimo Valdés como capitán general y gobernador de la isla. En la última, fechada hacía apenas un mes, Beltrán instaba a Mercader a poner en marcha el asunto.

—No están completas.

—Alberto pensó que era más seguro dividirlas.

Les eché otro vistazo.

No demostraban nada por sí solas, tan solo la animadversión de dos hombres hacia un tercero, su enfado y frustración. Supuse que Guiteras, consciente de que nadie le creería de otro modo, se había llevado las más comprometedoras consigo.

—¿Quién es ese tal Beltrán?

—El conde de Jaruco, uno de los hombres más poderosos de Cuba. Posee numerosos bienes e ingenios de azúcar, además de traficar con esclavos.

—Y el nombramiento de Valdés tampoco le hizo mucha gracia.

—Algunos creen que el Reglamento de Esclavos puede ser un primer paso hacia una abolición definitiva.

—¿Y cómo se metió tu amigo en todo esto?

Larrea permaneció un buen rato enfrascado, la respiración tranquila, la mirada en un punto indeterminado del suelo ahora, atrapada en un pasado no tan lejano. Trataba de construir un relato, de hilar los sucesos de una vida ajena, hasta que, convencido de haberlo logrado, alzó la vista.

—Cuando acabó la guerra, no teníamos nada, así que Alberto decidió probar suerte en la mar. Había nacido en un pueblo pesquero y conocía el oficio. Alguien le habló del comercio de ébano y no lo dudó. El dinero era bueno. Un día, estando en alta mar, divisaron un buque de la armada inglesa. Los habían visto, así que el capitán ordenó que subieran a todos los esclavos y los arrojaran por la borda, hombres, mujeres, también los niños. Alberto obedeció, pero parte de su alma se fue al fondo con ellos. No volvió a ser el mismo. Algunas cosas son capaces de destrozar a un hombre. Ambos habíamos matado y visto morir a muchos, enemigos y amigos, pero aquello fue frío y cruel. Así que, en cuanto desembarcó en La Habana, probó fortuna como capataz en algunos ingenios, pero cada vez que veía a un negro, recordaba los rostros de todos aquellos a los que había empujado al abismo. Y decidió hacer algo al respecto. Por aquel entonces, trabajaba en Matanzas, en una plantación de caña propiedad de Beltrán. Un día escuchó una conversación: dos hombres hablaban de varios buques en los que Beltrán y un grupo de empresarios catalanes tenían intereses. Desde la prohibición, el negocio era cada día más lucrativo; los ingenios y las plantaciones crecían y necesitaban más mano de obra, de modo que planeaban comprar más barcos para transportar a más esclavos. El nombramiento de Valdés, sin embargo, los puso nerviosos. No es que sea un abolicionista, pero su reglamento otorga ciertos derechos a los negros, y eso no ha gustado.

La conspiración no solo implicaba a Mercader y a su círculo de la Comisión de Fábricas, sino que se extendía más allá del mar. A pesar de que su negocio principal era el textil, todos ellos tenían otros intereses comerciales en las Antillas —algunos lícitos, otros menos confesables—, de modo que, si la situación daba un vuelco, podrían perder una fortuna.

—Alberto decidió entonces elaborar una lista de los principales barcos esclavistas. Su primera intención era entregársela a la marina británica, los únicos dispuestos a hacer algo al respecto —Andreu no había errado del todo el tiro—, pero un día, mientras registraba el escritorio de Beltrán, dio con algo más —dijo señalando las cartas—. Entonces decidió contactar conmigo. Estaba asustado. Así que me embarqué. Cuando un hermano de armas te pide ayuda, acudes sin hacer preguntas. Al llegar, me lo contó todo: Mercader hablaba de enviar a un hombre de su confianza para acabar con la vida de Valdés. Tanto él como sus colegas habían tratado por todos los medios de que el Gobierno le destituyera, pero habían fracasado. Valdés es un ayacucho y Espartero confía en él, así que el único modo de librarse de su mando es asesinándolo. Fue entonces cuando él y sus amigos contactaron con un diputado abolicionista para informarle del asunto. Alberto estaba convencido de que le vigilaban, de modo que, antes de zarpar, dividió las cartas en dos y me pidió que se las custodiara por si le pasaba algo —finalizó—. Tenía razón.

—Debemos avisarle cuanto antes. Si le enseñamos esto, quizá nos escuche.

—No me importa Valdés. Yo solo quiero matar al hombre que asesinó a Alberto. En cuanto a Beltrán y Mercader, no hay nada que podamos hacer.

—Tenemos los documentos.

—Esas cartas ya no prueban nada —dijo arrojándolas al suelo.

Estaba en lo cierto.

Sentí una repentina oleada de solidaridad hacia aquel hombre. Ambos habíamos perdido un hermano, nos lo había arrebatado el mismo hombre, y lo único que lograría aplacar —si eso era posible— nuestra ira sería su muerte. Un sacrificio humano a los dioses de la Venganza.

XXX

Localizar el paradero de Fosc fue más sencillo de lo que esperaba. De hecho, ni siquiera se escondía, sino que se hospedaba en el palacio que el conde de Jaruco tenía en la calle O'Reilly, junto a la Universidad de Ingenieros y el palacio del Gobernador. Todo habitante de La Habana conocía aquel edificio y a su dueño. Su calaña.

Estaba seguro de que tanto él como Fosc estarían informados de mi fuga a estas alturas, pero ninguno de los dos tenía nada que temer, mucho menos de alguien tan insignificante como yo. Era solo cuestión de tiempo que los militares me atraparan; aquí, como en Barcelona, las calles tenían ojos y oídos, y si no me apresaban ellos, alguien me vendería a cambio de algún favor o de una moneda.

Habían transcurrido cuatro noches desde mi llegada y el Bella Lola navegaba ya de regreso a casa. Me encontraba atrapado en una venganza cuyo final estaba cada vez más cercano, pero cuya resolución aún no había sido escrita. Lo único con lo que Alberto Fosc no contaba era con que ahora no estaba solo. Si alguien tenía una posibilidad real de acabar con su vida, ese era Larrea: ambos habían visto a la muerte cara a cara y la conocían muy bien. Mi única duda la constituía el hecho de por qué Fosc no había atentado aún contra la vida de Valdés. Pero los locos no atienden a razón; quizá había decidido disfrutar un poco más de su estancia en La Habana, aunque estaba convencido de que aquel no era el motivo real de su demora.

Durante las horas que permanecí oculto mientras esperaba a que Larrea regresara con noticias, coqueteé con la idea de no volver, de quedarme en La Habana y buscar fortuna allí; quizá pudiera crear algo parecido a la Tinya y adueñarme de aquellas calles con su ayuda. Eso, si lograba sobrevivir. Había comenzado a acostumbrarme al calor y a la humedad, al azul intenso del cielo sobre mi cabeza, a aquel estallido de luz que lo llenaba todo y provocaba que hasta las sombras fueran distintas aquí, más opacas, más pesadas, más definidas. Sopesé incluso la posibilidad de enviar cartas a la señora Amàlia y a Salvador, Ciscu y Enric para que se reunieran conmigo; de seguir vivos, nada lograría pararnos. Organizaríamos los distritos y los barrios de aquella ciudad a nuestro antojo y nos convertiríamos en los nuevos dueños de La Habana. Soñar, otro de los patrimonios que compartimos todos los seres humanos, ricos y pobres; la única diferencia radica en que los primeros están más cerca de poder realizar los suyos que los segundos.

Larrea se presentó al caer la noche. El cielo estaba plagado de estrellas, tantas que me costó distinguir las constelaciones que el capitán Rigalt me había enseñado durante nuestra travesía. La blancura de la Vía Láctea era también allí abrumadora; qué lejos quedaba el cielo lúgubre de Barcelona, la oscuridad tétrica de sus calles, su pestilencia y sus cielos de plomo.

—Tras vuestro encuentro, Valdés tuvo que partir al sur por asuntos oficiales. Regresa hoy —me informó—. Estoy convencido de que Fosc solicitará una audiencia con él de inmediato.

—Ese hombre jamás se pone nervioso.

—Hasta el pedazo de hielo más grande se funde al sol —respondió—. Solo tenemos que averiguar cuándo se producirá el encuentro, esperar a que abandone la residencia y tenderle una emboscada.

—¿Y cómo lo hacemos?

—Dándole lo que quiere —dijo mientras extraía algo del interior de sus pantalones.

Se trataba de una hoja de papel con el membrete de la Capitanía General. Lo observé detenidamente: el sello era el del mismísimo Valdés.

—¿De dónde lo has sacado?

—El dinero lo compra todo. Los recursos de nuestro enemigo son ilimitados, pero los abolicionistas crecen cada día más en número y simpatías.

—¿Estás en contacto con ellos?

—Aunque Fosc cortó mi principal nexo de unión con ellos, aún conservo algo del dinero que me dejó Alberto. Ahora solo tengo un objetivo. En cuanto acabe, me iré.

Había empezado a desarrollar cierto apego por la causa abolicionista en las últimas semanas, por mucho que supiera que estaba abocada al fracaso. Si algo ha caracterizado al ser humano a lo largo de los siglos es su capacidad de ejercer la crueldad sobre sus hermanos de los modos más diversos. Los nuevos tiempos habían traído consigo la abolición tanto en la Península como en otras naciones como Inglaterra o Francia, pero solo para ser sustituida por un nuevo tipo de esclavitud, la de la explotación de miles de pobres en los vientres de las fábricas.

Larrea me sacó de mis cavilaciones.

—Solo espero que sepas escribir.

El cielo, de un azul fogoso hasta entonces, se encarnó como si algo o alguien ahí arriba anticipara la sangre a punto de derramarse, y por mucho que el augurio que vaticinaba aquel maravilloso espectáculo fuera mi más que probable muerte —quizá precisamente por eso—, aquel me pareció el atardecer más bello que había visto jamás.

Escribir la invitación sin el incesante vaivén del barco fue sencillo; solo esperaba que Fosc mordiera el anzuelo, porque el ánimo me había comenzado a flaquear otra vez. Llevaba muchos días fuera de casa, lejos de las calles de la ciudad que me había visto nacer, de las exigencias de la señora Amàlia y las lecciones de Salvador, y aunque me negaba a reconocerlo, los echaba de menos. Mis sueños de gloria en las Antillas, tan despiertos hasta aquel instante, habían comenzado a esfumarse. Tan solo deseaba rajar la carne del hombre que había acabado con la vida de Víctor para saciar la sed que me había convertido de nuevo en huérfano y poder volver a casa con el alma en paz, quizá hasta soñar con una nueva vida...

La venganza te convierte en un esclavo, y ya estaba cansado de serlo.

Alberto Fosc abandonó la residencia a la hora prevista. Apenas le separaban un centenar de varas del palacio del Gobernador, de modo que había decidido ir andando. Le salí al paso en cuanto dobló la esquina. Sus ojos se clavaron en mí y todo —los palacios, las residencias, los quitrines, cabriolés y volantas que circulaban arriba y abajo, los viandantes que discurrían a nuestro alrededor, los puestos ambulantes y sus vendedores, incluso sus voces y gritos callaron— desapareció a nuestro alrededor. No pareció importarle descubrir que había sido yo quien había urdido aquella estratagema para hacerle salir; de hecho, era probable que se hubiera dado cuenta nada más abrir la carta que le convocaba a Capitanía con su caligrafía inexperta. En lo más profundo de mí sabía que el embuste no iba a funcionar del modo en el que queríamos, pero le había atraído hasta nosotros: el resto carecía de la más mínima importancia.

Extraje el cuchillo y lo así con fuerza.

Larrea me había procurado una gabacha con mango de hueso, nácar y acero, mientras él cargaba con la suya, la misma que había estado a punto de abrirme la garganta, una poda cuya hoja se asemejaba a un cuarto de luna menguante.

Pensé en Víctor.

Pensé en cómo Fosc se había acercado a él por la espalda.

Pensé en cómo le había atravesado el cráneo con aquel instrumento de muerte pensado para dar la vida.

A mí tendría que matarme de frente.

Alberto Fosc introdujo la mano en uno de los bolsillos de su chaleco —de un color tan encarnado como el cielo— y, por un momento, temí que fuera a sacar una pistola. Ni siquiera había pensado en ello. De haberme disparado allí mismo, nadie le hubiera prendido; da igual la ciudad o la calle: un muerto de hambre lo es en todas partes.

Se sentía intocable, y esa iba a ser su perdición.

Solo debía aguantar un poco más.

Un poco más.

Mientras avanzábamos el uno hacia el otro, noté cómo cada rincón de mi cuerpo se echaba a temblar. Apenas era capaz de sostener la faca. Al quinto paso, mis piernas se negaron a continuar; intuían —ellas, mi cabeza, cada rincón de mi ser— la trascendencia del momento: todo iba a acabar al fin, fuera lo que fuese lo que el destino me tuviera preparado. Pero no quería morir como un cobarde, de modo que me obligué a seguir.

Tenía miedo, y Fosc lo sabía. Era hasta probable que pudiera olerlo desde la distancia. Me fijé en su sombra larga y estrecha, que se prolongaba hacia mí como la emisaria de su implacable dueño.

Ni siquiera se percató del tipo que pasaba a su lado, un viandante más, un hombre tan banal como tantos otros a los que había torturado a lo largo de su vida. Isidro Larrea era todos ellos: su dolor y su miedo, su odio y su rabia. En él confluían cada una de las almas atormentadas por aquel tipo oscuro: Víctor, Alberto, el Velázquez, Palau, Miguel, Juan, Xavier, Pablo, Alejandro, Oriol, Manuel, Antonio, Francesc, Josep, Pere, Luis, Daniel...

Todo nos había conducido hasta allí, hasta aquel instante.

Alberto Fosc dio un último paso en mi dirección y se detuvo.

Algo no iba bien.

Nuestros ojos volvieron a encontrarse justo antes de que inclinara la cabeza y se echara la mano al vientre. La sangre había comenzado a empaparle el chaleco y la camisa, rajados de costado a costado, al igual que su piel y su carne, por las que habían comenzado a derramársele las tripas.

Trató de contenerlas con ambas manos, pero fue inútil. Tanto como tratar de detener el embate del mar contra el espigón.

Se sabía herido de muerte.

Pasé por su lado en el instante en el que hincaba las rodillas sobre los adoquines. Ahí estaba, vencido a mis pies. Sus labios se entreabrieron, quizá para decir algo, tal vez para tomar su última bocanada de aire en este mundo.

Fuera lo que fuese, no me importó.

El sol terminaba de ocultarse tras los muros de la Lonja cuando levanté la vista y miré a lo lejos. La silueta de Larrea se perdía calle abajo mientras la oscuridad comenzaba a tragárselo todo. No habría de volver a verle nunca más.

EPÍLOGO

Barcelona, 1877

Toda historia debe tener un final.

Este es el mío.

Han pasado muchos años desde aquel atardecer, más de treinta veranos, otoños, inviernos y primaveras.

Regresé a Barcelona en el Aguamarina, un bergantín cargado de azúcar y algodón cuyo capitán se apiadó de la desventura del pobre huérfano que acabada de perder de golpe a padre y madre y debía volver para hacerse cargo del único hermano tullido.

Nadie me esperaba al llegar.

De haberlo hecho, es probable que no me hubieran reconocido, porque quien descendió de aquel barco fue otra persona.

Quizá os preguntéis qué sentí en el instante mismo en el que mi enemigo cayó al fin herido de muerte... La respuesta es tan simple como inquietante: nada. Ni siquiera un tenue asomo de satisfacción. Más bien un repentino vacío y el vértigo de una pregunta: ¿y ahora qué? Alberto Fosc no fue el único que murió aquella tarde sobre el suelo empedrado de La Habana. También Miquel Expósito perdió algo que jamás iba a volver a recuperar.

En cuanto a Salvador, Ciscu y la Tinya, eso es harina de otro costal. A mi vuelta, la guerra de territorios seguía desangrando la organización. Varias reyertas dejaron como resultado un cuantioso número de heridos y un muerto. Al parecer, Salvador recibió una puñalada protegiendo a uno de los suyos —con el tiempo descubrí que se trataba del chaval que había acudido a comunicarme la muerte de Andreu aquella fatídica tarde de lluvia—. Pero lejos de suponer un motivo de reflexión, el suceso enconó aún más las cosas y derivó en un auténtico baño de sangre, para alegría de los poderosos, que, con la excusa, decidieron tomar cartas en el asunto. La persecución fue implacable y dio con los que aún no estaban muertos o huidos en la cárcel, Ciscu entre ellos. Lo último que supe de él fue que había fallecido entre las cuatro paredes de una celda durante la última gran epidemia de fiebre amarilla.

Una vez más, la ciudad había vencido.

Don Pedro, por su parte, cerró su casa de la calle Ancha y se marchó a Madrid. Tiempo después, sin embargo, volvió para ejercer como catedrático de Literatura e Historia en la Universidad de Barcelona. Aunque aquel no fue su último destino porque, dos años después, puso de nuevo rumbo a la capital, donde fue nombrado académico de la Lengua —me hubiera gustado ver la cara de Andreu al conocer la noticia— y llegó a convertirse en director del museo Arqueológico Nacional.

Fue precisamente desde allí —desde esa autoimpuesta lejanía de amante despechado—, desde donde asistió a su tan deseada caída de las murallas, por mucho que la imposición del proyecto de Ildefonso Cerdá por parte del Gobierno en detrimento de los deseos de la propia ciudad —que apostaba por el de Antonio Rovira y Trías— le debió de partir el alma.

El pobre acabó sus días lejos de la Barcelona que le había visto nacer, por la que tanto había luchado y que tantas veces le había roto el corazón.

El doctor Mata dejó la política y se hizo cargo de la recién inaugurada cátedra de Medicina Legal y Toxicología. Tras la Vicalvarada, sin embargo, volvió a la vida pública, pero la cosa duró más bien poco. Al menos hasta que triunfó la Gloriosa. El doctor no sabía estarse quieto y ejerció como diputado por Reus, senador, gobernador de Madrid y hasta de ministro del Tribunal de Cuentas.

Fue por entonces cuando cayó gravemente enfermo —una parálisis que le imposibilitaba del todo— y desapareció de la faz de la tierra. La última noticia que tuve de él, la de su muerte y posterior sepelio en el cementerio de la Patriarcal, me llegó a través de la prensa, hoy hace dos meses.

En cuanto a mí, no hay mucho que contar. A mi regreso, decidí ocultarme por un tiempo, de modo que tomé una galera y me dirigí al único sitio en el que pensé que pasaría desapercibido. Estaba seguro de que tras conocer el fracaso de su plan, Mercader y el conde de Jaruco buscarían eliminar cualquier vestigio de su papel en la conspiración, y eso incluía a los testigos que pudieran relacionarlos de algún modo con el asunto.

Una fuerza desconocida me llevó hasta aquella casita de campo; acaso la esperanza de que la mujer a la que había aprendido a amar apareciera en algún momento para decirle que estaba vivo, que al fin había cumplido con mi venganza; que era libre; que quizá podríamos tener una vida juntos, lejos del pasado que nos había unido, primero, separado después, y que ahora amenazaba mi existencia.

La esperanza vana de renacer.

Y sucedió.

Una mañana de verano, la señora Amàlia —quizá añorando también aquel momento pasado, quizá alertada por algún vecino de la presencia de un extraño en su propiedad—, apareció por allí.

La vi llegar de lejos, y el corazón me dio un vuelco. A veces, uno toma las decisiones más importantes de su vida en un instante. No dijo nada al verme. Solo se acercó, me abrazó, me besó y todo quedó sellado.

Barcelona ya no tenía nada que ofrecernos, de modo que decidió vender el hostal y, con el dinero obtenido, abrimos otra pequeña casa de huéspedes en Sarrià. Los gastos no eran muchos y los ingresos nos daban lo suficiente para vivir. No necesitábamos nada más. Tan solo restaba una cosa: ocultar mi identidad y, para ello, adopté otro nombre. Nadie nos conocía allí, por lo que nadie sospecharía que no era quien decía ser. Y a partir de aquel día, Miquel Expósito se convirtió en un fantasma del pasado.

Hasta hace dos meses.

Fueron precisamente su muerte y la del doctor Mata —los últimos protagonistas vivos, junto a mí, de esta historia— las que precipitaron el desenlace que, tal y como me enseñó Andreu, todo buen narrador debe mantener oculto hasta la última página. Los brazos de la venganza son largos, y su espíritu, oscuro y persistente.

Aunque jamás lo compartí con ella en vida, mi motivo para elegir Sarrià no fue casual. Desde el instante mismo de mi regreso, el empeño que había guiado mis días hasta entonces —y creía saciado— empezó a retallecer. No os equivoquéis: durante los años que pasé junto a la mujer que amaba, fui feliz —si es que alguien puede serlo de verdad en este mundo—, por más que la afección que había comenzado a aquejarme de nuevo se fuera extendiendo como una pestilencia que amenazaba con corromper hasta el último recodo de mi ánimo.

Esa vieja enfermedad tenía un nombre: Ferran Mercader. Él había sido el responsable de desencadenar los acontecimientos que llevaron a las muertes de Víctor y de Andreu: debía desaparecer, o ninguno de mis muertos encontraría nunca la paz.

Meses después del intento fallido de magnicidio en La Habana, Mercader y sus socios lograron su tan ansiado objetivo sin necesidad de derramar una sola gota de sangre. Debido a las presiones de determinados sectores con fuerte representación en las Cortes, el Gobierno destituyó a Jerónimo Valdés como capitán general y gobernador de Cuba y nombró a alguien afín a sus intereses.

Todo había sido inútil.

Una vez más, los ricos y poderosos imponían su voluntad.

Así que, a partir de ese momento, me dediqué a observar a Mercader con la paciencia y meticulosidad de un naturalista. Estudié sus costumbres, sus hábitos y sus vicios durante años; su casa, su forma de vestir, sus predilecciones en el comer, sus aficiones —las confesables y las que no—; también a su familia, sus idas y venidas, y, por supuesto, a su servicio.

Y esperé.

No quería quebrantar la palabra dada, el juramento hecho a la señora Amàlia. Hasta que Dios se la llevó y el diablo me concedió la oportunidad de completar mi destino.

No hay nobleza alguna en matar a un anciano impedido, pero nada iba a robarme el momento. A pesar de que mi cuerpo era también ya el de un moribundo —todo tiene un precio, y el del odio es el más alto que un ser humano pueda pagar—, me deslicé en el interior de la casa por la misma ventana por la que había asistido a la reunión secreta entre Mercader y los miembros de la Comisión de Fábricas años atrás.

El destino tiene estas cosas.

Todos dormían.

Gracias a las charlas mantenidas con las criadas y el mayordomo personal de Mercader, cuya afición a la bebida me encargué de proveer a lo largo de los años, había llegado a conocer la distribución de la casa tan bien como si se tratara de la mía.

Subí por la escalera hasta la habitación del señor y me colé.

Mercader, apenas un pellejo consumido bajo la sábana, dormía.

Me acerqué y extraje del bolsillo un objeto del pasado. Lo había conservado todos estos años, desde que había escapado de entre los dedos de Alberto Fosc en su último estertor.

Todo acabó en un segundo.

Nadie, ni la criada que descubrió el cuerpo sin vida a la mañana siguiente, ni la desconsolada esposa que vertió su llanto —de tristeza, de alivio— sobre él, ni el médico personal que acudió a certificar su óbito advirtieron la lágrima de sangre vertida en la almohada, tampoco la minúscula picadura mortal detrás de la oreja.

Toda la verdad, querido lector, está dicha al fin. Tan solo una cosa resta ya: aguardar a que llegue la parca para llevarse mi alma adonde, a buen seguro, ha de morar para toda la eternidad: el infierno.

NOTA DEL AUTOR

CIELOS DE PLOMO

La Barcelona de 1843. Retrato de una época

Esta novela no es un ensayo histórico.

Tampoco es una novela histórica en sentido estricto —sea eso lo que fuere—, sino un relato de ficción.

Su objetivo principal es, pues, el de entretener y, en la medida de lo posible, aportar al lector algún otro mérito. Así debería, por tanto, ser juzgada: por haber alcanzado ese objetivo en mayor o menor grado, o por haber fracasado de modo estrepitoso en el intento.

Pero no por otros motivos.

Un clásico error entre lectores, críticos, reseñadores y, sí, también entre los escritores, es el de tomar por equivalentes dos conceptos que no lo son: veracidad y verosimilitud. Así, muchos juzgan una novela por su nivel de veracidad, es decir, por lo bien que cuenta, describe, muestra o reproduce la realidad, el mundo que nos rodea, ya sea el presente o su pasado. No es ese, sin embargo, el terreno de la novela, sí el del ensayo, el texto académico, el artículo de divulgación o el de la crónica periodística.

Por si dicha confusión no fuera suficiente, el propio concepto de verosimilitud está igualmente sometido a diversas interpretaciones. Por un lado, algunos hablan de que una historia es verosímil en tanto que se asemeja a lo real —a su apariencia—; otros, en cambio, empleamos dicho concepto para señalar si esta es o no creíble. Es aquí donde la confusión se vuelve aún mayor, pues lo que incumbe al arte de la narrativa no es que lo escrito se asemeje —respete incluso— a la realidad y sus características, leyes y normas en mayor o menor medida, sino que el relato y sus distintos elementos sean creíbles en el *contexto interno* de la propia obra creada. Es decir, que en ella impere el *kata to eikós* aristotélico o, dicho en castellano, «lo que cabe esperar».

Hablamos, pues, de verosimilitud en términos de coherencia interna de la obra, que es la única que compete a la ficción narrativa. Es en ese ámbito en el que, como escritor, espero que *Cielos de plomo* no zozobre.

Nada de lo expuesto hasta ahora, sin embargo, tiene que ver con el concepto de verdad.

Uno puede encontrar mayor verdad en la ficción, en la fabulación y el artificio literario —da igual la época que narre— que en otros textos tradicionalmente más vinculados a ella.

En ese sentido, pues, *Cielos de plomo* narra la verdad.

Dicho esto, soy de los que piensan que, a la hora de construir una ficción narrativa y/o dramática, el rigor, tanto si está ambientada en el pasado como si discurre en el presente, es un valor importante.

La peripecia central de *Cielos de plomo* transcurre entre la Barcelona y La Habana de principios de 1843, y, como tal, trata de ofrecer un retrato fiel de ambas ciudades —mucho más de la primera que de la segunda— y de una época en la que se entremezclan personajes históricos como Pedro Felipe Monlau i Roca o Pedro Mata i Fontanet con otros surgidos por completo de la imaginación del autor como Miquel Expósito, Andreu Vila, la señora Amàlia o Isidro Larrea. Por mucho que ambos médicos fueran figuras significadas de su tiempo, no obstante, no se vieron envueltos en ninguna caza del asesino con el objetivo de desbaratar un complot en las Antillas. Pero sí fueron un señalado político, humanista, higienista, científico, periodista, crítico, académico y diplomático, el uno; y un reconocido periodista, político, escritor y médico, el otro.

Tal y como se señala en el «Epílogo», don Pedro Felipe Monlau fue uno de los mayores defensores del derribo de las murallas que aún asfixiaban a Barcelona por entonces y, en efecto, escribió una memoria titulada *Memoria sobre las ventajas que aportaría a Barcelona, y especialmente, su industria, de la demolición de las murallas que circuyen la ciudad* —y que iba encabezada con la famosa exclamación ¡Abajo las murallas!— con la que ganó el concurso convocado por el Ayuntamiento con el objetivo de argumentar las ventajas —urbanas, económicas, sociales, políticas, higiénicas y de otra índole— que supondría su demolición.

El doctor Mata, por su parte, fue el principal reformador de los estudios de Medicina en España, además del creador de la medicina forense en nuestro país. También fue diputado a Cortes y desempeñó el cargo de oficial primero de Gobernación en el Ministerio de Gobernación bajo el Gobierno del doblemente efímero Joaquín María López.

También existió el general don Jerónimo Valdés, conde de Torata, militar y político español, nombrado capitán general de Cuba por Espartero, cargo que ostentó entre 1840 y 1843 (11 de noviembre). Durante su mando, promulgó el Bando de Gobernación y Policía para el buen tratamiento de los esclavos, conocido como Reglamento de Esclavos, hizo importantes obras en la isla —civiles y militares— y tuvo constantes roces con el cónsul británico, David Turnbull, además de tener que hacer frente al descontento de los dueños de los ingenios por su supuesta pasividad frente a lo que consideraban conspiraciones abolicionistas para promover el alzamiento de esclavos —y que probablemente solo estaban en su cabeza—.

Jerónimo Valdés no fue un abolicionista.

No todos los detalles históricos reales —tampoco alguna de las fechas, mes arriba, mes abajo—, sin embargo, coinciden con los de la novela, si bien sí lo hacen los referidos a los acontecimientos más significativos. Como lo hacen también los nombres de calles y comercios, de cafés y de teatros, de baños, de plazas, de obras públicas, de costumbres, de edificios, fábricas e instituciones —la Casa de Misericordia, la Casa de la Caridad, la Casa de Corrección, el anfiteatro anatómico del Real Colegio de Cirugía, aún en pie hoy en día—, así como el retrato de una ciudad asfixiada, sucia, oscura e insalubre, caldo de cultivo para las numerosas epidemias que la asolaron; una urbe insegura de callejas estrechas y laberínticas, de viviendas infrahumanas, de cementerios intramuros, de edificios abandonados o a medio derruir, de conventos desamortizados, sin servicio público de limpieza ni de agua potable. Y a todo ello debemos añadir las enormes desigualdades sociales y económicas, así como la enorme presión —y represión— militar, que derivaba en constantes protestas, pronunciamientos, alzamientos y *bullangues*.

La Barcelona anterior al derribo de las murallas era la ciudad más poblada de España. Algunos hablan de 80 000 habitantes, otros de 150 000, buena parte de ellos venidos del campo en busca de un nuevo modo de ganarse la vida a causa de la pobreza y el hambre, y cuya esperanza de vida rondaba los veintitrés años. Según los cálculos, alrededor de un tercio de la población formaba parte de «las clases jornaleras», compuestas en su mayoría por los obreros —hombres, mujeres y niños— de las fábricas, que trabajaban doce horas diarias, seis días a la semana.

Debido a la prohibición de derribar las murallas —Barcelona tenía la calificación de plaza fuerte—, todos ellos vivían hacinados en un término municipal de apenas catorce kilómetros cuadrados, buena parte del cual estaba ocupado por fábricas, la mayoría instaladas en lo que hoy conocemos como el Raval en la época que recoge la novela, aunque también las había en otros barrios.

Barcelona tenía más chimeneas que campanarios.

El primer gran complejo fabril moderno se situó junto al antiguo huerto del convento benedictino de Sant Pau del Camp. Más adelante surgió un modelo nuevo de fábrica, la llamada casa-fábrica, que bien ocupaba huertos y conventos desamortizados, bien se levantaba de nueva planta en los solares de las parcelaciones privadas realizadas a lo largo del primer tercio del XIX, muy especialmente en las calles Riereta, Carretas y Reina Amàlia, además de en otros distritos de la parte oriental como el de la Ribera, de tradición más artesana y manufacturera. Hablamos de la Bonaplata, de la Achon, de la fundición Perrenod, de la Sert y de muchas otras.

También la Barceloneta —que, aunque extramuros, formaba parte del término municipal— se convirtió en zona fabril, sobre todo del tipo mecano-metalúrgico y de empresas dedicadas a la construcción de maquinaria de vapor.

Fue allí donde se ubicó la primera fábrica de producción de gas de la ciudad. De hecho, ese fue el primer gran servicio en red implantado en Barcelona, antes que el del agua corriente. La empresa encargada de explotar la iluminación mediante ese nuevo sistema, la Sociedad Catalana para el Alumbrado por Gas, se constituyó en 1843.

Pero no será hasta 1846 cuando, viendo la gran saturación de vapores situados dentro del perímetro amurallado, el Ayuntamiento decidirá limitar la instalación de nuevas fábricas, que comenzarán a levantarse en las poblaciones que rodean la ciudad, más allá de la zona de exclusión.

Hablamos de Sants, de Sant Andreu y de Sant Martí de Provençals en un inicio. Después le seguirían Gràcia y otras villas.

En cuanto a la Tinya, su existencia no está del todo clara. Algunas fuentes hablan de la Escola de Lladres —Escuela de Ladrones—, una organización medieval dedicada al robo en las calles de la ciudad de aquella época y que ejerció su actividad delictiva en los alrededores de la calle Montcada y el Born, corazón de la ciudad por entonces. Real o no, la existencia de este tipo de grupúsculos integrados por huérfanos y niños de la calle aparece en la literatura escrita en el XIX, en obras como *Oliver Twist* o alguna de las aventuras de Sherlock Holmes, de donde he tomado prestados varios elementos. Su reparto por los distritos de la Barcelona de la época, así como su organización interna y sus normas, sin embargo, son pura invención.

Sí existió la Ronda de Tarrés, una organización parapolicial liderada por Jeroni Tarrés y dirigida por el comisario Ramón Serra i Monclús. Se trataba de una de las secciones —la ronda nocturna— de la Comisaría Especial de Barcelona, perteneciente al recién creado Cuerpo de Vigilancia (noviembre de 1843).

Su misión principal era la de mantener el orden en los barrios y, por encima de todo, actuar como policía política para represaliar opositores —desde políticos a periodistas— y prevenir cualquier tipo de alzamiento contra el orden establecido. A cambio, se les otorgaba manga ancha en actividades delictivas de otra índole.

En cuanto al tema de la esclavitud y su relación con el origen de las fortunas de algunos de los más importantes industriales catalanes de la época —silenciado durante tiempo—, son varios los estudios académicos que confirman ya dicha vinculación.

Si bien es cierto que el tráfico ilegal de esclavos no fue la fuente principal de su riqueza, sí supuso un eslabón importante de sus negocios, y aunque no se tratara del más destacado en términos absolutos, sí fue uno de los más rentables —la mayoría de las veces con beneficios superiores al cien por cien—, especialmente a partir de la prohibición de 1820.

Cada vez está más estudiado que grandes familias como los Xifré, los Güell, los Torrents, los Torrens Miralda, los Biada, los Samà, los Vidal Ribas, Marià Serra, Antonio López o Josep Milà de la Roca tuvieron relación directa e indirecta con el tráfico de esclavos.

Esa es la Barcelona de Miquel Expósito.

La Barcelona de *Cielos de plomo.*

Tal y como decía hace unas líneas, la aventura que se relata en ella es, en su mayoría, fruto de la imaginación. De una imaginación, sin embargo, que toma prestados elementos de la realidad y juega con ellos con un único afán, el de ofrecer al lector el mejor libro posible. No debe, por tanto, tomarse su contenido como una verdad científica-histórica —para eso, el lector tiene a su disposición numerosas fuentes bibliográficas, las consultadas por el autor para la escritura de la novela y muchas otras—, sino como lo que es: una novela de ficción ambientada en una época determinada que, por lo tanto, se debe a la verosimilitud. Y al entretenimiento.

El autor